笠間書院

松山典正
MATSUYAMA Norimasa

『源氏物語』アイロニー詩学

玉鬘十帖の語り

『源氏物語』アイロニー詩学——玉鬘十帖の語り

目次

凡例

一、『源氏物語』本文を引用する場合には、岩波書店の新日本古典文学大系（飛鳥井雅康等筆本五十三冊・東海大学付属図書館蔵明融本）の巻名・巻数・ページ数を記した。「「桐壺」巻・一・一九ページ」とある場合には、「桐壺」巻、第一分冊、一九ページを指す。
二、仮名づかいは歴史的仮名遣いに改め、表記、用字、送り仮名、句読点などを適宜変更した。
三、本文の校異については、『源氏物語大成』を参考として、本文自体を改めた場合もある。
四、『源氏物語』以外の作品や古注の引用は、そのつど各章末尾の注において使用した本文を明記した。
五、『源氏物語』の注釈書は、『源氏物語評釈』（玉上琢彌著　角川書店　一九六四～一九六八年）を「評釈」、新潮日本古典集成（石田穣二・清水好子校注　新潮社　一九七六～一九八五年）を「集成」、新日本古典文学大系（柳井滋ほか校注　岩波書店　一九九三～一九九七年）を「新大系」、新編日本古典文学全集（阿部秋生ほか校注、訳　小学館　一九九四～一九九八年）を「新編全集」など、略称を用いる場合がある。

前提となる事柄

本書で扱う『源氏物語』玉鬘十帖とは、六条院において夕顔の娘、玉鬘を中心に展開される「玉鬘」巻から「真木柱」巻までの十帖の巻を指す。これらの巻では、玉鬘が二十歳あまりから二三歳まで、源氏、三五歳から三八歳までの三年あまりの出来事が描かれる。▼注1

玉鬘の物語の特徴について、三谷邦明氏は、「玉鬘」巻前半部で描かれる玉鬘の流離物語が『住吉物語』を典拠とすることを指摘し、「帚木巻の雨夜の品定めの際に頭中将が語った体験譚や、夕顔巻の右近によって判明する夕顔の素性によれば、頭中将の正妻である右大臣の四の君は、夕顔に脅迫状で威しをかけるほど嫉妬深く、この継母の怨念を避けるために玉鬘は母夕顔の失踪後乳母達と共に筑紫へ流離したと解釈できるはずで、帚木・夕顔巻という長い射程距離から見ると玉鬘の物語は継子虐め譚の話型で形成されていると言えるのである」とする。▼注2玉鬘の筑紫への流離については、小林茂美氏によって八幡神や長谷寺の信仰との関係が指摘される。▼注3

定説によると玉鬘十帖は、三年あまりの短い出来事であるものの、継子いじめ譚や信仰的な要素がその基底に敷かれ、玉鬘を中心とした物語として玉鬘十帖、および玉鬘物語という呼称を与えられ、あたかもそれだけで自立した物語のように扱われる。▼注4

幼少期の玉鬘の存在は「帚木」巻、雨夜の品定めで頭中将の口より「をさなきもの者などもありしに」（「帚木」巻・一・七二ページ）と語られる。「夕顔」巻で母夕顔を失い、筑紫へ流離することによってはじまるのだと考えてよい。

幼き心ちに母君を忘れずをり〳〵に、「母の御もとへゆくか」と問ひ給《たまふ》につけて、涙絶ゆる時なく、娘どもも思《おもひ》こがるゝを「船路ゆゝし」とかつは諫めけり。

（「玉鬘」巻・二・三三三ページ）

玉鬘は、筑紫へ下っていくそのとき、幼いながらも母を思う。藤井貞和氏は、玉鬘物語の始まりについて、「玉鬘がはは夕顔を恋い、六条院が夕顔のゆかり玉鬘を吸いよせる邂逅譚なのだ」と指摘する。▼注5 源氏は、夕顔を失ってから「玉鬘」巻を通じて夕顔を回想し、そのゆかりである玉鬘を求めて、引き取った後も玉鬘に夕顔の面影を見る。

「幼き人まどはしたりと、中将のうれへしは、さる人や」と問ひたまふ。「しか。をとゝしの春ぞ、物し給へりし。女にて、いとらうたげになん」と語る。「さていづこにぞ。人にさとは知らせでわれに得させよ。あとはかなくいみじと思ふ御かたみに、いとうれしかるべくなん」との給ふ。「かの中将にも伝ふべけれど、いふかひなきかことおひなん。とざまかうざまにつけてはぐくまむに咎あるまじきを、そのあらん乳母などにも、異ざまに言ひなしてものせよかし」など語ひ給ふ。「さらばいとうれしくなん侍《はべる》べき。かの西の京にて生ひいで給はんは心ぐるしくなん。はか〴〵しくあつかふ人なしとて、かしこに」など聞こゆ。

（「夕顔」巻・一・一三九ページ）

夕顔の死後、源氏は夕顔の身の上を右近との会話によって知り、玉鬘を引き取りたい意向を語る。「玉鬘」巻の冒頭部は、夕顔を回想することから始まる。

年月隔たりぬれど、飽かざりし夕顔を、露忘れたまはず、心〳〵なる人のありさまどもを、見給ひ重ぬるにつけても、あらましかばと、あはれにくちをしくのみおぼし出づ。

（「玉鬘」巻・二・三三二ページ）

右の「玉鬘」巻の冒頭部分が玉鬘の登場のために「夕顔」巻の表現を受け、さらに同じく「夕顔」巻の表現を受ける「末摘花」巻と酷似している事は、様々な注釈書や先行研究で指摘される。▼注5 冒頭部だけにとどまらず、「玉鬘」巻の中で源氏は、玉鬘に夕顔を重ね、ことあるごとに夕顔を回想する。「玉鬘」巻冒頭の回想は、物語内での源氏の「本意」へとつながってゆく。

「あはれにはかなかりける契りとなむ年ごろ思《おもひ》わたる。かくて集《つど》へる方〴〵の中に、かのをりの心ざしばかり思《おもひ》とゞむる人なかりしを、命長くて、わが心長さをも見侍るたぐひ多かめる中に、言ふかひなくて、右近ばかりを形見に見るはくちをしくなむ。思ひ忘るゝ時なきに、さてものし給はば、いとこそ本意かなふ心ちすべけれ」とて、御消息たてまつれ給《たまふ》。

（同・三五九ページ）

源氏は、玉鬘を引き取ることができれば「いとこそ本意かなふここちすべけれ」としており、冒頭の表現や「夕顔」巻の終盤に示される玉鬘を引き取りたいという言葉がそれを裏付ける形となる。

玉鬘を引き取りたい源氏の思いには「夕顔」巻が深く関係しており、先行研究では「ゆかり」という言葉が玉鬘と夕顔の関係を言い表す際によく用いられる印象をうける。▼注6 玉鬘に関係する「ゆかり」の用例は「玉鬘」巻に一例だけあり、それは源氏と右近の会話の中に見られる。

「かの尋ね出でたりけむや、何さまの人ぞ。尊き修行者語らひて、率て来たるか」と問ひ給へば、「あな見苦しや。はかなく消え給《たまひ》にし夕顔の露の御ゆかりをなむ、見給へつけたりし」と聞こゆ。「げにあはれなりけることかな。年ごろはいづくにか」との給へば、ありのまゝには聞こえにくくて、「あやしき山里になむ。昔人もかたへは変はらで侍《はべり》ければ、その世の物語りしいで侍《はべり》て、耐へがたく思《おもひ》給へりし」など聞こえゐたり。

（同・三五七ページ）

右近の言葉の中に、「はかなく消えたまひにし夕顔の露の御ゆかり」として夕顔との関係を表す意味で用いられる。このほかには「かの紫のゆかり尋ねとり給ひて」（「末摘花」巻・一・二二一ページ）[注7]にように、紫の上に対して藤壺との関係を表す際などにも用いられる。「ゆかり」という言葉は、血縁関係や夫婦、親族なども含めた人物同士の何らかのつながりや関わり、関係を示す。また、「夕顔の露」というのは、「玉鬘」巻の冒頭、そして類似が指摘される「末摘花」巻の冒頭や、「夕顔」巻の和歌にも見られる。

思へどもなほ飽かざりし夕顔の露におくれし心地を、年月経《ふ》れどおぼし忘れず、こゝもかしこも、うちとけぬ限りの、けしきばみ心深きかたの御いどましさに、け近くうちとけたりしあはれに似るものなう恋しく思ほえ給ふ。

（同・二〇四ページ）

心あてにそれかとぞ見る白露の光添へたる夕顔の花

（「夕顔」巻・一・一〇三ページ）[注8]

夕顔と共に見られる「露」という語は、消えやすいもの、はかないものとして和歌に読まれる。「玉鬘」巻の冒頭部にある「つゆ忘れたまはず」というのも夕顔の在り方を受けていると考えられる。▼注9 こうしたことからも、「夕顔」巻から続く流れを強く受けて玉鬘は登場する。

また、この「ゆかり」という言葉は、右近から源氏へと用いられる。玉鬘と源氏を直接結びつけるものは、玉鬘の従者たちであり、その根底にあるのは夕顔の存在なのであろう。そして、夕顔の「ゆかり」であることを受け、玉鬘は物語に登場し六条院入りする。

玉鬘の母である夕顔の存在は、六条院における玉鬘のあり方を規定していく。しかし玉鬘の物語において、いかにして夕顔の「ゆかり」としてのみ意味づけられる自己から脱却し、玉鬘という一個人が造形されていくのかということは、物語を読む上での妥当な見方であると言ってよいのだろうか。

従来、玉鬘を中心として展開される物語は、玉鬘が夕顔の「ゆかり」であることを踏まえながら、源氏との関係において解釈される。

吉海直人氏は、玉鬘の物語を夕顔の追悼記として位置付け、「玉鬘は夕顔のゆかりである以上、玉鬘自身は傀儡化され、源氏は玉鬘の中に夕顔の幻影を見た。ここでも源氏の誤認が生じているのである。そのため玉鬘の主体的な意志や内的苦痛は、描かれていながら捨象され、ほとんど問題にもされない」とする。▼注10 吉海氏の言う「玉鬘の主体的な意志や内的苦痛」とは何か。なぜそれは、物語において問題にもされていないのだろうか。

三谷邦明氏は、玉鬘が夕顔の「ゆかり」として物語に呼び込まれた理由を、「何よりもまず六条院を飾る装飾品という道具的な存在であった」とし、「それ以前に登場した主要な女性たちの属性を総合的に典型化した登場人物」と位置づける。また、「〈ゆかり〉も〈鄙性〉も〈養女〉も自己同一性《アイデンティティ》を喪失したあり方であって、彼女は他者と自己との両義的な背反する世界に引裂かれた実存を生きなければならない」とし、玉鬘十帖に「自己同一性《アイデンティティ》を確立する過程」としての側面があることを指摘する。▼注11

「自己同一性」が確立されていないと指摘されるように、玉鬘十帖の始発点である「玉鬘」巻において、玉鬘自身の意思が見られる場面はそれほど多くない。筑紫への下向から上京、その後の初瀬詣の際に椿市で右近と出会うまで、玉鬘は豊後の介や乳母に導かれる。源氏と和歌の贈答をする際にも、乳母たちの意向やその存在が強く作用しているのだと思われる。源氏にとって玉鬘は、夕顔の「ゆかり」としての意味が大きく、玉鬘に夕顔の面影を見ることが少なくない。そうした境遇にあるから玉鬘の内的側面は、「捨象され、ほとんど問題にもされていない」のであろう。二氏の論稿を引用したが、こうした見方は玉鬘十帖の研究史において通説化していると見てよいだろう。

また、玉鬘を中心とした物語は、貴種流離譚や継子いじめ譚として読まれる。島内景二氏は、「玉鬘」巻の「脚立たず、沈みそめ侍りける後、何ごとかなきかになむ」（「玉鬘」巻・二・三六四ページ）という、大江朝綱の「かぞいろはあはれと見ずや蛭の子は三年になりぬ足立たずして」と、『日本書紀』に見られるヒルコの故事を引用した和歌が引き歌になっている箇所を取り上げ、「須磨・明石を流離した光源氏もヒルコに喩られた一人だが、やはり罪を負った貴種として彷徨し、大人物となって帰京したのである。瑕を負った貴種（神といってもよい）が、試練を経て〈瑕なき玉＝完璧〉、光り輝く〈如意宝珠〉となる点に、ヒルコの神話の特色がある」として、「玉鬘は、六条院の中心となるべきヒロインの不在（非在）を嘆く光源氏が、長谷寺から申し子の如くにして授かった如意宝（如意宝珠）なのである」と指摘する。▼注12

島内氏の指摘にもあるように貴種流離譚は、流離に伴う試練による成長をある程度、前提とする。上京後の物語も例外ではない。玉鬘の物語を「傀儡化」からその主体を回復するための物語として位置付ける時、そこには玉鬘自身の成長が含意されてはいないだろうか。また玉鬘と源氏の関係を、源氏による支配と玉鬘の従属という構図に落とし込んでしまうことによって、玉鬘の能動性は捨象されてしまうのではないだろうか。

この支配と従属の関係について、ジョン・ダワー氏の「抱擁embrace」という概念を参照しておきたい。ジョン・ダワー氏は、戦後初期の日本とアメリカの関係について言及する。「戦後初期の年月は、日本における「アメリカ風の間奏曲」と肯定的に呼ばれることもあれば、より否定的に、常軌を逸して野蛮で強制的な「アメリカ化」の時代と言われることもある。どちらにせよ、通常強調されてきたのは、見知らぬ土地にアメリカの意志が強調されたという事実である」としながら、「連合国側の勝利は偉大なものであった。明らかに偉大であったから、日本についてこうした理解がなされたのである」として、「日本占領を「抱擁embrace」として考えてみること、いいかえれば、勝者たちとその計画に対して、敗者がどんな影響を与えたかを考えること、あるいはまた、かの「アメリカ風の間奏曲」が、敗戦国の従来の実態を変えたというよりも、むしろ旧来の傾向をいかに強化したかについて考えてみること」によって敗者の側の能動性に焦点をあてる。▼[注13]

乱暴さを覚悟した上で六条院における玉鬘と源氏との関係もダワー氏の論稿を参照するのであれば、源氏という強者として支配する側の人間と、玉鬘という弱者として支配を受ける側の人間として読み取ることができるだろう。また同時に、夕顔の「ゆかり」として玉鬘がとらわれているわけではなく、夕顔と玉鬘とは「抱擁」しあう関係としてあるのではないか。

本書の目的はこうした二人の関係を「アイロニー」という概念をふまえて先行研究を読みかえることにある。本書で用いられるアイロニーという語の使われ方は藤井貞和氏に拠る。

（1） Socratic irony（ソクラテス的アイロニー）：（特に議論などにおいて、）自分を馬鹿にみせかけるようにして、他人の欠点を招く。

（2）Dramatic or tragic irony（ドラマティックあるいは悲劇的アイロニー）：観客と人物との視点の二重性をあらわす方法。ギリシア悲劇において、人物が認識していない事情は観客が把握し、これによってプロットはより痛烈で感動的に鑑賞できる。

（3）Linguistic irony（言語的アイロニー）：言語の二重性。ローマ人によると言語の意味がかさねられ、第二次的な意味は第一次的な意味を皮肉的、冷笑的にあざけるものである。現代のアイロニーの使い方はおもにこの方法である。

（4）Structural irony（構造的アイロニー）：（二十世紀から）語り手が「無意識」のうちに読者に対してより深い事情をあばく。たとえば、語り手が登場人物の会話を無理せずに伝えるが、読者が人物の「本当」の意味を認識する。

（5）Romantic irony（ロマン《物語》的アイロニー）：（十七、十八世紀から）書き手が読者といっしょにプロットの二重性を楽しむ。たとえば、書き手が小説の途中で直接読者に話しかけて、出来事について感想を述べる。

（6）Narrator's irony（語り手のアイロニー）▼注14

（7）Author's irony（作者のアイロニー）

（1）から（3）までを藤井氏は「古典的」アイロニーであるとして、（4）から（5）を「近代的」アイロニーだとする。（6）と（7）とは藤井氏のオリジナルで、（6）は登場人物と語り手との間に、（7）は作者と語り手との間に起こるアイロニーである。

（3）が「現代のアイロニーの使い方はおもにこの方法」とされるように、「皮肉的・冷笑的」な意味が捨象されないまでも二次的となり、ここでのアイロニーとは登場人物や観客、語り手や読み手における表現の二重性を指す。

（4）について「語り手と読者たちとのあいだに起きた、という判定だとして、その構造的アイロニーという語にふさわしいことは作中でこそ起きる」と言うように、（4）を胎動するアイロニーが想定される。

そもそも、藤井氏の提起するアイロニーは氏の言う人称の問題と不可分である。

さらには、と言うべきだろう、パロディや模写、引用、過去の声など、さまざまな〝他者のことば〟や文体が再現されたり批判されたりすることによって、複雑なポリフォニー状況をそこに産みだす。そのためには作者のことばによってではない、語り手の叙述ということがだいじになってくる、ということも指摘される。バフチーンの言う作者のことばというのが、私にはいま一つ分かりにくかった。対話部分というのが主人公たちに発語される会話文のことだとすると、そうでない散文部分、いわゆる（日本語で言うところの）地の文をさしているかと受けとれる。その散文部分が、さらに語り手の設定によってもなされている、ということらしく、そのような語りをとおしてどんどん他者の声がはいりこんでくる、ということなのか、どうか。従来、一人称という概念がうたがわれなかったために、欧米言語学によって、語り手（の一人称）と作者（の一人称）と、ひいては登場人物たちの一人称とが、一人称としては一つにさせられてきた、ということではないか。▼注15

藤井氏はミハイル・バフチンのポリフォニー理論を援用しながら、物語叙述という平面にあらわれる「多声を分析的に腑分け」する。アイロニーの前提として「小説の主人公たちがたがいに独立した声や意識をもって作中に存在すること、さらには同一人物すら相反する意見を自分のなかで対話として作りだし、たたかわせること、それらは作者と異なる他者の意識として創造されている」のである。▼注16

しかし、ポリフォニー理論は『源氏物語』へ援用可能なのだろうか。高橋亨氏は、『源氏物語の対位法』の冒頭で以下のように述べる。

西洋の近代音楽と日本の伝統音楽とのちがいがたぶんそうであるように、ポリフォニーの概念規定に厳密であろうとすれば、源氏物語の表現構造をそうよぶのには、かなり無理があることは承知している。例えば、M・バフチンが『ドフトエフスキイ論』でいう「ポリフォニー小説」の規定に従うなら、源氏物語はやはりモノフォニーということにならざるをえないであろう。登場人物たちのそれぞれが、完全に自立した対話をなしとげているのではないし、会話文と地の文との境界は、ときに不明確なまま連続的である。語り手の話声が、登場人物たちの話声をつむぎ出し、多元的に分化しながらも、その中に交錯してふたたび包含するのが、源氏物語の文体の特徴だといえる。

にもかかわらず、あえて「対位法」というのは「もののあはれ」や「みやび」といった単旋律（モノフォニー）に解消して源氏物語を読む伝統を相対化し、批判したいからである。▼注17

あくまでポリフォニーとはバフチンが「『ドフトエフスキイ論』」で用いた概念規定である。そのため高橋氏は、その規定に従うのなら『源氏物語』は「モノフォニーということにならざるをえない」とする。これはあくまで「あえて「対位法」というのは「もののあはれ」や「みやび」といった単旋律（モノフォニー）を解消して」、従来の『源氏物語』論の読みにおける「伝統を相対化し、批判」する目的があり、他分野の学問領域に対する配慮として解される点に注意したい。

それに対して藤井氏は、「合唱や合奏ならぬ会唱や会奏」こそポリフォニーだと言い、バフチンの意図を越えた可能性を提示する。

高橋は「ポリフォニーの概念規定に厳密であろうとすれば」と言って源氏物語をモノフォニーだとしていますが、私は逆に、厳密さこそポリフォニーから遠ざかることではないかと思う。むしろ非厳密さを許して、ポリフォニーの内容を読みかえてゆくことが大切だと思います。しかも、そのようなポリフォニー観こそが実はバフチンを検証してゆくことになるのではないか。バフチン的意図の方向においても源氏物語はポリフォニー小説ではないのかと私はかえって言いたい。バフチンに拠るのではなく、源氏物語からバフチンを読む、というルートの確保です。▼注18

これは高橋氏に対する批判ではなく、その試みを擁護していることに注意しなくてはならないが、アイロニーに関しても同じく言えるのではないか。藤井氏は、「非厳密さを許してポリフォニーの内容を読みかえてゆくことが大切だとして、「バフチンに拠るのではなく源氏物語からバフチンを読む、というルートの確保」が必要だと言う。『源氏物語』へ理論を当てはめるのではなく、更新の手段として物語と理論との往還が必要とされる。そのため、「源氏物語から」理論そのものをとらえ直す試みとして本書はある。本書で扱うアイロニーも例外ではなく、物語に当てはめてそのような状況が見られる／見られないといったことが重要ではない。

玉鬘十帖において源氏は、対外的に玉鬘の実の親として振る舞う。しかし、こうした振る舞いは、源氏自身が矛盾を抱え込む原因となる。そのような人物間における認識の違いや構造的問題をアイロニーという補助線を引き読み解いていく。

本書では、玉鬘の姫君が六条院世界を自らの論理によってどのように相対化し、かつ能動的な物語として生きるのかに焦点を当てる。第一章では、成立論を参照し、玉鬘を中心とした物語の読みについて確認する。また、玉鬘の六条院入りに焦点を当て、女君の側から物語をとらえ直す。第二章では、右近や花散里といった端役に注目し、玉鬘との関係において物語にどのような影響をもたらすのかを考察する。第三章では、玉鬘十帖の語り手に着目し、叙述構造の位相において物語がどのように描かれるのかを考える。

【注】

（1）「玉鬘」巻では、「二十ばかりになり給まゝに、生ひとのほりて、いとあたらしくめでたし」（「玉鬘」巻・二・三三六ページ）とあり、その年齢を正確に断定する事はできない。

（2）三谷邦明「玉鬘十帖の方法―玉鬘の流離あるいは叙述と人物構造」『論集中古文学1　源氏物語の表現と構造』中古文学会編　笠間書院　一九七九年

（3）小林茂美「玉鬘物語論―物語展開の原動質から―」『源氏物語序説―王朝の文学と伝承構造Ⅰ―』桜楓社　一九七八年
また、八幡信仰との関係については、韓正美氏の「玉鬘物語と八幡信仰について」（『超域文化科学紀要』第一一号　二〇〇六年）が詳しい。

（4）「玉鬘物語」という語の初出ははっきりしないが、古くは森一郎氏「玉鬘物語の構想について―玉鬘の運命をめぐって―」（『国語国文』三一巻一号　京都帝国大學國文學會　一九六二年）や、最近では、塚原明弘氏「唐の紙・大津・瑠璃君考―玉鬘物語における筑紫の投影」（『論叢源氏物語2　歴史との往還』王朝物語研究会編　新典社　二〇〇五年）などがある。

（5）藤井貞和「玉鬘」『源氏物語講座　第三巻』山岸徳平・岡一男監修　有精堂　一九七一年

（6）『河海抄』には、「此巻の始末摘花巻と同様也」とある。また、「此巻又玉鬘君の事を出来へきためによりてまつ夕かほの上のことを思いたせり」とある。

『紫明抄・河海抄』玉上琢彌編　角川書店　一九六八年

（7）「紫のゆかり」という用例は、この他には「若菜上」巻に「かの紫のゆかり尋ね取りたまへりしをりおぼし出づるに、かれはされていふかひありしを」（「若菜上」巻・三・五四ページ）と「竹河」巻に「おちとまり残れるが、問はず語りしおきたるは、紫のゆかりにも似ざめれど」（「竹河」巻・四・二五二ページ）という二例がみられる。

（8）片桐洋一氏の『歌枕歌ことば辞典　増訂版』（笠間書院　一九九九年）の「つゆ」の項目で、「「白露」「朝露」「夕露」などという形でもよまれた」とされており、露という語と同様の意味を持つと判断した。

（9）新潮日本古典集成の頭注にて、「「つゆ」には、「夕顔」の縁で「露」が響く」と指摘される。

（10）吉海直人「玉鬘物語論―夕顔のゆかりの物語―」『國學院大學大学院文学研究科紀要』第一一輯　國學院大學大学院　一九八〇年

（11）三谷邦明「玉鬘の物語」『国文学解釈と鑑賞』四五巻五号　至文堂　一九八〇年

（12）島内景二「玉鬘の人物造型」『源氏物語の話型学』ぺりかん社　一九八九年（初出―「螢と玉藻―玉鬘の人物造型をめぐって―」『中古文学』四一号　中古文学会　一九八八年）

（13）ジョン・ダワー『増補版　敗北を抱きしめて　第二次大戦後の日本』岩波書店　二〇〇四年（原本は一九九九に出版後、二〇〇一年に翻訳として出版）

（14）藤井貞和「語り手を導き入れる」『物語理論講義』東京大学出版会　二〇〇四年

（15）藤井貞和「作者の隠れ方」『物語理論講義』東京大学出版会　二〇〇四年

（16）藤井氏の注15の前掲論文より引用。

（17）高橋亨「はじめに」『源氏物語の対位法』東京大学出版会　一九八二年

（18）　藤井貞和「バフチンと日本文学」『物語の方法』桜楓社　一九九二年

第一章　玉鬘十帖の「筋」

第一節　「帚木」三帖から「玉鬘」十帖へ——成立論について

一　紫上系と玉鬘系

玉鬘十帖を含む「桐壺」巻から「藤裏葉」巻までの三十三帖は、現行の研究史において紫上系と玉鬘系との二系統に分けられている。この二つの系統の巻をめぐる成立論、または成立過程論はその後、下火になっていたものの、議論がまとめられ▼注1、それまでとは違った観点から再び検証され始めている▼注2。

成立論は、和辻哲郎氏が「『源氏物語』について」で、『源氏物語』の初めの巻にあたる「桐壺」巻の巻末と「帚木」巻の冒頭のつながりについて、問題点を指摘したことから始まる。

光源氏名のみことく〳〵しう、言ひ消たれたまふ咎《とが》多かなるに、いとゞ、かゝるすきごとゞもを末の世にも聞ゝ伝へて、かろびたる名をや流さむと忍び給《たまひ》ける隠ろへごとをさへ語り伝へけむ、人のもの言ひさがなさよ。さるは、いといたく世を憚《はばか》りまめだち給《たまひ》けるほど、なよびかにをかしきことはなくて、交野の少将には笑はれ給《たまひ》けむかし。

（「帚木」巻・一・三二ページ）

右は、「帚木」巻の冒頭である。和辻氏は、「桐壺」巻の巻末に「光君と言ふ名は高麗人のめできこえつけたてまつりける、とぞ言ひ伝へるとなむ」（「桐壺」巻・一・二八ページ）とあるのを踏まえて、この物語の主人公が「帚木」巻で「光源氏」と呼ばれていることに問題がないとしても、その後に続く「言ひ消たれたまふ咎多かなるに、いとゞ、かゝるすきごとゞもを末の世にも聞ゝ伝へて、かろびたる名をや流さむと忍び給ける隠ろへごと」について読者は何も知らされていない。そのため、突如としてこのように語られている「帚木」巻冒頭について、「一つの物語の発端としての書き方」だとする。また、「桐壺」巻で「高麗人」によってつけられる「光君」という名は、幼児の光源氏に対して名づけられたのにも関わらず、「帚木」巻では好色人として描かれており、「桐壺」巻の巻末について唐突に「付加されたものであって前文と何の脈略もない」と指摘する。[注3]

和辻氏の「桐壺」巻と「帚木」巻の関係における問題点は、好色人として光源氏を描写する「帚木」巻以前に、「桐壺」巻以外の巻が書かれていた可能性を示し、今日の我々により読まれる『源氏物語』の、順序を追って書かれてはいない可能性を示唆する。

阿部（青柳）秋生氏は、和辻氏の指摘を受けて「若紫」巻を中心に考察し、「現在の巻の順序は執筆の順序ではないと考へねばならぬ様な諸点」として以下の三点を指摘する。

第一には筋の展開上から云つて夕顔以前の諸帖は、若紫以後の諸帖を予想してゐるが、逆に若紫以後の諸帖（末摘花を除く）は、夕顔以前の諸帖を全く前提としてゐないことである。第二には、表現とか手法とかいふ點に於いて、夕顔以前が老練であつて、逆に若紫以下が却つて稚拙であることである。第三には思想的問題の取扱ひに於いても、後の方が幼稚であることである。[注4]

阿部氏が最初にあげている点は、和辻氏が指摘した「桐壺」巻と「帚木」巻とが連続していない点を敷衍させる。「帚木」巻と、以下並びの巻と称される「空蝉」、「夕顔」巻とは、空蝉の女君や「帚木」巻の雨夜の品定めで常夏の女として登場する夕顔の女君を中心とした「中の品の女」の物語であり、内容が密接に結びつきを持つ。それに対して「夕顔」巻の次の巻である「若紫」巻は、藤壺宮や幼い紫の上、六条御息所が登場し、「帚木」巻から「夕顔」巻で中心となった空蝉の女君や夕顔の女君は登場しない。また、「若紫」巻は、直後の「末摘花」巻ではなく「紅葉賀」巻と連続しており、「紅葉賀」巻は「末摘花」巻を無視して「若紫」巻を受けて「花宴」、「葵」、「賢木」巻へと続いてゆく。

武田宗俊氏は、「源氏物語の最初の形態」の中で阿部氏が分析対象とする「桐壺」巻から「初音」巻までの登場人物から、「藤裏葉」巻まで範囲を広げる。「桐壺」巻から「藤裏葉」巻を『源氏物語』の第一部、「若菜上」巻から「幻」巻までを第二部、「匂宮」巻から終わりまでを第三部とする。そして第一部の巻を紫上系と玉鬘系とに分け、紫上系は話の展開として玉鬘系の影響を受けず、玉鬘系の登場人物は紫上系に登場しない点を指摘する。▼注5

この論考の全体を把握するために、武田氏自らがまとめる「源氏物語の最初の形態」の要点を確認したい。▼注6

一、第一部三十三帖中紫上系十七帖だけで連続統一を持ったものとして完結した物語である。
二、玉鬘系十六帖は一見バラ〳〵のように見えるが、全体を通じて脈絡があり、紫上系とは別の統一を持って居る。
三、玉鬘系の巻々の事件・人物共に紫上系の物語上に痕跡を与えず、紫上系は玉鬘系より独立して居り、三十三帖中玉鬘系十六帖を除き去っても何等の支障を来さない。
四、それだけで連続統一を持つ紫上系の物語の巻々の所々に玉鬘系の巻々が入って居る爲、紫上系の物語を切断して、無理に割込ませた形になって居り、紫上系から玉鬘系、玉鬘系から又紫上系へのうつりに、不自然さがある。

五、紫式部日記寛弘五年十月の記事、藤原公任が式部を訪れて、若紫や侍ふ云々という條に於けるかの上という語からその頃、紫上を始めて上と呼んで居る薄雲の巻あたりまで書かれて居た——即ちそのあたりまで宮仕前になった——と思われるのに、夕顔の巻の主人公夕顔は、宮仕後に知ったと思われる小少将の君をモデルにしたと推定されること、又夕顔怪死の文が日記寛弘五年十二月晦日の宮中引剝の記事と関係を持って居ること等は、夕顔の巻が紫上系の大部分より後になることを示す。

六、紫上系と玉鬘系とに於て紫上及源氏の呼方がはっきり区別されて居る。

七、巻々の頭尾に修飾型、即事型の別、又尾には直接話法的終結、第一間接話法的終結、第二間接話法的終結の区別があり、修飾型頭尾及び第二間接法的終結は玉鬘巻の群の頭尾にのみ存し、それ等は即事型、直接話法的終結、第一間接話法的終結より進んだ技巧として、即事型等々の巻より後に書かれたと見られる。

八、文章・技巧・自然描写・性格描写・批評精神・人生観に於て、紫上系の巻々のみに、又玉鬘系の巻々のみに共通の特色が見られ、後者の方が巧みであり、深さを増して居る。

九、紫上系の巻の文中、現存の巻の順序で書かれたものとして玉鬘系の巻を前に置いては矛盾を来し、玉鬘系の巻々成立以前と見なければならぬものが幾箇所も存する。

一〇、紫上系の乙女の巻と、同系のその次の巻梅枝の巻との間にもと一巻ありそれは源氏釈に引かれである楼人の巻である。

一一、紫上系の事件・物語は藤裏葉を以て全く完結し、原源氏物語はこゝで終って居たと見るべきである。

「以上の論拠の中、その中心をなすのは一より四までであり、以下は傍証である」とされるように、登場人物をめぐる問題から導き出される紫上系、ならびに玉鬘系における巻の成立順序に関する問題は、武田氏の主張の中心となる。特に四は、一つの物語であった紫上系の巻に玉鬘系の巻が後に挿入されたとして、玉鬘系後記挿入説と呼ばれる。また、三にある登場人物が巻に登場するかしないかという点は、具体的な動かし難い事実であり、武田氏のこうした主張における強力な論拠となる。玉鬘系の巻が後に挿入されたとする学説に対する論証の過程として五から一〇までがあり、一一の「原源氏物語」についての主張は、こうした論証の過程から導き出された結論であると言えるだろう。

このように和辻氏から始まった巻の執筆順序をめぐる問題は、武田氏の登場人物に関する指摘として結実する。

二　成立論に対する批判

一九五〇年代の初めに武田氏の「源氏物語の最初の形態」、およびそれを修正、補足した「源氏物語の最初の形態再論」が発表される。すると、それまで阿部氏の論稿と玉上琢彌氏による「源語成立攷」のみで、「この二説は全く無視されたといってよい状態」であった議論が、岩波書店の『文学』に掲載されたこともあり「燎原の火の勢い」となる。▼注7 話題になると同時に、武田氏の論文には、多くの批判が寄せられる。では、武田氏の論にはどのような批判があるのだろうか。

岡一男氏は、武田氏の「源氏物語の最初の形態」に対して『源氏物語』が氏のいうような執筆順序で書かれたとして、それがこの物語の文芸としての享受にどういう役に立つのだろうか。『源氏物語』の作者の思想の深化や芸術手法の進歩は、現巻序のままでも十分追求できるのではないだろうか」と、成立過程に対する議論の意義に疑問を投げかける。そして、紫上系を書き武田氏の言う作家的に成長した紫式部が「玉鬘系の巻々を書いて所々に挿入して、その見事な長編的結構をこわすことはあるまいではないか」と、一度完結した紫上系の巻に玉鬘系という別種の物語を挿入するという着想そのものを疑問視する。「帚木」巻以下の幷びの巻と「若紫」巻の関係についても、「「若紫」において光源氏がついに藤壺にあうことができたのは、こういう数々の年上の女性との恋愛を経験をしてきたからであり」、紫の上を盗み妻として養育しようとしたのも「夕顔」巻での夕顔の死後、その遺児を引き取り養育したいと言ったことが「地をなしている」として、紫上系の「若紫」巻と玉鬘系の帚木三帖が密に結びついていると指摘する。▼注8

長谷川和子氏は、「結局武田氏が玉鬘系後記説の根拠として挙げておられるもののうち、有力なものは、紫の上系の巻々に玉鬘系の人物があらわれないという事実だけのようである」として、武田氏の「源氏物語の最初の形態」を検証し以下のようにする。▼注9

一、「紫上系の巻にあって玉鬘系の巻を前提したらしい箇所で、氏がそれを否定されたものは、やはり玉鬘系を前提していると解した方がその反対よりも自然である」こと。

二、「氏は紫上系に於て、源氏と紫上の呼び名に区別があるといわれるが、源氏については氏の調査は非常に不備であって、同様の結論は、正確な統計によると、出すことができ」ず、「紫上に関しては源氏の場合程調査に疎漏はないが、何分にも用例が少ないから、にわかに結論にいたるのは危険である」こと。

三、「夕顔のモデルとして「小少将の君」を考え、それを玉置系後記の根拠の一つに用いておられるが、小少将と同じようなタイプの女性は、当時少くな」く、「又夕顔に必ず一定のモデルを想定しなくてもよい」こと。

四、「巻々の巻尾の論は、河内本によってのみ成立」し、「河内本によっても説明のつきにくい例外が無視されている」こと。

五、「玉鬘系後記説の有力徴証として挙げられておられるものには妥当な点が多い」が、「同程度の反証もある」こと。

六、源氏物語奥入りの注記にみられる「輝く日の宮の巻の存在については、その存在した記録が他にない」こと。

七、その他として、「源氏物語中には作者の不注意なミスが時々みられること、類似の手法の繰り返しも少なくないところから、源氏物語中に見られるミスや繰り返しを以て、直ちに成立論的構想論的疑点とする事は出来ないこと、又蛍兵部卿宮、夕霧、柏木の三人について玉鬘系と紫上系とで、性格描写の破綻や矛盾が見られるかどうかを検討」したが、「それと断定できる程のものが見られなかった」こと。

長谷川氏の論点は、前掲した武田氏自身がまとめる「源氏物語の最初の形態」の要点の五以降にあたり、中心となる一から四には及んでいない。「結局、武田氏が玉鬘系の後記説の根拠として挙げておられるもののうち、有力なものは、紫上系の巻々に玉鬘系の人物があらわれないという事実だけのようである」と、登場人物の問題に関しては妥当性を認める。

また、「玉鬘後記説には多分の疑点が在するが、いわゆる紫上系の問題は、氏の論を否定する事によって葬り去ってしまう事の出来ない重要性を持っている」とするように、むしろ「若紫・末摘花・紅葉賀の三帖のつながりの悪さは異論の余地のないところ」で、「年月の重複、逆行、矛盾」は「巻の成立に複雑な事情があったのを思わせ」、「帚木、夕顔、末摘花巻と若紫巻で、前者は老巧で、後者は稚いという筆触の差の明らかに認められるのは否定できない事実」であり、「この物語の構想の発展のあとをたどって見ても」、「いわゆる玉鬘系が後記された可能性は十分考えられる」として、成立論の議論の余地については認める。長谷川氏は、武田氏の学説を真っ向から批判し根底から覆したというよりも、不備を改めたと言える。

別の論稿で長谷川氏は、武田氏の玉鬘系後記説を「まことに鮮やかで説得力があり圧倒的でもある」としながらも、「文献的証拠の不足、物語の流布という実際面での不安などは、武田氏の学説の発表以来緩和されてはいないと思われる」と、外部資料から論証されたわけではなく物語の構造を根拠とすることを問題とする。[注10]

長谷川氏の指摘は、玉上琢彌氏が阿部氏の論が出たのちに成立年代の問題として「年代を定めるのに必須である外部徴証が十分でない爲、決定し難いのが多いのは已むを得ない」として、「年代考證がはっきりしない為、内部徴証を主にして成立順序の問題を考えようとする試みもなされる」とするように、[注11]「外部徴証」の少なさが問題とされている。「外部徴証」が少ないために「文体」「技巧」「人生観」が論拠とされたとも考えられる。

中野幸一氏は、紫上系の人物が玉鬘系には現れないことについて「客観的現象であるだけに最も説得力を持つものであり、その限りにおいては容認されなければならない」としながらも三つの問題点を挙げる。まず、「源氏物語の登場人物をすべて一律にあつかっている」が、登場人物は「物語の構想上の要請に従って造型され、相応の役割を負わされて物語の展開を支えていく」のであり、「人物造型も物語中の役割もおのずから違うはずで、結果としてそれぞれの登場人物の活躍する巻々が異なっていても何の不思議もない」とする。帚木三帖のような読み切り的に享受される巻については、『うつほ物語』を例に「単独遊離の先行別立の物語が本流の物語へ編入包含されたと見る方が妥当と思われる」とする。[注12]次に、「源氏物語第一部の巻々を紫上系と玉鬘系とにはっきり分けていること」について、「単独遊離の先行別立の物語が本流の物語へ編入包含された」可能性のある「長編物語の形成過程からすれば、すでに紫上系が玉鬘系を包含し展開した形態と考えるべきで、これらの巻々を玉鬘系と断ずることは躊躇される」とする。三点目として「登場人物を紫上系人物、玉鬘系人物と峻別している所」も問題であり、「本系の物語にも傍系の物語にも共通に必要な人物ならば両系に登場してくる」として、「登場人物の現われ方に偏向が見られるのも、畢竟物語上の要請によるものであろう」と一点目と同様に指摘し、「登場人物を紫上系・玉鬘系と分けること自体、どれほどの意味をもつか疑わしくなるし、強いてそれらを明確に分類した結果も疑問に思われる」と指摘する。▼注13

中野氏の指摘は、決定的で動かないと思われる武田氏の登場人物に関する論に対して向けられる。紫上系の人物が玉鬘系には現れないという事実関係は動くことはない。また「物語の構想上の要請」が完成した物語から後発的に生じるのであれば、中野氏の指摘は撞着的ともいえる。

秋山虔氏は、武田氏のいう「精神発展」という言葉について、「玉鬘系後記挿入説」の論拠として紫上系が玉鬘系よりも「「文体」「技巧」「人生観」等が劣っているという把握がなされていることがそれをものがたるもの」であり、そうした側面を「否定するものではないにしても」、「以後それ以上に追求され検証にさらされることがなかったという点が問題」であるとしながら、「いわば発展史的な有機体的な源氏物語観は、これが武田氏の成立説を不動のものにしたのであったと同時に、そこに明確な限界も語り示されているといわざるをえないようである」とする。▼注14 武田氏が玉鬘系の後記挿入の論拠とする「文体」「技巧」「人生観」とは、作品の批評につながる側面である。読者の恣意的な読みの範疇でもあり、その読みは主観の在り方によって左右されてしまう。

武田氏の「源氏物語の最初の形態」の問題点は、論点の解釈における恣意性にある。秋山氏が挙げる「文体」「技巧」「人生観」がそれにあたる。長谷川氏の論稿が武田氏の論稿を補足する役割を担っているのが顕著なように、説そのものが誤りであるというよりも、論拠と論証過程の脆弱性に批判の原因がある。それは結局のところ、外部資料が少ないためそこからの裏付けが不可能であり、物語の内部に根拠を求めた結果が恣意的であると受け取られたのだとも言えるだろう。長谷川氏が有力であるとする「紫上系の巻々に玉鬘系の人物があらわれないという事実」も、中野氏に指摘されるように反証可能性を含む。

しかし、玉鬘系の巻の研究において武田氏の提示した「紫上系の巻々に玉鬘系の人物があらわれないという事実」は非常に重要である。紫上系の巻と玉鬘系の巻とを別の物語として緩やかに考えておく必要がある。それは、物語に内在される時間が現在の巻の配置通りに進行するのだとしても、成立過程における巻同士の影響関係が別に存在している可能性があるからである。

藤井貞和氏が、長編物語になる以前に『源氏物語』の登場人物たちが活躍してい短編物語を複数想定し、「長編の進行中に旧作が取り入れられるというようなことは大いにあるのではなかろうか」と指摘するように、あらかじめ現在われわれが目にしている長編物語が最初から構想されたのではなく、それ以前にあったプレテクストの存在を想定することもできるだろう。また、藤井氏が指摘する第二部、第三部にも第一部と同様に玉鬘系の登場人物が登場する巻としない巻がある点は、未だに成立過程についての問題が解決していないことを示す。▼注15

武田氏の「玉鬘系後記挿入説」には多くの批判がある。しかし、一九五〇年代初頭に発表された武田氏の論は、「成立論の季節」と言われていたように、▼注16一つの時代を席巻し、成立論のみならず多大な影響を与えたことに間違いはない。では、武田氏の論稿はその後の研究にどのような影響をもたらしていったのだろうか。

三　主題論への展開

益田勝実氏は、「源氏物語の荷ひ手」という一九五一年に発表された論稿の中で、成立論を踏まえて『源氏物語』主題について考察する。▼注17益田氏の論稿は、一九五一年に発表されているが、武田氏の「源氏物語の最初の形態」が一九五〇年に発表された論稿であるから、その時期の近さからも武田氏の影響の強さをうかがい知ることができる。

益田氏は、論稿の題目にもあるように物語の「荷ひ手」に注目する。『源氏物語』の作者が生きた時代が、「受領の娘」たちとって女性たちが物詣でに出かけたり、土地の所有権を持つようになったことに着目し、「貴族社会の女性達に個人としてたちふるまへる方向への進歩が見られる」として、「一度向上しかけた女性の地位はそれ以上ではなく、忽《たちま》ち停頓してしまったが、これが上代女流文学を支へるものであった事をはっきりと見定めてよいのではあるまいか」と指摘する。

その「受領の娘」たちを「社会的地位」によって「宮仕への女房」と「家の女性」とに類型する。「宮仕への女房」の世界は、「上層社会に直接につながつてゐて、後述する家の女性の世界のような、憧憬や夢や想像を誘ひ、ながめが現実の彼方に及び、魂の奥に内向する世界ではなく、現実的処世魂と社交的文芸的教養の巣食つてゐる世界である」とする。そして紫式部は「本来家の女性」であり、「物語と現実宮廷上層世界を重ねて一つの物として、憧憬する女性達の魂の世界こそが、上代女流文学の温床である」とする。つまり、紫式部は「家の女性」であったから「源氏物語の荷ひ手」たりえた。

益田氏は、そうした紫式部が置かれた時代背景や環境と、武田氏の「源氏物語の最初の形態」によって示された『源氏物語』の成立過程と作者である紫式部の成長過程へと重ね、『源氏物語』に関して最も注目されるのは、此の点、即ち作者の成長といふ点なのである」とする。そして、武田氏の考証から「紫上系と玉鬘系とが、その間に宮仕へといふ作者の一大転換を挟んでゐるらしい事が推測されてゐる」としながら、「作者は玉鬘系、第二部、第三部の展開を決して紫上系と同質なものの延長としてなし得ず、発展的展開として増補以上のものたらしめ得た」として、「この点こそ『源氏物語』とその作者に就いて最も重要な問題点の一つである」と指摘する。

こうしたことを踏まえ益田氏は、「玉鬘の物語の特徴は、作者が著しく「あやにくな現実」に目を向ける様に成つた事」であり、その変化には紫式部の宮仕えが影響していると指摘する。

益田氏のいう「荷ひ手」とは、作者とほぼ同義だと言ってよいだろう。それは、玉上氏の「物語の読者―物語音読論―」で論じられる物語に構造化された語り手とは別種の存在である。[注18] 藤井貞和氏は、現在の『源氏物語』研究において作者とは、「作者主体の解体ともいわれるように、主体的に統一された作者という幻想は否定され、書くことの多面体的性格の担い手としての書き手が注目されてくる」としながら、一方で「物語文学の場合、依然として、作品には絶対にあらわれることのない真の（単数か複数かの）作者X、紫式部なら紫式部といった存在を作品鑑賞の方法として頭のどこかにおいておくべきではなかろうか」と指摘する。[注19]

益田氏の指摘は、作品を統合する人格としての作者を想定していない。むしろ、作品世界を規定する存在として、実在の作者を作品に対峙させる側面を持つ。益田氏の言う「荷ひ手」とは、作品世界を生成する可能性としての「荷ひ手」であり、「宮仕への女房」と「家の女性」との関係からその影響を顕在化させる。作品は、書かれた時代の想像力から自由ではない。実在の作者が誰であれ、作品はその大きな枠組みから自由にはなれない。作品の先に作者を見据える必要はないが、作品世界の視野の一部分として作者を踏まえることは現在でも有効な手段であろう。

益田氏の論稿は、成立論を踏まえながら『源氏物語』の第一部において、紫上系と玉鬘系での主題的な大きな転換を指摘する。玉鬘系の巻は、しばしば玉鬘を中心とした「玉鬘物語」というゆるやかな名称を与えられて論じられることがあるが、こうした転換が一つの根拠となっているのだと考えられる。

益田氏の「源氏物語の荷ひ手」と同時期に発表された論文として秋山虔氏の「源氏物語―主題性はいかに発展しているか」が挙げられる。秋山氏は、武田氏の紫上系と玉鬘系をめぐる成立論をふまえて、作者の精神とのか

かわりから「主題」を固定的にではなく「発展」してゆくものとして『源氏物語』の展開をとらえる。[注20]

この秋山氏の物語が作者の精神へと帰結する主題論に対して、藤井貞和氏は「光源氏物語主題論」を含む『源氏物語の始原と現在』にて異議申し立てをする。以下、「源氏物語の近代と予感」より引用する。

『源氏物語』には内発的な展開がある。一部の研究者はそれを作者の精神の発展であると説いた。しかし作品の虚構性によって作者の自己が社会化されたことは言えても、もはや作者そのひとへの還元不可能性として作者は作品の向こうがわへ消えている。作者の精神が問題なのではなく、作品の精神が、いや精神の作品であることが問題なのでなければならない。[注21]

主題として問題にされるべきは、作品の向こうがわへと消えている「作者の精神」ではなく、「作品の精神」、「精神の作品であること」であるとする。それまでの作者を中心とした読みから、テクスト論への転回である。また藤井氏は同書で、『源氏物語』の三部構成を読み解く視座として「王権」「宗教」「救済」を挙げている。高橋亨氏は、そうした藤井氏の論稿をふまえながら、「ことばの芸術としての『源氏物語』が生成し展開する過程で、それを領導する問いや観念としての「主題」は、表現と密接不可分なものとしてある」とする。[注22]主題とは、作品の読みの蓄積から構築されるものであり、その読み自体を「領導する問いや観念」であるとする。阿部好臣氏は、現代において主題を論じることについて次のようにまとめる。

今、主題というタームは色褪せ、魅力ないものとなりさがっているのであろうか。そうではなく、あるいは、個別に第一部とか、藤壺物語の主題、「夕霧」巻の主題といったふうに拡散して、時勢粧の他のタームに置き換えられているのではないか。主題が、ひとえに作品の読みに支えられるのだから、その拡散は徹底されてもよいと思える。▼注23

「拡散」された「時勢粧の他のターム」がそれまで長編物語全体を貫く主題とならなくとも、そのように個別に「作品の読み」の積み重ね、「時勢粧の他のターム」の提示にこそ長編物語の可能性がある。

それまでの研究により『源氏物語』が持つとされてきた大枠の主題と、阿部好臣氏の言う「個別」の「拡散」した主題とは必ずしも対立しない。むしろ、そのような主題は大枠の主題によって領導されてはいないだろうか。それは、玉鬘十帖においても例外ではない。

本書のはじめにも触れたが、玉鬘十帖は継子いじめの譚として玉鬘の成長を含意して読まれてきた。それは、個別の読みから更新される可能性をはらむ。二つをすり合わせるのではなく、互いのあり方を往還させ検証することに「個別」に「拡散」した主題を立てる意義があるのではないだろうか。

その一方で、過去に『源氏物語』全体について立てられた主題と深い関わりを持って論じられた成立論は現在、先にも触れたようにあまり顧みられていない。それは、物語の成立過程と作者の成長過程とが重ねて読まれてきたことに起因する。成長という曖昧さをはらんだ概念が、玉鬘十帖の研究史における不可視の領域において読みへ影響しているのではないだろうか。

しかし、玉鬘十帖における「個別」の「拡散」した主題を問う上で、成立論自体が有効性や意義を失ったわけではない。このようなことを念頭に置きながら、玉鬘十帖の読みを問うてみたい。

【注】

（1）『テーマで読む源氏物語論　第四巻　紫上系と玉鬘系―成立論のゆくえ』今西祐一郎・室伏信介監修、加藤昌嘉・中川照将編集　勉誠出版　二〇一〇年

（2）佐藤綾芽「「漢語表現」から見る「紫の上系」と「玉鬘系」」『日本文学論叢』法政大学大学院日本文学専攻委員会四〇号　二〇一一年、加藤昌嘉「〝『源氏物語』はどのように出来たのか？〟を再考する」『『源氏物語』前後左右』勉誠出版　二〇一四年

（3）和辻哲郎「『源氏物語』について」『日本精神史研究』岩波文庫　一九九二年（―底本『和辻哲郎全集』四巻　岩波書店　一九八九年、論文初出は一九二二年）

（4）青柳秋生「源氏物語執筆の順序―若紫の巻前後の諸帖に就いて―」『テーマで読む源氏物語論　第四巻　紫上系と玉鬘系―成立論のゆくえ』今西祐一郎・室伏信介監修、加藤昌嘉・中川照将編集　勉誠出版　二〇一〇年（初出―『国語と国文学』第一六巻八～九号　一九三九年）

（5）武田宗俊「源氏物語の最初の形態」『テーマで読む源氏物語論　第四巻　紫上系と玉鬘系―成立論のゆくえ』今西祐一郎・室伏信介監修、加藤昌嘉・中川照将編集　二〇一〇年（初出―『文学』第一八巻六～七号　一九五〇年）

（6）武田宗俊「源氏物語の最初の形態再論」『テーマで読む源氏物語論　第四巻　紫上系と玉鬘系―成立論のゆくえ』今西祐一郎・室伏信介監修、加藤昌嘉・中川照将編集　勉誠出版　二〇一〇年（初出―『文学』二〇巻一号　一九五二年）
なお、『源氏物語』の構成を三部とするのは、池田亀鑑氏「源氏物語の構成」（『テーマで読む源氏物語　第四巻　紫上系と玉鬘系―成立論のゆくえ』今西祐一郎・室伏信介監修、加藤昌嘉・中川照将編集　勉誠出版　二〇一〇年初出―『新講源氏物語（上）』至文堂、一九五一年）による。

（7）玉上琢彌「「読む」ということ」『国文学　解釈と鑑賞別冊　源氏物語をどう読むか』至文堂　一九八六年

（8）岡一男「源氏物語の主題とその成立過程」『テーマで読む源氏物語論　第四巻　紫上系と玉鬘系―成立論のゆくえ』今西祐一郎・室伏信介監修、加藤昌嘉・中川照将編集　勉誠出版　二〇一〇年（初出―『国語と国文学』三三巻一〇号　東京大学国語国文学会　一九五六年）

（9）長谷川和子「武田宗俊氏著「源氏物語の最初の形態」の検討（抄）」『テーマで読む源氏物語論　第四巻　紫上系と玉鬘系―成立論のゆくえ』今西祐一郎・室伏信介監修、加藤昌嘉・中川照将編集　勉誠出版　二〇一〇年（初出―『源氏物語の研究―成立論に関する諸問題―』東宝書房　一九五七年）

（10）常磐井和子「全面賛同へのためらい」『国文学　解釈と鑑賞別冊　源氏物語をどう読むか』至文堂　一九八六年

（11）玉上琢彌「源語成立攷―擱筆と下筆とについての一假説―」『テーマで読む源氏物語論　第四巻　紫上系と玉鬘系―成立論のゆくえ』今西祐一郎・室伏信介監修、加藤昌嘉・中川照将編集　勉誠出版　二〇一〇年（『国語・国文』一〇巻四号　京都帝国大学国文学会　一九四〇年）

（12）『うつほ物語』の成立過程については、稲賀敬二氏「宇津保物語は合作か？」（『テーマで読む源氏物語論　第四巻　紫上系と玉鬘系―成立論のゆくえ』今西祐一郎・室伏信介監修、加藤昌嘉・中川照将編集　勉誠出版　二〇一〇年、初出―『講座日本文学の争点（二）中古編』阿部秋生編　明治書院　一九六八年）に詳しく、同氏の論文には『うつほ物語』と『源氏物語』双方を視野に入れて論じられ前掲論文と一続きとなっている「源氏物語成立論の争点」（『テーマで読む源氏物語論　第四巻　紫上系と玉鬘系―成立論のゆくえ』今西祐一郎・室伏信介監修、加藤昌嘉・中川照将編集　勉誠出版　二〇一〇年、初出―『講座日本文学の争点（二）中古編』阿部秋生編　明治書院　一九六八年）がある。

（13）中野幸一「改めて長編物語の成立を考えるために」『国文学　解釈と鑑賞別冊　源氏物語をどう読むか』至文堂　一九八六年

（14）秋山虔「完結的な精神発展論」『国文学　解釈と鑑賞別冊　源氏物語をどう読むか』至文堂　一九八六年　武田氏の成立論には批判が多くある一方で、吉岡曠氏は、「玉鬘系後期説の「傍証」について」（『源氏物語論』笠間書院　一九七二年）で批判を踏まえて妥当性を主張している。

（15）藤井貞和「紫上系と玉鬘系」『テーマで読む源氏物語論　第四巻　紫上系と玉鬘系―成立論のゆくえ』今西祐一郎・室伏信介監修、加藤昌嘉・中川照将編集　勉誠出版　二〇一〇年（初出―『国文学　解釈と鑑賞別冊　源氏物語をどう読むか』至文堂　一九八六年）

（16）伊藤博「武田宗俊説をめぐって」『国文学　解釈と鑑賞別冊　源氏物語をどう読むか』至文堂　一九八六年

(17) 益田勝実「源氏物語の荷ひ手」『テーマで読む源氏物語論　第三巻　歴史・文化との交差／語り手・書き手・作者』今西祐一郎・室伏信助　監修　上原作和・陣野英則　編　二〇〇八年（初出―『日本文学史研究　一一』　日本文学史研究会　一九五一年、『益田勝実の仕事2』（ちくま学芸文庫　二〇〇六年）にも収録。）

(18) 玉上琢彌「物語の読者―物語音読論―」『源氏物語音読論』岩波現代文庫　二〇〇三年（初出―『女子大文学：国文篇』七巻　一九五五年、後に『源氏物語研究―源氏物語評釈　別巻一』　角川書店　一九六六年）

(19) 『別冊国文学　王朝物語必携』術語の部「作者作家」（藤井貞和執筆箇所）　藤井貞和編　學燈社　一九八七年

(20) 秋山虔「源氏物語―その主題性はいかに發展しているか―」『日本文学講座　二』河出書房　一九五一年

(21) 藤井貞和「源氏物語の近代と予感」『源氏物語の始原と現在』岩波現代文庫　二〇一〇年（初版―三一書房　一九七二年）

(22) 高橋亨「「主題」論の過去と現在」『テーマで読む源氏物語論　第一巻「主題」論の過去と現在』今西祐一郎・室伏信助監修　上原作和・陣野英則編集　勉成出版　二〇〇八年

(23) 阿部好臣「主題」『源氏物語必携Ⅱ』別冊国文学一三　秋山虔編　一九八二年

第二節　三稜の筋

一　和歌の贈答

『源氏物語』の「玉鬘」巻には、和歌が一四首詠まれる。そのうち三首に共通して縁や血筋を表す「筋」ということばが見られる。

かの末摘花の言ふかひなかりしをおぼし出づれば、さやうに沈みて生ひ出でたらむ人のありさまうしろめたくて、まづ文のけしきゆかしくおぼさるゝなりけり。ものまめやかに、あるべかしく書き給《たまひ》て、端に、

かく聞こゆるを、

知らずとも尋ねて知らむ三島江《みしまえ》に生ふる三稜《みくり》の筋は絶えじを

となむありける。

（「玉鬘」巻・二・三五九ページ）

まづ御返をとせめて書かせたてまつる。いとこよなく田舎びたらむものを、とはづかしくおぼいたり。唐の紙のいとかうばしきを取り出でて、書かせたてまつる。

数ならぬ三稜や何の筋なればうきにしもかく根をとどめけむ

とのみほのかなり。手は、はかなだちてよろぼはしけれど、あてはかにてくちをしからねば、御心落ちゐにけり。
(同・三六〇ページ)

夕顔死後、夕顔と頭中将(「玉鬘」巻では内大臣)の娘である玉鬘に、源氏が和歌を添えて手紙を送る。この手紙からは、源氏が「さてものしたまはばいとこそ本意かなふここちすべけれ」(同・三五九ページ)と言っていることからも、源氏に玉鬘を引き取りたい意志がある。右近より玉鬘との再会を聞き源氏は「年ごろはいづくにか」(同・三五七ページ)と問いかけ、右近はそれに「あやしき山里になむ」(同・三五七ページ)と答える。源氏は、自身の経験から末摘花のことを思い出し、「さように沈みて生ひ出でたらむ人のありさまうしろめたくて」と思い、「まず文のけしきゆかしくおぼさるゝなりけり」と、玉鬘がこの時点でどの程度の教養を身につけているのか、山里での暮らしによってその性格に余計なものが付与されていないかどうかを「知らずとも」の和歌を通じて試験している。源氏は玉鬘の返歌をみて、玉鬘の素性に安心し、和歌の贈答の後に玉鬘は六条院入りするという運びとなる。

次に「筋」が詠まれるのは、右近との会話の中で、玉鬘を「好きものどもの心尽くさするくさはひ」(同・三五八ページ)としてあつかうことを決め、紫の上に玉鬘の様子を語る中、源氏がすさび書きに詠んだ和歌である。

硯を引き寄せ給うて、手習に、

恋ひわたる身はそれなれど玉かづらいかなる筋を尋ね来つらむ

あはれ、

とやがてひとりごち給へば、げに深くおぼしける人の名残なめりと見給《たまふ》。
(同・三六五〜三六六ページ)

先の源氏と玉鬘とによる和歌の贈答同様、源氏の独詠歌の中にも「筋」が詠まれている。この和歌は、「玉鬘」巻の名の由来となった和歌であり、「玉鬘」巻において重要な位置にあると言ってよいだろう。「玉鬘」巻では以上の歌に「筋」という語がみられる。[▼注1]

源氏の「知らずとも」という和歌にある「三稜」の「筋」ついて、新大系と新編全集の注釈では、源氏と内大臣が義兄弟であることから、自らと縁故のある玉鬘との関係について言っているとされており、周辺の問題が論じられる際にもそのように解釈される。[▼注2]また、古注にも同様の指摘がある。それに対するように小町谷照彦氏は、『細流抄』の解釈を踏まえて内大臣の筋と夕顔の筋という二通りの読み方ができることを指摘[▼注3]し、「これまでの文脈からすればむしろ夕顔と考える方が自然かも知れない」とする。[▼注4]

玉鬘は、「夕顔」巻でその存在が明かされる。その後、「玉鬘」巻では、長き時間を経て下っていた北九州から上京し、初瀬詣をへて六条院入りするまでの過程が描かれる。これら三首の和歌は、六条院入りにいたる玉鬘と受け入れる源氏とが、この時点でお互いについてどのように認識しているかをうかがい知ることができる貴重な場面であると言ってよいだろう。その「筋」には各々どのような意味が込められているのだろうか。

二　「三稜」について

「三稜」は、ミクリ科の植物で池、沼、溝などの浅い水中に生える多年草である。高さは五〇～一〇〇センチほどで、幅一センチほどの細長い葉は茎よりも長く、葉脈には長い筋がある。和歌に使われている「三稜」の用例としては以下のような歌がある。

①あふみにかありといふなるみくりくる人くるしめのつくまえのぬま
（『後拾遺集』・恋一・六四四　藤原道信朝臣）

②世のうきに生ふるみくりのみがくれてなかるる事は我も絶えせず
（『続後拾遺集』・恋二・七七三・九条右大臣）

③みさびゐる。あさざは沼のみくりなはくるしき世にはすまれやはする
（『新千載集』・雑中・一八八二・よみ人しらず）

④うきにはふあしまのみくりしたにのみたえずくるしき物をこそ思へ
（『新後拾遺集』・恋一・九三九・正三位通藤女）

⑤今ははやとをちの池のみくり縄くる夜もしらぬ人に恋ひつつ
（同・恋四・一一七八・前大納言為家）

⑥あやめぐささやまのいけのながきねをこれもみくりのならひにぞひく
（『夫木和歌抄』・二六三七　卜部兼直）

⑦世のうきにおふるみくりのみがくれてなかるる事はわれもたえせず
（『九条右大臣集』・一四・藤原師輔）

⑧つくまえのそこひもしらぬみくりをばあさきすぢにやおもひなすらん
（『一条摂政御集』・六五・藤原伊尹）

⑨氷のみむすぶさ山の池水にみくりも春のくるを待つらし
（『拾遺愚草』・一四四五・藤原定家）

⑩みくりはふ汀のまこもうちそよぎかはづ鳴くなり雨のくれがた
（『拾遺愚草員外』・一二九・藤原定家）

①のように茎をたぐりよせる「繰る」に人が「来る」を掛けたり、「根」に「寝」を掛けるなどして詠まれ、「引く」「絶ゆ」は縁語として用いられる。ともに詠まれる地名としては「知らずとも」の歌に見られる「三島江」ではなく「狭山の池」と「筑摩江」が多い。

「筋」は、「玉鬘」巻の和歌のように血筋や家系、前世からの因縁や宿縁、生まれつきの気性や体質など一続き

の関係で連なるものの他には、髪の毛や毛筋のように一続きの細長い線状のものを表すときなどに用いられる。
用例としては以下のようなものがある。

㋑絶ゆまじき筋を頼みし玉かづら思ひのほかにかけ離れぬる　（「蓬生」巻・二・一四四ページ）
㋺むすびける契りことなる下紐をただひとすぢにうらみやはする　（「宿木」巻・五・七五ページ）
㋩秋ののにおくしらつゆは玉なれやつらにきかくるくものいとすぢ　（『古今集』・秋上・二二五・文屋あさやす）
㋥おちたぎつたきのみなかみとしつもりおいにけらしなくろきすぢなし　（同・雑上・九二八・ただみね）
㋭青柳のいとつれなくもなりゆくかいかなるすぢに思ひよらまし　（『後撰集』・春中・七〇・藤原師尹朝臣）
㋬ぬきとめぬかみのすぢもてあやしくもへにける年のかずをしるかな　（同・雑三・一二〇九・伊勢）
㋣ゆふづくひ入江のあしの一すぢにたのむ心はみだれざりけり　（『続千載集』・羇旅・九七九・照空上人）
㋠まくるともみえぬものから玉かづらとふひとすぢもたえまがちにて　（『和泉式部日記』）
㋷ささがにのいまはとかぎるすぢにてもかくてはしばしたえじとぞ思ふ　（『蜻蛉日記』）
㋦ひとすぢに思ふ心はなかりけりいとど憂き身ぞわくかたもなき　（『落窪物語』）

「筋」が詠み込まれた歌は、『源氏物語』の中で「玉鬘」巻以外では二例見られる。㋑は末摘花、㋺は薫の詠んだ和歌である。▼注5
「三稜」と「筋」がともに詠まれる和歌は、『源氏物語』に「知らずとも」と「数ならぬ」の二例がある。これ以前の用例としては⑧の「つくまえのそこひもしらぬみくりをばあさきすぢにやおもひなすらん」だけであり、「三稜」と「筋」がともに詠まれることは一般的なことではなかった。▼注6

この和歌に玉鬘の六条院入りのための試験的な要素があることを考えれば、難解であることにも納得がいく。源氏の和歌が難解であればあっただけ、玉鬘がその和歌の要旨を正確に把握して返歌する事により玉鬘の教養が証明され、六条院入りに近づくことになる。

しかし、「三稜」や「筋」は、恣意的に並べられたわけではない。木船重昭氏によって指摘されるように、以下のように和歌が引かれ作詠されていると考えられる。

知らずとも尋ねて知らぬ三島江に生ふるみくりの筋は絶えじを　（A）（B）（C）（源氏）

数ならぬみくりやなにの筋なればうきにしもかくねをとどめけむ　（B）（C）（D）（玉鬘）

（A）筑摩江に生ふるみくりの水速みまだねも見ぬに人の恋しき　（六帖・六・みくり）

（B）恋すてふ佐山の池のみくりこそ引けば絶えすれわれやね絶ゆる　（六帖・六・みくり）

（C）ささがにのいまはと限る筋にてもかくてはしばし絶えじとぞ思ふ　（『蜻蛉日記』）

（D）世のうきに生ふるみくりのみがくれてなかるる事はわれも絶えせじ　（『師輔集』）

恋ひわたる身はそれなれど玉かづらいかなる筋を尋ね来つらむ　（A）（玉鬘）

（A）いづくとて尋ね来つらむ玉かづらわれは昔のわれならなくに　（『後撰集』・雑四　源善朝臣）▼注7

木船氏は、同論文で玉鬘求婚物語の和歌の表現形成について「作者がいかにも力を尽くし工夫を凝らしたであろうこと、そして、ひそかに作者がいだいていたであろう自信のほども、また想像にかたくない」と指摘する。玉鬘の物語において和歌が重要な役割を担うことは確認するまでもないが、物語において叙述されている意味を考える必要があるだろう。

清水婦久子氏は「知らずとも」の歌について「航海の難所として有名な歌枕「響きの灘」を経て淀川を遡って上京した玉鬘にふさわしい歌枕「三島江」を用いて、水草である三稜を同じ音の「三（み）」を水の縁で続け、さらにその葉脈から「すぢ」と言う。細長い葉が水中の根から続いて立っている三稜の「筋」もまた、縁の切れないこと、細長く続くことを表している」と、「三島江」「三稜」「筋」の関係について説明する。[注8]

ここで、「筋」の持つ「縁の切れないこと、細長く続くこと」とはこの場面においてどのような人間関係を表すのかを考えてみたい。「恋ひわたる」という源氏による独泳歌は、「身はそれなれど」と詠んでいることからも、夕顔との「筋」を独泳している。[注9]小町谷氏が、「玉鬘が実父の内大臣のもとではなく光源氏自身のもとにまず引き取られたことに対して、改めて夕顔との深い因縁を思うのである」[注10]と指摘するように源氏が夕顔と自らとの関係を思い詠んだ和歌だと思われる。

「知らずとも」と「数ならぬ」の和歌は、内大臣の「筋」なのか夕顔の「筋」なのかがはっきりしていないため、注釈書の解釈もさまざまである。この二首の和歌は、「恋ひわたる」とは異なり贈答歌である。相手に何を呼びかけているのか、そのことが訳をする場合に重要になってくる。源氏の詠んだ「筋」を内大臣の「筋」と解釈した場合、その後に待ち受ける玉鬘と内大臣が対面する場面へとつながっていくのだとも解釈ができる。

では源氏は、玉鬘にどのような「筋」で自分とめぐり逢ったのだと呼びかけたかったのだろうか。

夕顔の死を何らかの形で乳母たち玉鬘一行が予感していたのであれば、上京の目的は父である内大臣と逢うことに絞られる。内大臣の「筋」とするなら源氏は「知らずとも尋ねて知らぬ」と呼びかけているので矛盾が生じてしまう。それは「知らずとも」というのだから現在は知らないと思うことであり、「尋ねて知らむ」のだから、これから知っていく可能性があるのではないだろうか。

「夕顔」巻から「玉鬘」巻へとうつるなかで夕顔とその娘玉鬘との「筋」は絶えてしまったようにも思われる。

しかし「玉鬘」巻で夕顔は、源氏や玉鬘に強くその面影を残す。

三　玉鬘へ連なる「筋」

「玉鬘」巻の冒頭は、「此巻の始末摘花巻と同様也」と『河海抄』に指摘されるように、[注11]光源氏が夕顔を今も思い忘れられずにいる様子から始まる。

年月隔たりぬれど、飽かざりし夕顔を、露忘れ給はず、心〳〵なる人のありさまどもを、見給ひ重ぬるにつけても、あらましかばと、あはれにくちをしくのみおぼし出づ。（同・三三二ページ）

この冒頭部は「此巻又玉鬘君の事を出来へきためによりてまつ夕かほのことを思いたせり」と、同じく『河海抄』に指摘されるように消息が分からなくなっている玉鬘の登場を予感させる。姥澤隆司氏によって「末摘花巻が夕顔の想い出を忘れられずに夕顔に似た女を探し、似ても似つかない他人の末摘花を手に入れてしまう話となっているのに対して、玉鬘巻は亡き夕顔の回想からその娘玉鬘が再登場する話になっている」と指摘されるように、「玉鬘」巻の冒頭と「末摘花」巻の冒頭は表現こそ類似するが「内実は大幅に異な[注12]る。「玉鬘」巻の冒頭部は、玉鬘登場のために源氏の心内を描く。また、「末摘花」巻の内実が異なるのだとはしても、「玉鬘」巻と類似する冒頭部を持つ「末摘花」巻も、夕顔のような女性の登場を予感させていると言えるだろう。

これは「玉鬘」巻が物語の時間において、「夕顔」巻と大きく隔たっているものの、切り離されて存在するものではなく、「夕顔」巻と「末摘花」巻からの流れの中に位置することを示す。

「たゞ御心になむ。おとゞに知らせたてまつらむとも、たれかは伝へほのめかし給はむ。いたづらに過ぎものし給《たまひ》しかはりには、ともかくも引き助けさせ給はむ事こそは、罪軽ませ給はめ」と聞こゆ。

（同・三五八ページ）

右は、源氏が右近に玉鬘の六条院入りについての相談を持ちかけ、それに対する右近の返事である。ここで注目すべきは、「ともかくも引き助けたまはむことこそは、罪軽ませたまはめ」と、玉鬘を引き取ることが夕顔と玉鬘に対する罪滅ぼしになると言っている点である。これは源氏が「夕顔」巻で夕顔の死後、深い悲しみに見舞われ罪の意識を持っていたことによるのだと思われる。ここでの「人にさとは知らせでわれに得させよ」（「夕顔」巻・一・一三九ページ）▼注13と「夕顔」巻で源氏が意思を示すことが、「玉鬘」巻で玉鬘を引き取るという発想そのものにつながる。

藤井貞和氏は、「夕顔について語るとき、おもわくを込める必要はないはず」であり、「源氏のことばはそのまま信じられる」として夕顔への純粋な気持ちを指す。▼注14この時点の源氏にとって玉鬘はあくまで夕顔のゆかりであり、夕顔との関係において価値を持つ。一方、玉鬘は良くも悪くも夕顔のゆかりであるからこそ六条院入りを試されるという場面に遭遇する。

ここで、夕顔と同様に「筋」として指摘されている玉鬘と、その父である内大臣との関係について考えてみたい。なぜ、玉鬘一行は上京後すぐに内大臣の元へ行くことができなかったのだろうか。

まず、「夕顔」巻において玉鬘の存在を下向以前に父に知らせないのは不自然であるといえよう。

なほ父君にほのめかさむ、と思ひけれど、さるべきたよりもなきうちに、「母君のおはしけむ方も知らず、尋ね問ひ給はゞ、いかが聞こえむ。まだよくも見なれたまはぬに、幼き人をとどめたてまつり給はむも、うしろめたかるべし。知りながら、はた率て下りねとゆるし給《たまふ》べきにもあらず」(「玉鬘」巻・二・三三三ページ)

乳母によって若君である玉鬘の存在を父に知らせない理由が明かされる。乳母たちは、知らせる方法がない上に、夕顔がどこにいるのか頭中将に問われたときに答えるすべを持たない。幼い若君を不慣れな父親に引き取られることが心配であり、かといって若君を連れて筑紫へ下ってよいと許しがでるわけがないからだ。

物語が進むと、右近の口から父親に認知されるということは容易ではなかったことが物語の読者に種明かしされる。

藤井氏は、「上京して実父に会いにゆくということが、困難であるにせよありえないことではないのにたいして」乳母たちの取った行動を、「このほうがよほどありえない」と指摘し、その上で「ちち内大臣に会いにゆくことが上京の時点でありえないことであり、それにたいして身寄りもなくあとさきの計画も無いかれら一行が京都にさまようのは当然であろう、さぞかし、と納得させられるとすれば、それは作家が私たちにそうおもわせるために力量をふるっているからであるにほかならない」とする。また、初瀬詣までの六ヶ月間の生活を「玉鬘一行が幸福をつかむためのさいごの試練である」とし、その生活は「忌み籠りのごときもの」で「初瀬に詣でるための準備であったとみるならば、物語の叙述はかなり自然に流れていると私たちは判断してよい」と指摘する。▼注15

確かに初瀬詣までの六ヶ月間は藤井氏の指摘する通り、それまでの準備期間として考えてよいのであろう。しかし、それだけではなぜ内大臣の元へ行けなかったのかという理由にはなりえない。認知されるのが難しくとも、一度は父の元へとゆくことが物語として自然な流れだったのではないのだろうか。

では、なぜ父である内大臣の元には向かわずに初瀬詣へと向かい、六条院入りへと至ったのだろうか。そこには源氏と乳母が夕顔の夢を見たことが深く関わり、源氏と玉鬘とに影響を与えているのではないだろうか。夢の問題を考察するなかで、それらの問題について考えてみたい。

四　母の導き

ここでは、再び夕顔の夢にふれ、幼い玉鬘の境遇に対してどのような影響があったのかを考えてみたい。

君は夢をだに見ばや、とおぼしわたるに、この法事し給《たまひ》てまたの夜、ほのかに、かのありし院ながら、添ひたりし女のさまも同じやうにて見えければ、荒れたりし所に住みけんもののわれに見入れけんたよりにかくなりぬること、とおぼし出づるにもゆゆしくなん。

（「夕顔」巻・一・一四五ページ）

右は、夕顔の四十九日の法事をした翌日、源氏の夢に夕顔があらわれる場面である。次にあげるのは、夕顔の行方がわからなくなったため、乳母の夫が大宰の少弐になった折に玉鬘を伴い、筑紫へ赴いたその道中、乳母の夢の中に夕顔があらわれる場面である。

金の岬過ぎて、「われは忘れず」など、世とともの言種になりて、かしこに至り着きては、まいて遥かなるほど思ひやりて、恋ひ泣きて、この君をかしづきものにて明かし暮らす。夢などに、いとたまさかに見え給《たまふ》ときなどもあり。同じさまなる女など添ひ給うて見え給へば、名残心ちあしく悩みなどしければ、猶世に亡くなり給《たまひ》にけるなめり、と思ひなるもいみじくのみなむ。

（「玉鬘」巻・二・三三四ページ）

夕顔の夢を見ることは、「猶世に亡くなり給《たまひ》にけるなめり、と思ひなるも」と、夕顔の死を暗示する機能を担う。久保田淳氏は、なくなった人の登場する夢について、「ほとんどの場合、そのような夢を見る条件や状況が見る側に整えられて、それぞれの人物が見ている、いわば見るべくして見ているといってよいであろう」と指摘する。▼注16 第二章第一節で詳しく論じるが、「われは忘れず」という乳母自身の言葉が象徴する夕顔への強い気持ちに感応し、夕顔を夢によび寄せたのだろう。

しかし、よび寄せたのだとはいえ、夢を見る側に夢を見る条件や制約があるにしても、見る側はあくまで受動的である。乳母や源氏が夕顔の霊に能動的に夢に見たいと望んだ事だけが理由となって、夕顔が夢に現れたわけではない。

夕顔側にも何らかの理由があり、夢に現れることを必要として、目的達成の手段として夢にあらわれたのではないだろうか。同時に、見る側である源氏と乳母にも見なくてはならなかった理由があると考えられる。

源氏は、夕顔の夢を見たことによって玉鬘を引き取りたいという意思を強固にする。「夕顔」巻から「玉鬘」巻まで、その意思はかたくなに貫かれる。

源氏の夢に夕顔は、玉鬘を引き取れない自責の念に重なるように夢に現れる。この夢で夕顔は、玉鬘を引き取ることをあきらめかけていた源氏に自らの意思を伝えるように現れる。その後の「玉鬘」巻で源氏は、玉鬘を引き取りたいという一貫した姿勢をとる。そのことからも夕顔が夢にあらわれたことは、源氏の意志に何らかの影響を及ぼしているのではないだろうか。

乳母は、右近と出会った後に「夢にてもおはしまさむ所を見むと大願を立つれど」（同・三四八ページ）と、夕顔の夢を見たいという姿勢をとっていたことを明かす。「猶世に亡くなり給《たまひ》にけるなめりと思ひなるも」と、夕顔が死んでしまっている可能性に言及するが、この夢によってどの程度、夕顔の死を信じていたかは定かではない。右近と対面し、「御方は、はや亡せたまひにき」（同・三四八ページ）と知らされたことによって確信へと変わるのであり、ここではあくまで予感していただけだと考えられる。

しかし夕顔の死を予感していたのであれば、乳母にとって上京の目標といえるものはほぼなかったのではないだろうか。玉鬘一行の上京は、かなり切羽つまったものだ。下向した筑紫に、玉鬘の幸福はない。大夫の監の求婚を受けてそのように乳母たちは判断した。

乳母とその息子である豊後の介は、玉鬘の幸福を一途に願い、父である少弐の「いつしかも京に率てたてまつりて、さるべき人にも知らせたてまつりて」（同・三三五ページ）という遺言にしたがって、自分たちの築いてきた生活や環境を捨て上京したのである。「さるべき人」とは、父親である内大臣を指していると思われるが、先にふれたように玉鬘が子として認知されるということは容易ではなく、物語においてはあてもなく京都へ上るということが玉鬘の上京において大切なことなのではないだろうか。

また、「心幼く出で立ちにけるを思ふに、従ひ来たりし物ども、類に触れて逃げ去り、もとの国に帰り散りぬ」（同・三四四ページ）とあることからも、玉鬘一行が離散の危機に晒されていたことがわかる。玉鬘一行が初瀬詣やそれ以前に石清水八幡宮に向かったのは、玉鬘の父である内大臣を頼ることができなかったそのときに、乳母たちが現状を打開することができると思われる最後の手段だったのかもしれない。

夢に死者が現れるということは、『源氏物語』の進行上においてその手法が自然だとは言いがたい。現実から離れ、それ以外の要素を加える事は、そのちからによって物語が何かのきっかけをえるのだと考えてよいのではないか。その意味を考えたときに物語から何らかの役割を与えられ、夕顔は乳母や源氏の夢に現れ、それが源氏と玉鬘にとっての「筋」となっているのではないだろうか。

玉鬘一行が長谷寺参詣する途中、夕顔の死後、源氏のもとに身をよせていた右近と同宿し、玉鬘と源氏とは「筋」によって出会う。右近は夕顔の姫君を源氏が引き取りたいと思っていたことを知っており、そこから六条院入りへと話しは進んでいく。

玉鬘の六条院入りが決定した後、源氏は夕顔のことを思いながら「恋ひわたる身はそれなれど玉かづらいかなる筋を尋ね来つらむ」と和歌を詠む。ここで初めて「夕顔」巻で見た夕顔の夢の影響が完結されて、「玉鬘」巻は終わりを迎える。夕顔の存在は、源氏と玉鬘とを結びつけるための強い「筋」となる。


【注】

（1）「玉鬘」巻では、歌以外に九箇所で「筋」が使われていることも補足しておきたい。用例は次のものである。①父おとゞの筋さへ加はればにや、品高くうつくしげなり（三三五ページ）②よき人の御筋といふとも、親に数まへられたてまつらず、世に知らでは、何のかひかはあらむ。（三三七ページ）③このおはしますらむ女君、筋ことにうけ給《たまは》れば、いとかたじけなし。（三三九ページ）④かどかどしう、をかしき筋などはおくれたりしかども、あてはかにらうたくもありしかな。（三六一ページ）⑤かゝる筋、はたいとすぐれて、世になき色あひ、にほいを染めつけ給へば、ありがたしと思ひ聞え給ふ。（三六七ページ）⑥御手の筋、ことにあうよりにたり。（三七〇ページ）⑦さらに一筋にまつはれて、今めきたる言の葉にゆるぎ給はぬこそ、ねたきことは、はたあれ。（三七〇ページ）⑧よろづの草子、歌枕、よく案内知り、見尽くして、その中の言葉を取り出づるに、詠みつきたる筋こそ強うは変はらざるべけれ。（三七〇ページ）⑨たゞ心の筋をたゞよはしからずもてしづめおきて、なだらかならむのみなむ、めやすかるべかりける（三七一ページ）

（2）各注釈本にある和歌の頭注にある訳は以下のとおり。

①新日本古典文学大系（「玉鬘」巻の校注者は鈴木日出男氏。岩波書店　一九九四年）「今は知らなくともやがて誰かにたずねて知ることになろう、三島江に生えている三稜の筋のように、この私とは切っても切れそうにない縁のつながっていることを」（二・三六〇ページ）「内大臣と源氏が義兄弟であることところから、玉鬘とも縁故があるとして「筋は絶えじを」とする」（同・三五九ページ）

②新編日本古典文学全集（阿部秋生・今井源衛・秋山虔・鈴木日出男校注訳　小学館　一九九六年）「今はご存じなくとも、そのうちどなたかに尋ねてお分かりになりましょう。三島江に生えている三稜の筋のように、あなたと私は深い縁につながっているのですから」（三・一二三ページ）「源氏と内大臣は義兄弟、玉鬘はつながりがあるので、知合いになりたい、の意」（同・一二三ページ）

③『源氏物語評釈』（第五巻　玉上琢彌著　角川書店　一九六五年）「なぜかは御存じなくとも、やがて人に尋ねておわかりになるでしょう。三島江にはえている三稜の筋のように御縁は続いていましょうから」（二一五ページ）

④新潮日本古典集成（石田穣二・清水好子校注　新潮社　一九七八年）「あなたには心当たりはなくても、辿ってみればお分かりのはずです、あなたと私の間には切っても切れないご縁があるはずですから」（三・三一五ページ）

注釈書以外には吉村悠子氏「玉鬘の位相―家・筋・ゆかりを端緒に―」（『名古屋平安文学研究会会報』三四号　名古屋平安文学研究会　二〇一一年）は「玉鬘の場合には「筋」は母とのつながりを表すことはなく、父とのつながりのみを表している」とする。

（3）『細流抄』（源氏物語古注集成　第七巻　伊井春樹編　桜楓社　一九八〇年）には「そなたにはしらせ給はすともまことのおやのすちはたゆましきと也」とある。内大臣との関係を連想させる古注としてほかに、『花鳥余情』（源氏物語古注釈叢刊　第二巻　中野幸一編　武蔵野書院　一九七八年）「すちはたえしは源氏のわかゆかりにてあるとの給ふ也」、『休聞抄』（源氏物語古注集成　第二二巻　井爪康之編　桜楓社　一九九五年）に「すちはたえしは我ゆかりにてあるとの給也」、『孟津抄』（源氏物語古注集成　第五巻　野村精一編　桜楓社）「しらすともは玉はしり給はすとも源の我ゆかりにてすちは絶しとの心也」、『紹巴抄』（源氏物語古注釈叢刊　第三巻　中野幸一編　武蔵野書院　二〇〇五年）などがある。

（4）小町谷照彦氏は「この「筋」は、『細流抄』の言うように「まことの親の筋は絶ゆまじきなり」と実父の内大臣との関連とするか、あるいは夕顔との関連とするか、二通りに考えられるところだが、これまでの文脈からすればむしろ夕顔と考える方が自然かも知れない」と指摘する。（「光源氏と玉鬘（1）」『講座源氏物語の世界〈第五集〉』秋山虔・木村正中・清水好子編　有斐閣　一九八一年）

また、古注でも『萬水一露』（源氏物語古注集成　第二五巻　伊井春樹編　桜楓社　一九八九年）が「玉鬘は夕顔の筋なれはそれはたえしとみくりのなかきすちにたとへていへる成へし」と、夕顔との関係を指摘する。両説以外にも『明星抄』（源氏物語古注釈叢刊　第四巻　中野幸一編　武蔵野書院　一九八〇年）に「そなたには知せ給はすとも誠のすぢはたゆまじきと也」、『一葉抄』（源氏物語古注集成　第九巻　井爪康之編　桜楓社　一九八四年）に「玉鬘ハしり給ハす共と也」と指摘されることも補足しておきたい。

また、その他の「筋」について論じる論稿として中西智子氏「『源氏物語』における歌語の重層性―玉鬘の「根」と官能性―」『文学・語学』一八八号　全国大学国語国文学会　二〇〇七年）がある。

（5）三稜に関しては『和歌植物表現辞典』（平田喜信・身崎壽著　東京堂出版　一九九四年）、『歌ことば歌枕大辞典』（久保田淳・馬場あき子編　角川書店　一九九九年）を参考とした。筋に関しては『角川古語大辞典』を参考とし、和歌の引用は『新編国歌大観』を引用した。

（6）源氏の詠んだ和歌にみられる「三島江」の使われ方も特殊であり、評釈は「三島江は淀川右岸の地名、今の大阪府高槻市に属する。歌に詠まれて知られたところで、一面に葦が生えていた。しかし、ここに詠まれているのは葦ではなくて三稜草である。ともに沼や川口に自生する。舌のような形の葉を持っている。三島江にももちろん「三稜草」はあったであろうが、歌に詠まれる場合、三島江の葦とはいうが、三島江の三稜草はあまり詠まれた例がない。またなぜここで三島江が詠まれたのかもよくわからない。歌では「三島江におふるみくりの」は「すぢ」の序詞になっている。三稜草は、筋の多い水草である」と指摘する。

（7）「「正・続国歌大観」と「私家集大成中古ⅠⅡ」により精査究明した利用先蹤詠を、本文より一段下げて記し、（A）

(B)等の符号を付す。冗漫を恐れて、今回は利用方法の解説は省略し、詠歌に利用された先蹤詠を、その(A)(B)等の符号をもって、その下に記した。」(木船重昭「玉鬘求婚物語歌の作詠―《虚実論》の表現方法論的実践―」『源氏物語の探求　第三輯』源氏物語探求会編　風間書房　一九七七年)

(8)清水婦久子「源氏物語の歌枕表現　物語の長編性と「玉かづら」」『歌枕を学ぶ人のために』片桐洋一編　世界思想社　一九九四年

(9)評釈は、「自分は昔のままの自分であれを恋しく思っているにせよ、娘は父でもない自分のところへどういう因縁で尋ねてきたのだろう」と解釈する。

(10)小町谷氏の注4の前掲論文より引用。

(11)『紫明抄・河海抄』玉上琢彌編　山本利達・石田穣二校訂　角川書店　一九六八年

(12)「玉鬘巻の冒頭部は末摘花巻の冒頭部と類似した表現になっているのだが、内実は大幅に異なる。即ち、末摘花巻が夕顔の思い出を忘れられずに夕顔に似た女を探し、似ても似つかない他人の末摘花を手に入れてしまう話となっているのに対して、玉鬘巻は亡き夕顔の回想からその娘玉鬘が再登場する話となっているのである。」(姥澤隆司「玉鬘と登場の様相―玉鬘造型と光源氏の意図―」『源氏物語の探求　第十三輯』源氏物語探求会編　風間書房　一九八八年)

(13)夕顔の死後、体調不良から全快した源氏が右近から夕顔に娘がいることを聞き「さて何処にぞ。人にさとは知らせでわれに得させよ。あとはかなくいみじと思ふ御形身に、いとうれしかるべくなん」(「夕顔」巻・一・一三九ページ)といったことによる。

(14)源氏が、「かくてつどへたるかたゞゝのなかに、かのをりの心ざしばかり思ひとゞむる人しもなかりしを」(「玉鬘」巻・二・三五九ページ)といっていることに「「心ざし」とは、いまで言う愛情の意味」として、源氏の「夕顔にたいする純粋な気持がここにいたって強調されている」とする。(藤井貞和「玉鬘」『源氏物語講座　第三巻』山岸徳平・岡一男監修　有精堂　一九七一年)

(15)藤井氏の注14の前掲論文より引用。

(16)久保田淳「『源氏物語』の夢―その諸相と働き」『文学』六巻五号　岩波書店　二〇〇五年

第三節　玉鬘とヒルコ伝承

一　「玉鬘」巻のヒルコ伝承

玉鬘は、源氏と贈答歌をかわした後、六条院で源氏との初対面をはたす。

いさゝかもこと人と隔てあるさまにもの給《たまひ》なさず、いみじく親めきて、「年ごろ御行へを知らで、心にかけぬ隙なく嘆き侍《はべる》を、かうて見たてまつるにつけても、夢の心ちして、過ぎにし方の事ども取り添へ、忍びがたきに、えなむ聞こえられざりける」とて、御目おしのごひ給《たまふ》。まことに悲しうおぼし出でらる。御年のほど数え給《たまひ》て、「親子の仲の、かく年経たるたぐひあらじ物を、契りつらくもありけるかな。今はものうひ〳〵しく、若び給《たまふ》べき御ほどにもあらじを、年ごろの御物語りなども聞こえまほしきに、などかおぼつかなくは」と恨み給《たまふ》に、聞こえむこともなくはづかしければ、「脚立たず沈みそめはべりにけるのち、何事もあるかなきかになむ」と、ほのかに聞こえ給《たまふ》声ぞ、昔人にいとよくおぼえて若びたりける。ほゝ笑みて、「沈み給《たまひ》けるを、あはれとも今はまた誰かは」とて、心ばへ言ふかひなくはあらぬ御いらへとおぼす。

（「玉鬘」巻・二・三六四〜三六五ページ）

右は、物語内に見られる源氏と玉鬘が、初めて会話をする場面でもある。源氏の問いかけに対して玉鬘は、「脚立たず沈みそめはべりにける」[注1]と答える。三歳で母を亡くし、四歳で乳母にともなわれ筑紫へ下向した自らの境遇に重ねるようにしてヒルコ伝承が用いられる。源氏もそれに対して、「沈みたまへりけるを、あはれとも今はまた誰かは」とヒルコ伝承を踏まえて答える。

このことは『河海抄』に、「かそいろはいかに哀れと思らん三とせになりぬ足たゝずして」という引き歌に加え、「蛭子の父母にすてられし事を玉鬘の我身の上にそへている也」と指摘される。[注2] これは、『和漢朗詠集』に見られる『日本書紀』を踏まえて詠まれた大江朝綱の和歌である。[注3] 第二・三句を「あはれと見ずや蛭の児は」として『日本紀竟宴和歌』にも朝綱歌が見え、こちらの歌が踏まえられていると考えられる。

この故事が、『源氏物語』において受容される点については、吉森佳奈子氏[注4]や稲生知子氏[注5]よる先行研究がある。しかし、これらの先行研究では、「明石」巻に見られる源氏と朱雀帝との贈答歌について論じられており、「玉鬘」巻についてはふれられていない。

この場面について玉上琢彌氏は、生まれたヒルコが三歳になっても足が立たなかったので、船に乗せて流してしまったことを玉鬘が踏まえて、「三歳の時母に死なれてから、の意に使った」のだとする。[注6]

小町谷照彦氏は、「光源氏は夕顔の思い出に浸りながら長年行方を求めていた玉鬘との対面の喜びを語りかけたのに対して、朝綱歌を踏まえ答えた玉鬘の言葉については、「幼時から西国にさすらって苦労した我が身の上を語る玉鬘の才気や教養に、光源氏はすっかり感心する。「めやすくものしたまふを、うれしく思して」と、玉鬘の田舎育ちとは思えない容貌・教養・態度の卓越ぶりが、「めやすし」という鍵語《キーワード》の繰返しで印象付けられ、前に右近に語って聞かせた玉鬘を「すき者どもの心尽くさするくさはひ」とする構想が、ここで改めて紫の上に語られることによって、さらに確固としたものになる」のだと指摘する。[注7]

また、藤井貞和氏は、これより以前の場面にある（源氏）「知らずとも尋ねてしらむ三島江に生ふる三稜の筋は絶えじを」（同・三五九ページ）と、（玉鬘）「数ならぬ三稜や何の筋なればうきにしもかく根をとどめけむ」（同・三六〇ページ）という源氏と玉鬘とによる和歌の贈答に六条院入りのための試験的な要素があり、この対面については「最終的な試験」であるとし、「こうして試験に合格すれば、玉鬘は、好き者のこころをみだれさせるための「くさはひ」としてもてなされることになる算段である」とする。▼注8 つまり、六条院入りし対面する以前に源氏が玉鬘に課す試験的要素を持った言動には、夕顔的な女を六条院入りへと導く機能があるのだと言える。

源氏が、夕顔的な女を求めていたのには、六条院の活性化をはかる意図がある。また前節でも論じたように、玉鬘の六条院入までの過程には、母である夕顔の影響が強く見られる。▼注9 また、それまでは源氏から玉鬘に問いかけるようなかたちで、試験的な要素が成立するのに対して、問いかけそのものは源氏からなされるが、ヒルコ伝承を玉鬘が引用して源氏がそれを受けて答えるという構図をとる。

この場面に、玉鬘の性格を試験する要素があるのなら、ヒルコ伝承は源氏が引用し、玉鬘がそれを受けて答えるというかたちをとることによって成立するのではないか。つまり、物語にそのような思惑があり、結果として試験的な意味を持ち合わせるのだとしても、源氏本人にはその意図がなかったことになる。

ヒルコ伝承がこの場面でどのような働きをするのかは、源氏の言葉に対して玉鬘が、どのような意図を持ちヒルコ伝承を引用するのか、源氏と玉鬘が物語の一場面において、どのような役割を担うのかが問題となる。

二　『源氏物語』におけるヒルコ伝承の引用

『源氏物語』において、「玉鬘」巻と同じようにヒルコ伝承を踏まえる例は、「玉鬘」巻の他には二例見られる。

では、この二例ではどのように機能するのだろうか。

「遊びなどもせず、昔聞きしものの音《ね》なども聞かで、久しうなりにけるかな」とのたまはするに、

わたつ海にしなえうらぶれ蛭の子の脚立ゝざりし年は経にけり

と聞こえ給へり。いとあはれに心はづかしうおぼされて、

宮柱めぐりあひける時しあれば別れし春のうらみ残すな

いとなまめかしき御ありさまなり。

（「明石」巻・二・八九ページ）

右は、「明石」巻で源氏は、明石から帰京し八月十五日の月明の夜に朱雀帝と対面し和歌の贈答をする場面である。源氏は、自らの流謫が約三年であったことを踏まえてヒルコ伝承を引用する。つまり、流離していた期間を表すのが主にその意味となる。

次に、「松風」巻を見てみたい。

さし寄り給ひて、「まことはらうたげなるものを見しかば、契り浅くも見えぬを、さりとてものめかさむほども憚《はばか》り多かるに、思ひなむわづらひぬる。同じ心に思ひめぐらして、御心に思定《おもひ》め給へ。いかゞすべき。こゝにてはぐくみたまひてんや。蛭の子が齢にもなりにけるを。罪なきさまなるも、思ひ捨てがたうこそ。いはけなげなる下つ方もまぎらはさむなど思ふを、めざましとおぼさずは引き結ひたまへかし」と聞こえ給ふ。「思はずにのみとりなし給ふ御心の隔てを、せめて見知らずうらなくやは、とてこそ。いはけなからん御心には、いとようかなひぬべくなん。いかにうつくしきほどに」とて、すこしうち笑み給ひぬ。児《ちご》をわり

ならうたきものにしたまふ御心なれば、得て抱きかしづかばやとおぼす。

（「松風」巻・二・二〇九～二一〇ページ）

「明石」巻では、流離していた期間を表すため用いられ、「松風」巻でも明石の姫君の年齢が流されるヒルコと同一であるため用いられる。ただ、ヒルコ伝承を踏まえた箇所自体によって、そういった意味が付与されていないにせよ、その会話自体は源氏が紫の上に明石の姫君の「引き結ひ」をするよう求めているのであって、それができる親の不在を訴えているのではないだろうか。

「明石」巻、「松風」巻、「玉鬘」巻の三例の使われ方はそれぞれに異なる。しかし、ヒルコが三歳で流された事を、「明石」巻では源氏が流離していた期間として、「玉鬘」巻では玉鬘が親を失い筑紫へ下った年齢の幼さを表現するために用いられる。これは、ヒルコ伝承を引く際に用いられる表記される部分の違いや、和歌か会話かといった表現手段の違いに関係なく、内容を取り込んでいる。つまり、表出した引用が背後にあるヒルコ伝承の世界を含蓄し、物語に受容され、受容する側の物語の内実に添うことによって、その意味を確立させているのではないだろうか。

小林茂美氏は、玉鬘の「脚立たず」という言葉について朝綱歌を「直接にはふまえている」としながら、うつぼ舟漂流譚との関係を指摘し、「日子《ヒルコ》伝承をふまえて、「私が三歳のとき母と死別してからのちは…」の意味に転用し母なき幼児の放浪閲歴を代弁させた玉鬘の原像と、その説話的意義は明瞭となろう」とする。▼注10 小林氏の考えは、ヒルコを「日子」とすることを前提としておりその点には疑問をもつが、▼注11 「玉鬘」巻で引かれるヒルコ伝承は、朝綱歌を媒介としながら、その先にある神代紀の世界を見据えているのだと思われる。そうしたことをふまえ、「脚立たず」の記述がどのように本文に関わるのかを考えてみたい。

三　「親」という叙述をめぐって

源氏が、「親子の仲の、かく年経たるたぐひあらじ物を、契りつらくもありけるかな」と玉鬘に問いかけることについて玉上氏は、「実の親子の中　君と姫君との間。あくまでも実の親子のようにおっしゃるのである。新しく雇った女房には、そう思わせるつもりである」と指摘し、「源氏は、実の親子のごとくふるまうつもりでいるから、部屋の中でふるまい、話しは遠慮なしである」とする。この指摘は、几帳を少し押して、玉鬘と対面する際に、「灯こそ、いと懸想びたるここちすれ。親の顔はゆかしきものとこそ聞け、さもおぼさぬか」（「玉鬘」巻・二・三六四ページ）と言っていることの流れを受けている。玉鬘については、「実の親ではないし、つられてはしたない態度があったりしたらどう思われるだろう、という心配もある」とする。▼注12

　これ以前の場面で源氏は、右近から玉鬘の消息を伝えられその様子を聞く。

「容貌などは、かの昔の夕顔と劣らじや」などの給へば、「かならずさしもいかでかものし給はん、と思給《おもひ》へりしを、こよなうこそ生ひまさりて見え給《たまひ》しか」と聞こゆれば、「をかしのことや。誰ばかりとおぼゆ。この君と」との給へば、「いかでか、さまでは」と聞こゆれば、「したり顔にこそ思《おもふ》べけれ。われに似たらばしも、うしろやすしかし」と、親めきての給《たまふ》。（同・三五八ページ）

　玉上氏の指摘は、「親の顔はゆかしきものとこそ聞け」や、右のように、源氏が玉鬘に対して実の父親のように振舞っている点を受けているのだと思われる。また、後藤祥子氏が、「玉鬘の身分の秘密なりいつわりなりというものは、この物語ではすべて源氏のその場の方便から次第に真実化してくるものなのであって、どうかすると迷わされがちなのである」[▼注13]と指摘することからも、このような源氏の発言については留意しなければならないと思われる。

玉鬘には、この時点で二通りの従者がいる。まず、豊後の介や乳母、その娘である兵部の君をはじめとした上京以前から使えている者、玉鬘の六条院入りの際に「市女などやうのもの」たちに集めさせた「よろしき童女、若人」や女房たちである。源氏の発言は新しく仕え始めた従者たちに、自らを玉鬘の実父として認識させる為だろう。

しかし、そうした新しい従者たちに呼びかける意図があるのだとしても、源氏との会話の中心にいるのは玉鬘である。源氏が自らを玉鬘に対して実の父親だと主張し、玉鬘がヒルコ伝承を幼児期の自分自身の境遇に重ねて用いているのであるのなら、この会話のやり取りにおける互いの意図が食い違ってしまう。

源氏は親子の関係であると自ら言っているのにも関わらず、「あはれとも今はまた誰かは」と言っていることになる。「今はまた誰かは」と対比的に自分のことを言うのであれば、会話の前提として自分以外の存在、自分以外の親が必要とされる。玉鬘に対して、自分のことを親として位置づける場合には、その言葉の前後で矛盾が生じてしまうのではないだろうか。玉上氏の指摘するように、源氏が女房たちに自分を玉鬘の実の親だと印象付けるのだとしても、玉鬘に対しては、別の意図を持って呼びかけていると考えるべきなのではないだろうか。

そもそも玉鬘自身は、源氏の元へ身を寄せることに疑問がないわけではない。

> 正身《さうじみ》は、たゞかことばかりにても、まことの親の御けはひならばこれうれしからめ、いかでか知らぬ人の御あたりにはまじらはむ、とおもむけて、苦しげにおぼしたれど、あるべきさまを右近聞こえ知らせ、人〲

も「おのづから、さて人だち給ひなば、おとゞの君も尋ね知りきこえ給《たまひ》なむ。親子の御契りは絶えて止まぬものなり。右近が、数にも侍らず、いかでか御覧じつけられむと思《おもひ》給へしだに、仏神の御導き侍らざりけりや。まして誰も〳〵たひらかにだにおはしまさば」と、みな聞こえなぐさむ。

（同・三六〇ページ）

ここで、「おのづから、さて人だち給ひなば、大臣の君も尋ね知りきこえ給なむ」と言っているのは「人〳〵」であり、玉鬘と供に筑紫から上京してきた乳母たちであると思われ、玉鬘自身が言っているわけではない。玉鬘が、内大臣と再会を望む気持ちは、あったとしても表出していない。乳母たちにとって玉鬘の幸福とは、父内大臣の元へ行く事なのだろう。藤井氏が指摘するように、上京そのものは玉鬘の幸福を願っての事であり、自己の幸福を願う気持ちは、恐らくそれ以上ではなかった。▼注14

豊後の介の心ばへを、ありがたきものに君もおぼし知り、右近も思《おもひ》言ふ。おほぞうなるはことも怠りぬべしとて、こなたの家司ども定め、あるべきことどもおきてさせ給《たまふ》。豊後の介もなりぬ。年ごろ田舎び沈みたりしここちに、にはかに名残もなく、いかでか、かりにも立ち出で、見るべきよすがなくおぼえし大殿のうちを、朝夕に出で入りならし、人を従へ、こと行ふ身となれば、いみじき面目と思《おもひ》けり。

（同・三六六～三六七ページ）

ここで「豊後の介の心ばへを、ありがたきものに君もおぼし知り」とされるのは、そうした豊後の介たちの在り方が反映されているからだろう。豊後の介や兵部の君は、玉鬘が六条院入りした後、家司や女房としてそれまでの流謫から解放される。それは、大宰の少弐の遺言どおり上京を果たし彼等の思う玉鬘の幸福を手に入れ、その役割を終えたからに他ならない。役割を終えたからこそ玉鬘は、「豊後の介の心ばへを、ありがたきものに君もおぼし知り」と思うのだろう。玉鬘の上京の目的は、母を思う一念に貫かれる。「玉鬘」巻で、親に対する玉鬘の意志が読み取れる場面として次のような箇所がある。

幼き心ちに母君を忘れず、をり〳〵に、「母の御もとへ行くか」と問ひ給《たまふ》につけて、涙絶ゆる時なく、娘どもも思《おもひ》こがるゝを、「船路ゆゝし」と、かつは諫めけり。

（「玉鬘」巻・二・三三三〜三三四ページ）

殊更に徒歩《かち》よりと定めたり。ならはぬ心ちにいとわびしく苦しけれど、人の言ふまゝにものもおぼえで歩み給《たまふ》。いかなる罪深き身にて、かゝる世にさすらふらむ、わが親世になくなり給へりとも、我をあわれとおぼさば、おはすらむ所に誘ひ給へ、もし世におはせば御顔見せ給へ、と仏を念じつゝ、ありけむさまをだにおぼえねば、たゞ親おはせましかばとばかりのかなしさを、嘆きわたり給へるに、かくさしあたりて身のわりなきままに、とりかへしいみじくおぼえつゝ、からうして、椿市といふ所に、四日といふ巳の時ばかりに、生ける心ちもせで行き着き給へり。

（同・三四五ページ）

二例とも椿市で右近と出会い、母との死別を知らされる以前である。「わが親世になくなり給へりとも」と、玉鬘は夕顔との死別を予感してはいるが、▼注15 考察に際して右近と出会う以前と以後とで厳密に分けることは必要だろう。しかし、この上京物語において苦境に立たされたとき、玉鬘が思いを寄せるのは母夕顔である。つまり、ヒルコ伝承を用いる際に、今後、対面する可能性のある父内大臣を思うのだとしても、母夕顔に思いを寄せない事はない。

母親と死別したことを知り、玉鬘は源氏の元へと引き取られ対面を果たす。玉鬘はヒルコ伝承を引用することで、母を失った幼児期へ自己を回帰させる。上京以前に玉鬘が失ったものは、母夕顔なのである。

玉鬘は、源氏の言葉に脚の立たないヒルコとして自己をたとえ、実の親を思い答える。源氏の「親子の仲の、かく年経たるたぐひあらじものを」という言葉がその場にいた女房と玉鬘それぞれに固有の意味をもたらし、場面が重層化される。源氏の言動について後藤氏は、「後に大宮に語ることば、或は夕霧に陳弁する件りなども、源氏の虚言は明瞭でありながら、源氏の口から出る以上、半ばは本当かも知れないと思い、あたかも本当であるような気がしてくるという奇妙なところがある。この現象には周囲の人間や読者のみならず、源氏自身も毒されていて、まずその場の方便から口に出しておいて、自分でもそれに巻きこまれ、逆に刈り取っていかなければならない破目になるといった状況を呈する[注16]」と指摘する。その後、源氏は自らが作り出し、重層化された視点にさらされることになる。その視点は、源氏が生み出したものでありながら、玉鬘はもちろん、源氏自身に対しても矛盾を引き起こしてゆく。

その後、玉鬘は「くさはひ」としての役割を六条院において担う。源氏の娘として求婚されることによって外的に、そして一方では夕顔のゆかりとして内的に機能し、六条院における今後の展開へ結びついていく。

【注】

（1）ヒルコ伝承という言葉については、記紀を始めとしたそれに類する故事を指す際に使用する。ヒルコの表記については、『古事記』で「水蛭子」、『日本書紀』で「蛭児」とされているため、記紀双方とそれに類する神話体系をとらえ使用するために「ヒルコ」とする。しかし、大内建彦氏は、記紀のヒルコ伝承を内容の類似から一元的にとらえることに対して、「改めて二つのヒルコ神話が類型のものであるのかないのか、出現位置のちがい、それぞれのヒルコの原態や性能および、その本来の神話的意味等を明らかにし、根本的に再検証すべき」（「二つの「ヒルコ神話序説」」『古代文学の思想と表現』新典社　二〇〇〇年）として、この二つの神話の出自や意味が異なり、別箇の神話とする。こうした視点があることは、軽視することができないものだろう。

（2）『紫明抄・河海抄』玉上琢彌編　山本利達・石田穣二校訂　角川書店　一九六八年

（3）『日本書紀』において、蛭児が生まれ流されるという大筋は、『日本書紀』の一部を除き『古事記』と共通している。『日本書紀』と『古事記』との違いとして、『日本書紀』には「女人の先づ言ひつるは、良くあらづ」という生み損じのいきさつは語られていない。また『日本書紀』には「脚猶し立たず」という『古事記』には見えない記事がある。記紀本文の引用は、新編日本古典文学全集による。和歌の引用は、『新編国歌大観』による。

（4）吉森佳奈子「『源氏物語』と『日本紀』」『河海抄』の『源氏物語』和泉書院　二〇〇三年

（5）稲生知子「「哀れ」なるヒルコへ―神話生成の現場としての日本紀竟宴―」『日本文学』四九巻六号　二〇〇〇年

（6）玉上琢彌『源氏物語評釈』第五巻　一九六五年　角川書店

（7）小町谷照彦「光源氏と玉鬘（1）」『講座源氏物語の世界〈第五集〉』秋山虔・木村正中・清水好子編　有斐閣　一九八一年

（8）「田舎わたらいをしてきたにもかかわらず、すこしもひなびず、六条院のみやびの世界に合格することが玉鬘の性格には絶対的にもとめられている」（藤井貞和「玉鬘」『源氏物語講座　第三巻』山岸徳平・岡一男監修　有精堂　一九七一年）

（9）藤井氏の注8の前掲論文より引用。

（10）小林茂美「玉鬘物語論―物語展開の原動質から―」『源氏物語論序説―王朝の文学と伝承構造Ⅰ―』桜楓社　一九七八年

（11）小林氏の指摘のように、日子を日女に対をなす太陽神とする考え方は、松本信広氏の『日本神話研究』（平凡社　一九七一年）にて詳しい考察がなされている。

一方、松村武雄氏は、『日本神話の研究　第二巻』（培風館　一九五五年）のなかで、こうした考え方について「この見方はヒルメを日女と解釋することを前提としてゐる」とし、ヒルメが「日の妻」と解釈する説を紹介し、文字の通りに「蛭兒」として受け取る説を「「日子」説に敢てゆづらない程度の確立をもつやうに、自分には思はれる」とする。

(12) 玉上氏の注6の前掲書より引用。

(13) 後藤祥子「玉鬘物語展開の方法」『日本文学』一四巻六号　日本文学協会　一九六五年

(14) 藤井氏は、注8の前掲論文で「少弐・乳母・豊後介らのかんがえるところは、かれらのいつきかしづく玉鬘の姫君の現実的な幸福であり、そのことによって自分たちもめぐみにありつこうとする微妙な心情を手ばなしたことがない」と指摘しながら、「乳母たち自身の幸福のために玉鬘をまもって上京したというごとき見かたは、物語の方法に微する不当な見解であるといえよう」とする。

(15) 乳母は、「夢などに、いとたまさかに見え給時などもあり。同じさまなる女など、添えひ給うて見え給へば、名残心ちあしく悩みなどしければ、猶世に亡くなり給にけるなめりと思ひなるもいみじくのみなむ」(「玉鬘」巻・二・三三四ページ)と、夕顔の死を夢によって予感する。源氏も「夕顔」巻で同じように夕顔の夢を見る。

(16) 後藤氏の注12の前掲論文より引用。

第二章　端役たちの活躍

第一節　玉鬘をめぐる夢の役割

一　筑紫への下向

幼少の玉鬘は、母である夕顔の死後、夫が大宰の少弐となった夕顔の乳母に伴われ筑紫へ下向する。

かの西の京にとまりし若君をだに、行くへも知らず、ひとへにものを思《おもひ》つゝみ、また、「今さらにかひなきことによりて、我が名もらすな」と、口固め給《たまひ》しを、憚りきこえて、尋ねてもおとづれきこえざりしほどに、その御乳母のをとこ、少弐になりて行きければ、下りにけり。かの若君の四つになる年ぞ、筑紫へは行きける。

（「玉鬘」巻・二・三三二〜三三三ページ）

乳母たちも「母君の御行くへを知らむと、よろづの神仏に申して、夜昼泣き恋ひて、さるべき所々を尋ねきこえけれど、つひにえ聞き出でず」（同・二・三三三ページ）と、ただ何せず待っていたわけではなく、夕顔の無事を願い捜索していた。また、父親である頭中将に助けを求めることも考えるが、「母君のおはしけむ方も知らず、尋ね問ひ給はゞ、いかゞ聞こえむ。まだよくも見なれ給はぬに、幼き人をとゞめたてまつり給はむも、うしろめたかるべし。知りながら、はた率て下りねとゆるし給《たまふ》べきにもあらず」（同・三三三ページ）と境遇を熟慮した結果、伝えることをせずに筑紫へ共に下る。

「玉鬘」巻の冒頭部は、源氏の「飽かざりし夕顔を、露忘れ給はず」（同・三三二ページ）という想いから「心のうちには、故君ものし給はましかば、明石の御方ばかりのおぼえには劣りたまはざらまし」（同・三三二ページ）という追慕を経て、「夕顔」巻の死後の玉鬘たちの動向が語られる。同時に玉鬘の筑紫下向、上京から六条院入りまでの過程には、豊後の介や兵部の君を始めとした乳母の一族が深く関わる。流離の過程は、玉鬘を中心とした物語全体での冒頭部でありながら、同時に乳母たちの物語でもある。

「玉鬘」巻以後、乳母や豊後の介は物語の表層に姿を現さない。▼注1 これは玉鬘が、流離から六条院へと至る為の導き手として、その役割を担うことを示す。「夕顔」巻の時点で既にそこまでの構想があったのかは定かではない▼注2が、「玉鬘」巻でそのように造型されていることは興味深い。乳母たちは、玉鬘の流離に具体的にはどのように関わっていたのだろうか。

先にもふれたが、源氏と乳母は死後の夕顔を夢に見る。

> 金の岬過ぎて、「われは忘れず」など、世とともの言種になりて、かしこに至り着きては、まいて遥かなるほど思ひやりて、恋ひ泣きて、この君をかしづきものにて明かし暮らす。夢などに、いとたまさかに見え給《たまふ》ときなどもあり。同じさまなる女など添ひ給うて見え給へば、名残心ちあしく悩みなどしければ、猶世に亡くなり給《たまふ》にけるなめり、と思ひなるもいみじくのみなむ。（同・三三四ページ）
>
> 君は夢をだに見ばやとおぼしわたるに、この法事し給《たまひ》てまたの夜、ほのかに、かのありし院ながら、添ひたりし女のさまも同じやうにて見えければ、荒れたりし所に住みけんものの、われに見入れけんたよりに、か

くなりぬること、とおぼし出づるにも、ゆゝしくなん。

（「夕顔」巻・一・一四五ページ）

乳母は筑紫に下向した際、夕顔の夢をみる。乳母たちは夕顔の行方を探したが、ついに見つけることができなかった。乳母は、夫が大宰の少弐となったため、四歳の玉鬘を連れて筑紫へと下る。夕顔は、下向最中の「涙絶ゆる時なく、娘どもも思ひこがるゝを」（「玉鬘」巻・二・三三三ページ）や大宰府についてからの「まいて遥かなるほどを思ひやりて、恋泣きて」（同・三三四ページ）といった、玉鬘一行の離別の悲しみに呼応するように乳母の夢に現れる。また、「夢などに、いとたまさかに見え給ときなどもあり」とあり、「同じさまなる女」が一緒に出てきていることから、乳母が夕顔を強く思っているためか、複数回、夕顔を見ているようで、乳母の思いの強さがうかがえる。

また源氏も「夕顔」巻で、夕顔の四十九日の法事の翌晩、夕顔の夢を見ているが、それ以前に「人にはさとは知らせでわれに得させよ」（夕顔・一・一三九ページ）と玉鬘を引き取る意思を示す。同時に、玉鬘の実父である頭中将の事を気にしている。

「かの中将にも伝ふべけれど、言ふかひなきかことおひなん。とざまかうざまにつけてはぐくまむに咎《とが》あるまじきを、そのあらむ乳母などにも、ことざまに言ひなしてものせよかし」など語らひたまふ。

（「夕顔」巻・一・一三九ページ）

源氏が「かの中将にも伝ふべけれど、言ふかひなきかことおひなん」と言ったことから、源氏は、「とざまかうざまにつけてはぐくまむに咎あるまじきを、そのあらん乳母などにも、異ざまに言ひなしてものせよかし」と、右近に夕顔の遺児で頭中将の子でもある玉鬘の姫君を育てたとしても問題はないだろうという考えを伝える。しかしその後、「いまさらに漏らせじと忍び給へば」（「夕顔」巻・一・一四五ページ）と、夕顔の娘である幼い玉鬘の姫君のことを聞くにきけず、玉鬘は行方知れずになってしまう。そうした描写の直後に源氏がこの夢を見ているため、源氏が夕顔の死後、玉鬘にとった対応や右近とのやり取りには、この夢が影響していると考えられる。

二　夕顔の乳母について

まず、「玉鬘」巻に登場する乳母について考えてみたい。「夕顔」巻でなにがしの院での出来事があった時、玉鬘の姫君は西の京にいたこの乳母のもとにいた。

こその秋ごろ、かの右の大殿よりいとおそろしきことの聞こえ参で来しに、物おじをわりなくし給《たまひ》し御心に、せん方なくおぼしおぢて、西の京に御乳母の住み侍《はべる》所になんはひ隠れ給へりし。（同・一・一三九ページ）

「夕顔」巻で登場する西の京の乳母は、夕顔の乳母である右近の母とは別の乳母である。「玉鬘」巻で登場する乳母については、玉鬘自身の乳母とする説と、夕顔の乳母とする説とがある。

玉鬘の乳母と解釈しているのは、新潮日本古典集成が本文への傍注で「若君の」と補足しており、玉上琢彌氏が現代語訳で「その御乳母のをとこ」を「姫君の乳母の夫」としている。▼注3 吉海直人氏は「玉鬘に関しては、しばしば誤解されているようだが、玉鬘を養育しているのは、玉鬘自身の乳母ではなく、母夕顔の西の京の乳母であった」と夕顔の乳母として解釈する。▼注4 また、吉海氏は同論文の注で夕顔と玉鬘、二人の乳母であるという兼職の可能性を示唆する。

夕顔の乳母と解釈した場合、「夕顔」巻で「この家のあるじぞ西の京の乳母のむすめなりける。三人その子はありて」（同・一・一四四ページ）とあり、「玉鬘」巻では「おのこゞ三人あるに」（「玉鬘」巻・二・三三五ページ）とあり、加えて姉のおもとと妹の兵部の君の二人、計五人の子どもがいることになる。この齟齬については、田中恭子氏が「西の京の乳母腹でなくとも、小弐の子は、父の任官に望みを繋いでこぞって筑紫へ同道したのであろう」とする。▼注5 また、田中氏は、兵部の君と姉おもとが筑紫下向の際に歌を詠んでいることについて、当時四歳であった玉鬘の乳母子が歌を詠むことには無理があるとして夕顔の乳母である説をとる。

この問題については、吉海氏の兼職の可能性についての指摘を無視する事はできないが、乳母子とした場合、兵部の君と姉おもとの年齢についての説明がつかないことから、夕顔の乳母として考えてよいだろう。

この西の京の乳母の役割について外山敦子氏は、乳母の呼称の変化に着目し、「この変化は、乳母が担っていた玉鬘養育権が右近の手中へと移行し、西の京の乳母は玉鬘養育権を喪失したことを象徴的に語るものであった」と、玉鬘の養育権の移行を指摘する。▼注6 六条院入り後に花散里が後見になることなどを考えると、外山氏の言う養育権という言葉の概念に対して疑問を持つが、乳母が物語において与えられた役割を終えていることには間違いないだろう。

外山氏が指摘するように、養育に関する主導権が乳母から右近へと移行したと考えるよりも、乳母の役割がこの場面で果たされたのだと考えるべきなのではないだろうか。その後、右近は「胡蝶」巻や「篝火」巻で登場するが、六条院入りまでの過程における乳母とは役割そのものが異なるように思われる。

乳母たちは、導き手としての役割を終え、物語から姿を消していく。だが乳母の果たしていた機能を右近が担うというわけではなく、右近は「玉鬘」巻から一貫した姿勢で玉鬘と関わりながら、必要に応じて物語に登場する。

「玉鬘」巻の冒頭でこの乳母は、玉鬘の姫君を伴い筑紫へ下向してその後上京し、初瀬詣の途中、椿市にて右近と再会し、玉鬘の六条院入りへ至る。それまでの過程で行われる玉鬘の養育は、源氏が「わが名もらすな」（同・三三二ページ）と口止めしていたために「尋ねてもおとづれきこえざりしほどに」（同・三三二ページ）という理由から夕顔の乳母として、言いかえれば玉鬘の姫君が夕顔のゆかりであるからこそ為されている。

乳母と右近は共に夕顔によって玉鬘と結びつきながらも、それぞれ個別の機能を担い玉鬘の物語に関わる。夕顔の死後、物語は幼い玉鬘の姫君の導き手を求めていた。「玉鬘」巻で筑紫へ下向していく乳母の夢に夕顔は現れる。娘の玉鬘のもとへ現れるのではなく、六条院への導き手となる乳母の夢に現れる事は注目すべき点だろう。また、「夕顔」巻では源氏の夢に現れる。この二つの夢はその後の展開にどのような影響を及ぼしているのだろうか。

三　『源氏物語』における死者が現れる夢

夕顔は、死後に源氏と乳母の夢に現れることから死霊としてとらえられる。死霊とはなにか。死霊と生霊との関係はもちろん、物の怪と霊の違いについても留意しておかなくてはならないだろう。同時に死霊となった夕顔が夢という媒体を利用して表れていることにも注目したい。『源氏物語』において、死霊の夢をみるという事は、どういったことなのだろうか。この他にも多様な視点から考察することは可能ではあるが、ここでは『源氏物語』全体の用例を視野に入れながら夕顔の現れる夢について考えてみたい。『源氏物語』において死者が現れる夢は全部で九例あり、その用例は以下の通りである。▼注7

①源氏の夢に現れる夕顔（「夕顔」巻）
②源氏の夢に現れる源氏の父である桐壺帝（「明石」巻）
③朱雀帝の夢に現れる父桐壺帝（「明石」巻）
④末摘花の夢に現れる父常陸宮（「蓬生」巻）
⑤源氏の夢に現れる藤壺（「朝顔」巻）
⑥乳母の夢に現れる夕顔（「玉鬘」巻）
⑦夕霧の夢に現れる柏木（「横笛」巻）
⑧中君の夢に現れる父八宮（「総角」巻）
⑨宇治山の阿闍梨が見た供養を求める八宮（「総角」巻）

この九例について福田孝氏は、『源氏物語』が『竹取物語』や『落窪物語』など他の作り物語とは異なり、夢の事例が多いことを指摘する。そうした上で、「たとえば光源氏が亡き夕顔を偲ぶ、光源氏が亡き紫の上を夢の中ででも見たいと思う、といったように、情実に叶った利用の仕方がされている点が注意される。その意味で『源氏物語』は人間の心理の機微を描くために夢を利用していると云える」とする。また、数多い夢の事例において夢の様子が具体的に地の文に書かれているのが③、⑤、⑦の夢と、「若菜下」巻にみられる「たゞいさゝかまどろむともなき夢に、この手馴らしし猫の、いとらうたげにうち鳴きて来たるを」（「若菜下」巻・三・三六四ページ）という例だけであることから、「死者が生者の夢に現れるという夢の用い方に作者が格別の執心を抱いていたことは指摘してよいだろう」とする。▼注8「人間の心理の機微を描くために夢を利用している」という指摘からも、夢は単純に物語内における事象としての役割を担うだけでなく、その描かれ方は意図的で、人物の心情と密接に結びつき挿入されている可能性を常に踏まえておく必要がある。

西嶋幸代氏は、霊魂が現れる夢について、出る側と見る側の性差に着目し、その特徴に言及する。西嶋氏は、女性が女性の夢に現れる夢である⑥の夢と、「浮舟」巻で明かされる浮舟の母が見る浮舟の夢とについて「一つの区切りとして機能している」とし、「母が娘の夢を見ることはあるが、娘が母を夢に見る例がない事から、当時の女性にとって、自分の地位や人生までも左右してしまう男性はとても大きな存在であったが、母親はそれほどの存在ではなかったという事も言えるだろう」と指摘する。▼注9 夢に現れる側と見る側の性差が、その社会的役割の差から生じるのだと考えるのであれば、現れる場合の動機、見る場合の条件や境遇に深く関わると言える。

また、この二つの夢について並列させて考えるのであれば、生霊であるか死霊であるかということはもちろん、霊であるのか物の怪であるのかということの影響についても踏まえておく必要があるだろう。浮舟の夢は、それまで生きていた浮舟が死へ向かおうとする意思に重なるように母の夢に現れる。その時の浮舟の状態を考慮しても、結果として生霊として母の夢に現れたことは、浮舟が生きているからこそ母に救済を求めているのだとも言える。死んでいることをある程度、前提として現れる⑥の夢と、あくまで生の延長線上として描かれる浮舟の夢とは、後に問題とする見る者の解釈という要素からは共通する読みが可能ではある。しかし、その差異から物語の機能として夢を捉えるときには、あくまで別のものとして考えておく必要があるのではないだろうか。また、この夢は、物語においてひとつの区切りとして作用するが、それは女性が女性の夢に現れることの特性であるとはっきりとは言い切れないのではないだろうか。

藤井貞和氏は、「亡き人を恋ふる袂のひまなきに荒れたる軒のしづくさえ添ふ」（「蓬生」巻・二・一四七ページ）という歌の「亡き人」が故常陸の宮であることを指摘し、④の常陸の宮が現れる末摘花の夢について、「光源氏との再会を図っているのは故父宮の霊である」とする。[注10] 死者が、どのように夢をみる人物とかかわり、何を動機として夢に現れるのかという事は、見る者の境遇と密接に関わっていると言えるだろう。

藤本勝義氏は、⑦の夕霧が柏木を見る夢ついて考察する中で、柏木が夢枕に立つ理由について柏木がこの世に「執」を残したことをあげる。[注11] この世へ執着するからにはそれなりの理由があるのだと考えられる。柏木の場合のそれは、「笛竹に吹きよる風のことならば末の世ながき音《ね》に伝へなむ」（「横笛」巻・四・五八ページ）と歌ったように笛を夕霧ではなく自らが残した子孫、薫へと託したいことが「執」であったのだろうと指摘する。同様に、その他の例について考えてみると②と③の桐壺帝や④の常陸の宮はわが子の幸福を、⑤の藤壺は源氏と自らの関係を「執」としていたと思われる。

⑧と⑨の夢に現れる八宮は、⑨の夢で、「心とまることなかりしを、いさゝかうち思ひし事に乱れてなん」（「総角」巻・四・四五三ページ）と、阿闍梨に語っているように世の中に何の執着もなかったが、「いさゝかうち思ひし事」があったためその供養を求める。「いさゝかうち思ひし事」とは娘たちのこととしてよいのだと思われる。つまり八宮は娘たちのことを「執」として阿闍梨の夢に助けを求めてあらわれたのだろう。

また、共通して死霊が夢に現れる意図に、死霊の実子が関わっている。川本真貴氏は②、③、④、⑥、⑦、⑧、⑨、の夢に現れる死霊について「どれも己の子孫の守護と繁栄に寄与し、見守る存在として祖霊的である」と指摘する。[注12] 藤本氏と川本氏の指摘を踏まえて考える際、⑤の藤壺だけは無関係のようにも思われるが、源氏と藤壺の密通が源氏の口からもらされることは藤壺自身の問題であるとともに、密通が公になることは当然、藤壺の実子である冷泉帝の社会的立場に悪い影響を及ぼしてしまうように思われる。夢に現れる死霊とその実子が無関係だとはいえない。直接に実子の夢に現れないにしても、こうした夢の事例に対しては、夢に出る死霊となった者とその者の子孫、そして夢を見る者の三人という構図で考える必要がある。

死霊、生霊、物の怪にとって夢とは、生きている人間に何かを伝えるための媒体、もしくは手段の一つである。死霊にとっては、結果的としてだけ見れば現世に対して影響を及ぼすための手段であるとも考えられる。それが死霊自らの子孫に対して祖霊的に働くことは、単純に親子、情愛、婚姻といった関係だけで捉えられない。それらは、政治的、社会的背景や、死霊個人の内的な希求や思惑などが複雑に絡み合い、それらが与えるであろう影響を物語が容認したことによって現れるのではないだろうか。これらのことを踏まえたうえで、夕顔の現れる「夕顔」巻と「玉鬘」巻との夢を考察してみたい。

四　玉鬘の女君と夕顔とをつなぐ夢

「夕顔」巻では、夕顔の死後四十九日の法事をした翌晩、源氏の夢に「かのありし院」そのままの夕顔が現れ、「玉鬘」巻では、夕顔の行方がわからなくなったため、乳母の夫が大宰の少弐になったのに伴われ、乳母とともに筑紫へ赴いたその道中、乳母の夢の中に夕顔があらわれる。また、「夕顔」巻の源氏の夢に現れる「添ひたりし女」と「玉鬘」巻の「同じさまなる女」は、何がしの院で夕顔を取り殺した女を連想させ、「夕顔」巻の夢と「玉鬘」巻の夢に強い関連性を感じさせる。

「夕顔」巻と「玉鬘」巻の夢について三谷邦明氏は、乳母に巫女的要素があるとし、「成仏できない夕顔は、巫女でもある玉鬘の乳母に、自己の横死を訴えていた」として、この二つの夢について「対照的で通底している」と指摘する。▼注13 共通して「添ひたりし女」と「同じさまなる女」を伴い現れていることにおいては、この二つの夢の関連性を疑う必要はないだろう。

夕顔は、「夕顔」巻で「法事し給《たまひ》てまたの夜」と、夢をみた時が特定されており、一方「玉鬘」巻では、筑紫下向の悲しみに重なって夢に現れている。また、この夕顔の現れる夢は、「明石」巻で源氏が見た桐壺帝の夢のように、夢で見た内容がそのまま物語の表面に描かれるのではなく、二つの巻に共通した物語の流れの中での一要素として、あくまで場面に寄り添うようにして描かれる。そうした理由からも、夢を見ている場面の周辺がどのように描かれているかといった物語の背景に留意する必要がある。

夕顔が夢に現れるのであれば、幼かったとはいえ玉鬘の姫君自身の夢にはなぜ現れなかったのであろうか。藤本氏は、⑦の夢について源氏と対峙したときに物語の主体が夕霧へと移ることを指摘する。▼注14また夕顔の現れる夢の場合、明石の入道が夢を見て源氏を救済したように、夕顔が夢で具体的な夢告をするわけではない。玉鬘は、夕顔との再会を望んでおり、それを本意として考えてよいだろう。しかし、夕顔はもう亡き人となっているのだから玉鬘の願いは果たされる事がない。夕顔は、源氏や乳母の夢に現れても、再会を望む玉鬘の夢に現れる事はないのだ。

玉鬘を探しだし引き取り養育する事は源氏にとっての本意である。玉鬘の本意は果たされず、源氏の本意が果たされる形になる。西嶋氏によって「娘が母を夢に見る例がない」とされているが、▼注15物語に共通してそういった意識が働くのか、結果として源氏の願いが叶うように作用する。夕顔の夢を見たことは、源氏と乳母それぞれにどのような影響をもたらし、それらは玉鬘自身の望みとどのような関係にあるのだろうか。

「玉鬘」巻での玉鬘の動向には、乳母の意思が色濃く反映される。主体となる人物が夢を見て死霊の導きにしたがい行動をするのであれば、玉鬘一行の動向の決断は、乳母やその息子の豊後の介によってなされ、夕顔が乳母へ娘の幸福を訴え、実の娘の玉鬘の夢に現れなかったことも納得することができるように思う。乳母が夕顔の意思を受けることで玉鬘の筋となり、玉鬘は源氏の元へと導かれていく。重要なのは夢を見た後の乳母のとった行動にあるのではないだろうか。

藤井氏は、「玉鬘ひとところをまもり京都をめざしたひとたちの純情を、私たちはうたがいようもなく深く納得させられる」として、上京する乳母たちの考えるところが「玉鬘の姫君の現実的な幸福であり、そのことによって自分たちもめぐみにありつこうとする微妙な心情を手ばなしたことがない」とする。一方で、「乳母たち自身の幸福のために玉鬘をまもって上京したというごとき見かたは、物語の方法に徴するに不当な見解であるといえよう」として、玉鬘の描写については「ほとんど人形のごとく非独立の人格の印象しか受け持たせられ」ないと指摘する。▼注16 だからといって玉鬘の主体性を無視してよいわけではないが、乳母や豊後の介が玉鬘の上京のための重要な役割を担っていたことはあきらかであり、物語の進行に深く関わる。玉鬘をつれて上京する際の乳母たちの「純粋」な意思は、夢で夕顔の死を予感させられたことをきっかけとしてそれまでの夕顔への強い感情が玉鬘へのものと重なり転化したものではないだろうか。また一方で、これは乳母たちが夢をきっかけとし、夕顔の死霊を通して玉鬘を導くという役割を物語から与えられたとも言えるのではないだろうか。

三谷氏は、源氏が夢に見た夕顔に伴われ現れる女を「荒れたりし所に住みけむもの」と解しているのに対して、「玉鬘」巻での夢に「添ひたまうて」と女に敬語がついていることから、乳母が「高貴な女性の霊」、つまり「右大臣の四の君の生霊」と解している可能性のあることを指摘し、「解釈者の立場やイデオロギーによって左右される」とする。▼注17 玉上氏は、この問題について「添ひ給うて」は「その女が主語であり、乳母の夢に見た姿が上流の方の身なりをしていたので、敬語を使ったのである。乳母には、それがどなたかわからない。それだけに気にかかり、気味が悪いのである。しかも寝こんでしまったりする。悪気にあてられたと解するから、死の世界の気かと考える。女君は死んでしまわれたか、と思うのである」と指摘する。▼注18 三谷氏が、乳母が夢を解釈する際に女を誰であるのかを特定、もしくは推定することによって敬語がつくのだとするのに対して、玉上氏は、女の身なりから身分を推量し、それが誰であるのはわからなかったのだとする。

この女については、源氏と乳母の夢の双方に共通するような形で見られるが、本当は誰であったか物語の内部で種あかしがされない以上、共通性を指摘する一方で、その解釈を考えるのであれば別の事例としてあつかう必要があるだろう。この女については、見た人間の解釈される範囲において、解釈する人間にとっての意味を持ちうるのだとも言える。

三谷氏が、夢とそれを解く者によって解釈が変わると指摘している点は興味深いが、夢を見た者がその夢をどのように解釈するのかという点を考えるのであれば、解釈する側の関心が強く働くことに留意する必要がある。源氏は、夕顔の死に立ち合い、事の顛末を知るからこそ「添ひたりし女」について関心があり、夢を解釈する上でこの女についてある程度の方向付けが既になされている。しかし、「玉鬘」巻の夢では、乳母は夕顔の死を知っているわけではない。源氏にとって夕顔の死は目の前で起こった決定的な事実であり、乳母にとって消息の知れない夕顔は、夢によってその死がどんなに決定的と認識されても確定されることがない。三谷氏自身も「右大臣の四の君の生霊と、乳母は理解していた可能性があることに留意したい」とするように、この女が誰かを特定する事は困難であると思われる。特定の人物として解釈する事は、可能性の域を出ない。そうした見方は、「夕顔」巻での源氏の解釈を踏まえた読者的な視点から導き出されている可能性を孕んでおり、乳母の心内とは一致しない。

見た人間の解釈は、あくまでその夢が物語に与える影響の一部あり、それを踏まえたうえで物語の進行にどのような影響があるのかといった視点が生じる。乳母の夢に現れる女については、「名残心ちあしく悩みなどしければ」ということから、「猶この世に亡くなり給ひにけるなめり、と思ひなるも」とあり、この女が付き添って現れることから、夕顔の死の可能性を感じる。

源氏の夢に現れる「添ひたりし女」については、四十九日の法要での「あはれと思ひし人のはかなきさまになりたるを、阿弥陀仏に譲りきこえるよし、あはれげに書きいで給へれば」（「夕顔」巻・一・一四三～一四四ページ）という部分を受け、「なにがしの院」にて枕上に現れた「いとをかしげなる女」（同・一二二ページ）を重ねることによって、源氏にとって夕顔が阿弥陀仏に救済されなかったという解釈をもたらすと考えられる。▼注19 夕顔が阿弥陀仏によって救済されなかったと夢を解釈した場合、源氏のその後の行動は、自然と夕顔が残した「執」の解消へと向けられていくのではないだろうか。

乳母の見た夢は、物語において玉鬘一行の流離の悲しみに重ねられながら、夕顔の死を暗示する機能を担う。玉鬘の筑紫へ下る理由の根幹にある夕顔の存在が、乳母にとって漠然とした不在から死というある程度の具体性をもった可能性へと移行する。それは、下向をきっかけとして、筑紫での生活から上京後、右近との再会まで、その期間の乳母の内面への影響は少なくないだろう。源氏と乳母にとって夕顔の夢は別々の意味を持つ。源氏にとっては、夕顔の死後に玉鬘を引き取るための布石として、乳母にとっては玉鬘の導き手になるために夕顔が夢に現れるのではないだろうか。

夕顔の夢は、源氏と乳母それぞれに固有の意味をもたらす。源氏にとって夕顔の夢は、罪を強調し玉鬘の養育へと駆り立てるきっかけとなる。乳母にとっては、夕顔の娘である玉鬘と供に筑紫からの上京をはかり、導き手として椿市での右近との再会を経て六条院入りを可能にする為の機能となる。その際、乳母と玉鬘は、直接的に結びついているのではなく、夕顔を媒介としてその関係を成立させる。それは、玉鬘の夢に直接現れていないことと密接に関係しているのだろう。玉鬘の六条院入りによって、乳母は夕顔の乳母として役割を終える。

【注】

（1）玉鬘以後、豊後の介や乳母が登場しないのに対して、大宰の少弐の娘である兵部の君は「胡蝶」巻に登場する。
（2）秋場桂子氏の「「夕顔」「玉鬘」両巻における「玉鬘物語の構想」」（『国文』四三号　お茶の水女子大学国語国文学会　一九七五年）を参照。
（3）玉上琢彌『源氏物語評釈』第五巻　一九六五年　角川書店
（4）吉海直人『『源氏物語』の乳母達』『源氏物語の乳母学―乳母のいる風景を読む』世界思想社　二〇〇八年
（5）田中恭子「玉鬘の乳母」『名古屋平安文学会会報』第二二号　名古屋平安文学研究会　一九九八年
（6）外山敦子「西の京の乳母―語り手としての「老人」―」『源氏物語の老女房』新典社　二〇〇六年
（7）「手習」巻で浮舟の回想に現れる「いときよげなるをとこ」（「手習」巻・五・三三六ページ）も死霊として読むことができる可能性を含んでいる。ただ、浮舟の回想のどこからが現実でどこからがそうでないのかという問題や、おとこについて曖昧な部分が多い点から今回は久保田氏の分類に従い、死霊の現れる夢の事例からは外すこととした。しかし、このおとこの存在も『源氏物語』の夢を考えるうえで重要な存在である事は指摘しておきたい。
　また、死者が現れる夢と区分に関しては、久保田淳氏「『源氏物語』の夢―その諸相と働き」（『文学』六巻五号　岩波書店　二〇〇五年）を参考とした。
（8）福田孝「夢のディスクール」『叢書想像する平安文学第五巻　夢そして欲望』河添房江・小林正明・神田龍身・深沢徹・小島菜温子・吉井美弥子編　勉誠出版　二〇〇二年
（9）西嶋幸代「源氏物語における夢の役割」『玉藻』第三二号　フェリス女学院大学国文学会編　一九九六年
（10）藤井貞和「蓬生」『国文学　解釈と教材の研究』一九巻一〇号　學燈社　一九七四年
（11）藤本勝義「夢枕に立つ死者―源氏物語の夢をめぐって―」『学芸国語国文学』第三二号　東京学芸大学国語国文学会編　二〇〇〇年
（12）川本真貴「『源氏物語』の夢と方法」『同志社国文学』第一三号　同志社大学国文学会編　一九七八年
（13）三谷邦明「王朝貴族の夢と信仰」『国文学　解釈と鑑賞』第五七巻一二号　至文堂　一九九二年

(14) 藤本氏の注13の前掲論文より引用。
(15) 西嶋氏の注10の前掲論文より引用。
(16) 藤井貞和「玉鬘」『源氏物語講座　第三巻』山岸徳平・岡一男監修　有精堂　一九七一年
(17) 三谷氏の注15の前掲論文より引用。
(18) 玉上氏の注3の前掲書より引用。
(19) 藤井氏は夕顔が四十九日の法要の次の日の夜に夢へ現れていることに着目し、阿弥陀仏による夕顔の救済がなかったことを指摘する。(「阿弥陀仏の憂鬱―『源氏物語』と阿闍世コンプレックス」『物語研究』第六号　物語研究会　二〇〇六年)。

第二節　夕顔の右近の考察

一　右近の心内描写

「玉鬘」巻は、源氏による夕顔回想の場面から始まる。右近の回想は、源氏の回想に続く形で描かれる。

右近は、何の人数ならねど、なほその形見と見給《たまひ》て、らうたきものにおぼしたれば、古人の数に仕うまつり馴れたり。須磨の御移ろひのほどに、対の上の御方にみな人〳〵聞こえわたし給《たまひ》しほどより、そなたにさぶらふ。心よくかいひそめたる物に、女君もおぼしたれど、心の中には、故君ものし給はましかば、明石の御方ばかりのおぼえには劣りたまはざらまし、さしも深き御心ざしなかりけるをだに、落としあぶさず、取りしたゝめ給ふ御心長さなりければ、まいて、や事なき列にこそあらざらめ、この御殿移りの数の中にはまじらひ給《たまひ》なまし、と思ふに、飽かず悲しくなむ思ひける。

（「玉鬘」巻・二一・三三二ページ）

右近は、紫の上に仕えているが、その心のうちでは「故君ものし給はましかば、明石の御方ばかりのおぼえには劣りたまはざらまし」と、夕顔が生きてさえいれば明石の君にも劣らない待遇を受けたれたであろうと思う。右近の夕顔思慕は、その直前にある源氏の回想と同じく、玉鬘が中心となり展開する物語が創出されてゆく上で基層部を支え、不可欠な役割を担う。

『源氏物語』において右近の呼称で呼ばれる人物は、この夕顔に仕えている右近と、中の君と浮舟に仕えている乳母子の右近との二人がいる。[注1] 原田真理氏は「女房としての的確な判断力と機転の持ち主という点」が浮舟に仕える右近とも共通するとし、「右近という名について作者が抱いていたイメージがある程度一定したものであったからこそおこりえた」とする。その上で夕顔に仕えていた右近に対して「分を守りながらあくまで主筋に誠実な女房であった」[注2]として、「玉鬘が疑いなく幸福になっていく過程を巧みに導く役割を果たして、物語の表面から姿を消す」[注3]とする。また原田氏は別稿にて、玉鬘を六条院に導くおりに右近の女房としての才覚が最も発揮されるとする。

夕顔の右近については、『住吉物語』の乳母子右近が物語引用される点[注4]や、原田氏の指摘するように中の君と浮舟に仕える乳母子の右近との類同性が指摘される。右近という名称や乳母子という立場から何らかのイメージが共有されている可能性がある。

右近は、六条院へと玉鬘を導く機能を担う。しかし、夕顔に仕えていた右近は、夕顔に対しては疑いないとしても原田氏の指摘するように玉鬘に対して誠実であったのだろうか。

> 右近もうち笑みつゝ見たてまつりて、親と聞こえんには、似げなう若くおはしますめり、さしならびたまへらんはしもあはひめでたしかし、と思ひゐたり。「さらに人の御消息などは聞こえ伝ふる事侍らず。さきざきも知ろしめし御覧じたる三つ四つは、引き返しはしたなめきこえむもいかゞとて、御文ばかり取り入れなどし侍めれど、御返りはさらに。聞こえさせ給ふをりばかりなむ。それをだに苦しいことにおぼいたる」と聞こゆ。
>
> （「胡蝶」巻・二・四一〇ページ）

玉鬘の許には男君から懸想文が送られる。源氏は、右近を呼び寄せてその返事についての示唆を与える。右は、それに対する右近の返事である。返事の前に「親と聞こえんには、似げなう若くおはしますめり、さしならびたまへらんはしもあはひめでたしかし、と思ひゐたり」と、右近の心内が語られる箇所に注目したい。「玉鬘」巻の冒頭部でも右近の思いは「心の中には」、「思ふに」、「思ひける」という心内描写として物語に表出する。「玉鬘」巻での回想は、「故君ものし給はましかば」と夕顔に対して向けられる。主筋である夕顔の死後もこのように思っている右近は、原田氏の言うように幸福に対して誠実であるといえるだろう。しかし「胡蝶」巻での心内描写は、純粋に玉鬘の幸福へ結びつくとは考えにくい。後に触れるように、玉鬘にとって源氏との関係は純粋に歓迎されてはいない。つまり、右近において解釈される果たした役割と、心内描写とが食い違っていると言える。問題は、複数いる右近に共通の人物像を付与して還元しようとするところにあるのではないか。

二　夕顔・玉鬘親子の媒介

夕顔の右近は、夕顔の乳母の子どもであることが「夕顔」巻で明かされる。

「十九にやなり給《たまひ》けん。右近は亡くなりにける御乳母の捨ておきて侍《はべり》ければ、三位の君のらうたがり給《たまひ》て、かの御あたり去らず生ほし立て給《たまひ》しを、思ひたまへ出づれば、いかでか世に侍らんずらん。いとしも人に、とくやしくなん。ものはかなげにものしたまひし人の御心を頼もしき人にて、としごろならひ侍《はべり》けること」と聞こゆ。

（「夕顔」巻・一・一四〇〜一四一ページ）

源氏は右近に対して「年はいくつにかものし給《たまひ》し。あやしく世の人に似ずあえかに見え給《たまひ》しも、かく長かるまじくてなりけり」（同・一四〇ページ）と問いかける。右は、源氏の問いかけに対する右近の返事である。ここで初めて、右近が夕顔の亡くなった乳母の子であることが明かされる。この右近の母の乳母は、「玉鬘」巻で登場する乳母とは別の人物である。

この家あるじぞ、西の京の乳母のむすめなりける。三人その子はありて、右近は異人なりければ、思ひ隔てて御ありさまを聞かせぬなりけり、と泣き恋ひけり。右近はた、かしがましく言ひさはがんを思ひて、君もいまさらに漏らさじと忍び給へば、若君の上をだにえ聞かず、あさましくゆくへなくて過ぎゆく。
（同・一四四～一四五ページ）

「西の京に乳母住み侍《はべる》所になんはひ隠れ給へりし」（同・一三九ページ）と右近が言っており、「右近は異人なりければ」と、右近の母とは別の乳母の存在が明示される。

夕顔の死後、その遺児の存在は、その後の物語への広がりを予感させる。新大系脚注に「夕顔の遺児は今そこに引き取られているらしいと読者は推測する」とされるように、▼注5「玉鬘」巻への展開を暗示する伏線となる。右近の発言のひとつひとつが「玉鬘」巻へとつながっていく。森本茂氏は、「玉鬘」巻の冒題にて「須磨の御移ろひのほどに」（「玉鬘」巻・二・三三二ページ）と紫上系の物語に玉鬘系の登場人物である右近が組み込まれたのは「この右近を布石として玉鬘物語を展開する意図があったためであろう」とする。▼注6

三谷邦明氏は、「玉鬘」巻の冒頭にある源氏の回想と玉鬘を中心とした流離の物語との間に、右近の心中思惟による回想場面が挿入されることについて、「一面では無駄な表現と言わざるを得ない側面を持っている」としながら、「玉鬘」巻における玉鬘の流離の物語に対する情報経路について右近が回路の軸になっていることにふれる。そして、右近の夕顔回想を契機として玉鬘の筑紫下向が語られるが、「実はその流離譚は、右近が長谷寺で玉鬘一行と出会った際に、乳母達から聞いたものなのであって、その譚を源氏に右近が報告することで、物語は玉鬘巻冒頭の光源氏の夕顔回想へと回帰し」それによって玉鬘の物語が展開されてゆくことを指摘する。▼注7

両氏とも右近を筑紫へ下っていた玉鬘を物語上に呼び戻し、「夕顔」巻で死んでしまった母夕顔の物語から玉鬘の物語への媒介となる役割があったのだと考えている。右近が源氏へ玉鬘の境遇をありのまま伝えているかどうかという問題はあるが、右近は「夕顔」巻から「玉鬘」巻へと源氏を中心とした六条院における時間上の媒介となり、同時に玉鬘の時間と源氏の時間とを媒介する。

また、右近について野村倫子氏は、右近が物語の主題にしたがって「語る」と「詠む」の役割を演じ分けていることに着目し、「右近が「詠む」のは若君玉鬘と邂逅した一回きりであるが、「詠む」右近は都人の力量をもって玉鬘を六条院に組みこませる」として右近は、夕顔と玉鬘をつなげ、源氏と玉鬘との関係を強化する役割を担うとする。▼注8

右近は、「夕顔」巻から「玉鬘」巻へと、いわば時間的な媒介として作用する。同時に、夕顔から玉鬘へという人物間の媒介、筑紫という鄙から六条院という雅な空間へという空間的な媒介としても意味を持つ。

三　右近と源氏とのずれ

「玉鬘」巻での右近は、「夕顔」巻で母と離別した幼い玉鬘の姫君と、夕顔を思慕する光源氏を結び付ける役割を担うが、右近は源氏に玉鬘の事を包み隠さず伝えるわけではない。

今はおほやけに仕へ、いそがしき御ありさまにもあらぬ御身にて、世の中のどやかにおぼさるゝまゝに、たゞはかなき御たはぶれ事をの給《たまひ》、をかしく人の心を見給《たまふ》あまりに、かかる古人をさへぞたはぶれ給《たまふ》。「かの尋ねいでたりけむや、何さまの人ぞ。尊き修行者語らひて、率て来たるか」と問ひ給へば、「あな見苦しや。はかなく消え給《たまひ》にし夕顔の露の御ゆかりをなむ、見給へつけたりし」と聞こゆ。「げに、あはれなりけることかな。年ごろはいづくにか」とのたまへば、ありのまゝには聞こえにくくて、「あやしき山里になむ。昔人もかたへは変はらではべりければ、その世の物語りしいで侍《はべり》て、耐へがたく思《おもひ》給へりし」など聞こえゐたり。

(同・三五七ページ)

「玉鬘」巻の前半は、玉鬘が筑紫へ下っていた事情が語られる。それは、「夕顔」巻で行方不明になっていた玉鬘が、十余年を経て物語へ登場するための機能を持つ。

しかし、筑紫へ下っていたことを右近は、玉鬘が上京するまでの経緯を知らず「年ごろはいづくにか」と聞く源氏に対して、「ありのままには聞こえにくくて」という事情から「あやしき山里になむ」と、真実を告げていない。

この右近のこの発言は以下の部分に起因する。

まゐり集ふ人のありさまども、見下さるゝ方なり。前より行水《ゆく》をば、初瀬川といふなりけり。右近、

「二もとの杉のたちどを尋ねずはふる河のべに君を見ましや

うれしき瀬にも」と聞こゆ。

初瀬河はやくの事は知らねどもけふのあふ瀬に身さへながれぬ

とうち泣きておはするさま、いとめやすし。かたちはいとかくめでたくきよげながら、田舎び、こち〴〵しうおはせましかば、いかに玉のきずならまし、いであはれ、いかでかく生ひいで給《たまひ》けむ、とおとゞをうれしく思《おもふ》。母君は、たゞいと若やかにおほどかにて、やは〳〵とぞたをやぎ給へりし、これは気高く、もてなしなど恥づかしげに、よしめき給へり。筑紫を心にくゝ思《おもひ》なすに、みな見し人は里びにたるに、心得がたくなむ。

（同・三五四～三五五ページ）

右近と玉鬘一行は椿市で再会を果たす。右近は「ありしさまなど語り出でて」（同・三五三ページ）と、夕顔が急死した事情などを説明する。その後、「あないみじや、田舎人にておはしまさましよ」（同・三五四ページ）と、玉鬘が「田舎人」になってしまいかねなかった状況を心配する。しかし、玉鬘の返歌が「いとめやす」かったため、田舎びてはいない様子に安心して乳母の育て方をありがたく思う。

「田舎び、こちごちしうおはせましかば、いかに玉のきずならまし」とあり、右近は玉鬘が田舎びてぎこちなくなってしまっていたらどれだけ「玉のきず」だったろうと危惧する。武田早苗氏が「和歌が詠めることが「田舎人」ではない証ともなっている」と指摘するように[注9]、右近の和歌には、玉鬘に対する試験的要素が含まれる。その危惧は、「みな見し人は里びにたるに」と、筑紫から出てきた玉鬘以外の者が「里びたるに」と描写される。玉鬘を「大弐の北の方」（同・三五〇ページ）や大和の国の「受領の北の方」（同）という、自分の知っている権力者の妻にしたいと三条は言うが、右近はその様子に対して「田舎びにけれな」（同・三五〇ページ）と言う[注10]。

金孝淑氏は、「三条は「田舎び」ているのであって、決して「田舎人」ではない」として、「田舎人」と玉鬘一行を指して評される「筑紫人」とには「明確な使い分けがある」とする。加えて源氏の「さる山がつのなかに年経たれば、いかにいとほしげならんと侮りしを、かへりて心はづかしきまでなむ見ゆる」（同・三六五ページ）について、「「やまがつ」つまり筑紫があながち見くびるものでもないという新しい発見が表れている」と、筑紫という場所から来た玉鬘に対する「肯定的な評価の可能性」について指摘する。▼注11

金氏の指摘する通り、三条は「田舎び」ているのであって「田舎人」になっているわけではない。一方で、山がつと筑紫には明確な区別があるのではないだろうか。

「山がつ」は、根本智治氏によって「山賤は平安京の周縁部もしくは平安京の近辺の外部、あるいははっきりと都から隔絶された田舎の人々やそれを念頭に置いた表現である」と指摘される。▼注12「山がつ」という語には、筑紫をも含みこむ可能性がある一方で、都の周辺をも指す場合がある。

年の暮れに、御しつらひのこと、（A）人々の御装束など、やむ事なき御つらにおぼしおきてたる、（B）かゝりとも田舎びたることやと、（C）山がつの方に侮りおしはかりきこえ給《たまひ》て、（D）調じたるも、たてまつり給ふついでに、織物どもの、われも〳〵と手を尽くして織りつゝ持てまゐれる細長、小袿の、色〳〵さま〴〵なるを御覧ずるに

（同・三六七ページ）

源氏は、歳末に玉鬘へ晴れ着を配る際に（B）「かゝりとも田舎びたることや」と、玉鬘が田舎びてしまっている可能性を気にする。その理由は、（C）「山がつの方に侮りおしはかり聞こえ」、玉鬘が「山がつの方」に育ったからである。だから、（A）「やむ事なき御つらにおぼしおきてたる」と、紫の上や明石の君と同列にと考えている装束を（B）「田舎び」てはいない玉鬘へ、「山がつの方に侮りおしはかり聞こえ」て、（D）「調じたる」装束も一緒に「たてまつり給ふ」のである。つまり、源氏は決して玉鬘を「田舎び」た様子だと言うのではなく、

「山がつ」育ちであったため、「田舎び」てしまっているのではないかと危惧をしており、「山がつ」と「田舎ぶ」とを別の概念としてとらえる。

源氏は玉鬘に対して「田舎」と「山がつ」を明確に区別して用いているのではないだろうか。また、同様に源氏へ玉鬘を引き合わせたいと考えているであろう右近にとっても、三条の田舎びた発言は相いれない別次元の論理であった。

その後、話題は玉鬘の容姿の話になり、「かの昔の夕顔と劣らじや」と、右近が夕顔よりも優れていると言うことによって、源氏は玉鬘の六条院入りに対して前向きになり、玉鬘の親としてふるまい始める。右近が、「あやしき山里になむ」と玉鬘の境遇を説明したことで、源氏は玉鬘に対して興味を失わなかったとも言えるだろう。草子地や玉鬘の心内描写は、「玉鬘」巻以降の巻で「田舎び給へりしなごりこそ」（「胡蝶」巻・二・四一〇ページ）と形容する。しかし、源氏との会話において玉鬘は自らの出身に関わる点について「田舎」とは言わない。

「このわたりにて、さりぬべき御遊びのをりなど、聞き侍《はべり》なんや。あやしき山がつなどの中にも、まねぶものあまた侍《はべる》なることなれば、おしなべて心やすくやとこそ思ひたまへつれ。さは、すぐれたるはさまことにや侍らむ」（「常夏」巻・三・九ページ）

玉鬘は源氏と和琴について話をした際、源氏から父内大臣が優れた和琴の弾き手であることを知り、もっとそれについて聞きたいと思う。玉鬘は、六条院入りする前に住んでいた「あやしき山がつ」でも見よう見まねで和琴を弾く者はいるが、うまい者はもっとうまく弾くのでしょうと源氏に言う。

玉鬘は自らの住んでいた場所に関連する話題で「田舎」とは言わず、「あやしき山がつ」と言う。逆に「田舎」

が用いられるのは「さる田舎の隈にて、ほのかに京人と名のりける古大君女《ふるおほきみおんな》、教へきこえければ」（同・一〇ページ）という、玉鬘が源氏との会話中に「古大君女」に教わっていたことを回想する描写である。

「撫子のとこなつかしき色をみばもとのかきねを人やたづねむ
この事のわづらはしさにこそ、繭ごもりも心ぐるしう思ひきこゆれ」との給ふ。君うち泣きて
山がつのかきほに生ひし撫子のもとの根ざしをたれかたづねん
（同・一一ページ）

源氏が詠んだ玉鬘を見たら内大臣が夕顔のことを尋ねるのではないかと言う。それに対して玉鬘は、源氏の和歌を受けて自分の育ちを「山がつのかきほ」だと言い、素性をだれが尋ねるだろうかと返歌する。ここでも玉鬘は自分の出身を「山がつ」だと言う。

「山がつ」という語彙そのものの示す意味が重要なのではなく、ここでは源氏と玉鬘とがそのような了解のもとで「山がつ」と「田舎」とを使い分ける点が注目される。玉鬘と右近との六条院における在り方に、源氏に対してずれが生じる。

先行研究において、源氏に対して言う右近の「あやしき山里になむ」という言葉は問題にされない。「玉鬘」巻での右近と玉鬘一行とが再会する場面で、繰り返し「物語」という語が使われることについて三谷邦明氏は、「冒頭の奇妙な回想の連鎖の文章を無視して、この場面を読む限りでは、それ故、この場面以前に書かれている玉鬘の流離の物語は、長谷寺で乳母達によって右近に語られたという体裁で物語に組み込まれていると解釈することができるはずである」と指摘する。右近は、乳母と再会した際に玉鬘の筑紫下向について聞いたためそのことを知っている。

しかし、三谷氏は先にあげたように「実はその流離譚は、右近が長谷寺で玉鬘一行と出会った際に、乳母達から聞いたものなのであって、その譚を光源氏に右近が報告することで、物語は玉鬘巻冒頭の光源氏の夕顔回想へと回帰し、玉鬘を養女として六条院で育てるという玉鬘十帖の主軸となる物語へと発展して行く」とする。▼注13 三谷氏の指摘する通り、右近は乳母達から玉鬘が夕顔の死後にどのような境遇にあったのかを知る。そもそも、右近が乳母から聞いていなければ、光源氏に「ありのままには聞こえにくくて」と判断して「あやしき山里になむ」と説明する必要がない。

右近にとって、長谷寺で乳母達から聞いた夕顔の死後にあった筑紫下向は秘められなくてはならなかった。右近の判断には、玉鬘の六条院入りはもちろん、その先に約束されているであろう玉鬘や少弐の妻の乳母や豊後の介の幸福とも無関係ではなかった。

豊後の介の心ばへを、ありがたきものに君もおぼし知り、右近も思《おもひ》言ふ。おほぞうなるはことも怠りぬべしとて、こなたの家司ども定め、あるべきことどもおきてさせ給《たまふ》。豊後の介もなりぬ。年ごろ田舎び沈みたりし心ちに、にはかに名残もなく、いかでか、かりにてもたちいで見るべきよすがなくおぼえし大殿のうちを、朝夕に出で入りならし、人を従へ、事おこなふ身となれば、いみじき面目と思《おもひ》けり。大臣の君の御心おきての、こまかにありがたうおはします事、いとかたじけなし。

（「玉鬘」巻・二・三六六〜三六七ページ）

大宰の少弐の息子である豊後の介は、玉鬘の六条院入りによって家司となる。結果として、玉鬘の幸福を願う事によって、その従者たちも幸福を得る。

一方、右近により語られた玉鬘が「あやしき山里」の出身であるという話を、源氏は信じて疑わなかったと考えられる。

「かたしや。我心ひとつなる人の上にもあらぬを、大将さへ我をこそ恨むなれ。すべてかゝることの心ぐるしさを見過ぐさで、あやなき人の恨みおふ、かへりてはかる〴〵しきわざなりけり。かの母君のあはれに言ひおきしことの忘れざりしかば、心細き山里になむと聞きしを、かのおとゞはた、聞き入れ給《たまふ》べくもあらずと愁へしに、いとほしくてかく渡しはじめたるなり。ここにかくものめかすとて、かの大臣も人めかい給《たまふ》なめり」と、つき〴〵しくの給《たまひ》なす。

（「藤袴」巻・三・九六ページ）

右は、源氏が玉鬘の身の振り方について夕霧に話している場面である。「かの女君」とは玉鬘の母親、夕顔である。源氏は、夕顔の死後、玉鬘が「心細き山里」に暮らしていたのだと夕霧に説明する。

この部分について玉上琢彌氏は、「玉鬘」巻の右近の「あやしき山里になむ」という言葉を「あのまま源氏は信じているのか、あるいは夕霧にはわざとこのように話して聞かすのか」としながら、「かの大臣はた、聞き入れたまふべくもあらずとうれへしに、いとほしくてかく渡しはじめたるなり」という部分について、「内大臣が子供を求めて、有名なる今姫君まで迎えた、その熱心さをもってすれば」このような説明は「おかしい」と指摘する。▼注14

新大系脚注は、「（玉鬘が名乗りでても）あちらの内大臣はまったく認め下さりそうにもないと（源氏に）泣きついてきたので」と想定された内大臣の対応を含めて「源氏の作り話」であると解釈する。▼注15

新大系の「源氏の作り話」であるという指摘は、玉上氏の指摘する内大臣が娘をほしがっている点に起因するのだろうか。源氏が玉鬘の境遇について「いとほしく」とだけ思ったとは考えづらく、そのように話す源氏には何らかの思惑があったと考えられるが、「玉鬘」巻で玉鬘を引き取った事情を説明するのだから、作り話であったとは言えないのではないだろうか。事実、玉鬘一行は内大臣の許へは行かず、右近に導かれるままに源氏の許へ行く。

玉鬘一行が、上京後に父、内大臣の許へ向かわないことについて藤井貞和氏は、「ほんとうは、上京して実父に会いにゆくということが、困難であるにせよありえないことではないのにたいして、貴顕のむすめに幸福をつかませてやるためにくにの妻子やおっとを捨てて危険な上京をすること、京都にいながらにして六カ月もさすらい同様の生活をすること、このほうがよほどありえない」としながら、そのようにさまようこと自体が「玉鬘一行が幸福をつかむためのさいごの試練」であり、それが意味を持つのは「幸福をはは夕顔がもたらしてくれるときだけ」であるとする。▼注16 玉鬘の幸福が母の夕顔によってもたらされる。これは、玉鬘の物語の展開における重要な事実である。

六条院を舞台とした源氏と玉鬘側との関係は、養父でありながら懸想人でもあるという源氏の矛盾した立場によって意味づけられていると言える。玉鬘は、ただ源氏の構築した六条院の一員として振る舞うが、その一方で右近によるこうしたあり方は、源氏によって理解されない剰余として作用している。

四　視点人物としての役割

秋山虔氏は紫の上の乳母である少納言の乳母について「紫の上という理想的な女主人公に仕える理想的な乳母であるにすぎないのであって、主人公をめぐるひとこまにおける付随物にすぎない」とした後に右近について、「その変化に富んだ物語の進行上重要な役割を果たしているのに、ただそのための女房であるようである」とする。▼注17 秋山氏が指摘するように、右近について考えられる場合、その焦点はあくまで右近が媒介する二つの項へと注がれ、それがどのように結び付けられるかという点に主眼が置かれる。つまり、玉鬘を中心とした人間関係や作用について論じられる傾向がある。果たして秋山氏が「物語の進行上重要な役割を果たしているのに、ただそのための女房」とするように右近を考えてもよいのだろうか。また右近の言動と物語の展開とは、不可分に結びつく。では、右近は媒介としてどのように機能するのだろうか。

右近は、「夕顔」巻から「玉鬘」巻へと時間が移行するにあたり、「夕顔」巻と「玉鬘」巻との間にある源氏と夕顔・玉鬘親子との時間的空白を埋め、隔たりを越えて結びつける役割を持つ。「玉鬘」巻の側から考えるのであれば、先に触れた冒頭部での回想がその役割を担っていると考えられる。右近の感情は、「心の中には」「思ふに」「思ひける」といったように、会話や行動といった登場人物に明示して自己の考えを表出させるのではなく、あくまで自身の心内描写として物語へ挿入されていく。

三田村雅子氏は、右近が「光源氏と紫の上と玉鬘の三人の主人を持ち、三重に所属している」とした上で、「右近の視線には、盲目的に玉鬘の美しさ、すばらしさを確信する西の京の乳母の一族とは違った距離があり、冷ややかさがある」として、「光源氏と紫の上と玉鬘のそれぞれにお出入り自由となったこの女は様々な物語の局面に参加し、それを眠れぬ夜の心の中で比較、計量してみせるしたたかな視点人物であり、焦点人物なのである」と指摘する。▼注18

三田村氏による右近が「比較、計量してみせるしたたかな視点人物であり、焦点人物」だという指摘は、右近の心内描写のあり方と深く関わる。右近の心内描写が、「三重に所属」するという状態にある視点から描かれることによって、夕顔が中心となっていた物語と玉鬘が中心なる物語との関係性を深め、三谷氏に指摘されるように玉鬘を物語の場へと呼び戻す。▼注19

「をさなき人まどはしたり、と中将のられへしは、さる人や」と問ひたまふ。「しか。をとゝしの春ぞ物し給へりし。女にていとらうたげになん」と語る。「さていづこにぞ。人にさとは知らせでわれに得させよ。あとはかなくいみじと思ふ御形身に、いとうれしかるべくなん」との給ふ。「かの中将にも伝ふべけれど、言ふかひなきかことおいなん。とざまかうざまにつけてはぐくまむに咎あるまじきを、そのあらん乳母などにも異ざまに言ひなしてものせよかし」など語らひ給ふ。「さらばいとうれしくなん侍《はべる》べき。かの西の京にて生ひ出で給はんは心ぐるしくなん。はかぐ\しくあつかふ人なしとて、かしこに」など聞こゆ。

（「夕顔」巻・一・一三九〜一四〇ページ）

右は、右近が玉鬘の存在を源氏に語る場面である。夕顔の遺児、玉鬘の存在を知った源氏は「人にさとは知らせでわれに得させよ」と引き取る意思のあることを右近へ伝える。右近は、源氏の申し出に対して「さらばいとうれしくなん侍るべき。」と大筋において承諾する。

こうした右近の態度は、なにがしの院へ到着した際に「右近えんある心ちして、来し方の事なども人知れず思ひ出でけり」（同・一一九ページ）という部分に動機として起因していると考えられる。右近の欲望は、会話によって示されるよりも先に、「思ひ出でけり」というように心内描写の形で物語に表出する。

また、小山清文氏は、「蛍」巻以後の右近の視線について「専ら源氏と玉鬘に対して視線を投げかけ二人の奇妙な関係を映し語り出す役割を担ってゆくことになると思われる」とする。▼注20

三田村氏と小山氏によって右近の視点や視線の意義が指摘される。右近は特殊な立場にあり、その視点から見ていることが重要であり、先に確認したように右近という人物における固有の役割として考えることができる。

しかし、右近という存在の意義は役割という言葉でしか規定できないのだろうか。右近の人物としての自立性を認めるのであれば、なぜ右近がそのような役割を担うのかということが問題となる。それは、結果としてその人物における固有のあり様を分析することでもある。そもそも右近の視線や視点の固有性が保障されるのは、右近の自立性を認めたうえでのことである。ではなぜ、右近はそのような役割を担うのだろうか。

五　右近の欲望

右近の存在は、「夕顔」巻と「玉鬘」巻との間にできてしまった時間の隙間を結びつけ、玉鬘は物語登場へといたる。物語におけるこうした右近の働きにはどのような意味があるのだろうか。

「胡蝶」巻の右近の心内描写の後にある源氏の発言に対する右近の返事は、「さらに人の御消息などは聞こえ伝ふる事侍らず」として、源氏の意向を受け入れる。玉鬘にわたった手紙についても「御返りはさらに」と、玉鬘が返事をしないとし、「聞こえさせ給ふをりばかりなむ。それをだに苦しいことにおぼいたる」と、源氏の指示がなければ玉鬘は返事をせず、それさえも苦痛である旨を話す。右近は、「玉鬘」巻以降、その登場場面が激減する。「玉鬘」巻以降の右近に着目したい。

小山氏は、玉鬘と源氏の関係がタブーに当たることに触れながら、▼注21 この「胡蝶」巻の場面における右近の視点についてタブーにより「現実では実現不可能なことを、右近は幻想をこめた視線を媒介にして映し出し、源氏と玉鬘中心の物語の現出を可能にさせていると考えられる」とする。▼注22 小山氏の指摘は、物語という全体の枠組みから玉鬘と源氏を見る右近を考える上で重要である。右近の視点を介して玉鬘と源氏を中心とした物語が生み出されるのである。

しかし、これは物語の構造における問題であり、右近がなぜそうした視線を投げかける必要があるのかという答えにはならないのではないか。右近の視線の機能だけでなく、その前提として右近のこうした視線に何が仮託されようとしているのかを考える必要がある。

また吉海直人氏は、源氏と玉鬘との関係について「この右近が望み、仕組んだこと」だったとし、「あるいは、もっと大きな流れに向かう物語が、源氏の意思をすら超えて方向付けられていると言った方が妥当かもしれない」とする。▼注23 この吉海氏の指摘には、三田村氏の指摘する「視点人物」や「焦点人物」としての右近のあり方が大きく関係するのだと考えられる。三田村氏の指摘しているような、右近の特異な立場があったからこそ可能となったと言える。▼注24 右近の視点から捉えられた事象は、それまでの心内描写と無関係ではありえない。

右近のこうした心内描写は、物語において源氏の意思と平行しながら吉海氏が指摘するように「源氏の意思すらも超えて方向付けられ」規定される。「胡蝶」巻における右近の「親と聞こえんには、似げなう若くおはしますめり、さしならびたまへらんはしもあはひめでたしかし」という心内描写についても同様のことが言えるだろう。右近の内的な欲望は、源氏が夕顔の代わりとして玉鬘を得たいという感情と重なり合うとしても同一ではない。

玉鬘に対して源氏が課す「すき者どもの心尽くさするくさはひにて、いといたうもてなさむ」（「玉鬘」巻・二・三五八ページ）という六条院における役割も、「すき者どものいとうるはしだちてのみ、このわたりに見ゆるも、かゝるもののくさはひのなきほどなり」（同・三六五ページ）というように六条院に欠けている役割を補うためである。源氏の玉鬘に対する思いは、「玉鬘」巻の冒頭にある夕顔追慕の流れを受け、源氏自身や源氏の構築した六条世界における欠損を補うための欲求として位置づけられる。

御あかし文など書きたる心ばへなど、さやうの人はくだ〳〵しうわきまへければ、常のごとにて、「例の藤原の瑠璃君といふが御ためにてたてまつる。よく祈り申《まうし》給へ。その人、このごろなむ見たてまつり出でたる。その願もはたしたてまつるべし」と言ふを、聞くもあはれなり。法師、「いとかしこき事かな。たゆみなく祈り申し侍る験《しるし》にこそ侍れ」と言ふ。いとさわがしう夜一夜おこなふなり。

（同・三五一ページ）

右は、椿市での玉鬘一行と右近の再会の後、右近が祈願をする場面である。「例の藤原の瑠璃君といふが御ためにてたてまつる」とあり、玉鬘のために祈願をする。「玉鬘」巻冒頭では夕顔が生きていたら明石の君にも劣らない扱いをされただろうと、夕顔への思いが表れており、玉鬘との再会後はその対象が夕顔から玉鬘へと移っている。しかし、源氏へ玉鬘との再会を報告する際に「はかなく消え給にし夕顔の露の御ゆかりをなむ、見給へつけたりし」（同・三五七ページ）と、この時点で右近の玉鬘に対する位置づけが、右近と源氏にとって夕顔の存在を前提としており、その目的はある意味では一致する。右近は夕顔の乳母子である。三田村氏によって指摘される右近の「三重の所属」は、その根底に夕顔の存在があるからこそ成立しえるのではないだろうか。

では、「胡蝶」巻における右近の「親と聞こえんには、似げなう若くおはしますめり、さしならびたまへらんはしもあはひめでたしかし、と思ひゐたり」という心内描写をどのように考えればよいのだろうか。

時〳〵むつかしかりし御けしきを、心づきなう思《おもひ》きこえしなどは、この人にも知らせたまはぬことなれば、心ひとつにおぼしつゞくれど、右近はほのけしき見けり。いかなりけることならむとは、いまに心得がたく思《おもひ》ける。御返《かへり》きこゆるもはづかしけれど、おぼつかなくやは、とて書き給《たまふ》。

ながめする軒のしづくに袖ぬれてうたかた人をしのばざらめや

程ふるころは、げにことなるつれぐ〳〵もまさり侍《はべり》けり。あなかしこ。
と、ゐや〳〵しく書きなし給へり。

（「真木柱」巻・三・一四〇〜一四一ページ）

右は、夕顔の右近の名前がみられる最後の場面である。この前の場面に源氏の文を「右近がもとに忍びてつかはすも」（同・一四〇ページ）とあり、右近が髭黒邸にいることがわかる。「この人にも知らせで」と、玉鬘が右近に源氏との関係を知らせてはいなかった。しかし、「ほのけしき見けり」と察知していたことが明かされる。「いまに心得がたく」と、確証は持っていないが、「胡蝶」巻の「親と聞こえんには、似げなう若くおはしますめり、さしならびたまへらんはしもあはひめでたしかし」という心内描写と呼応する。これは、先に確認した欲求する源氏の思いとも、原田氏のいう玉鬘の幸福に寄与する役割という観点からも乖離する。[注25]

源氏は、右近との対話によって自己の欲求を満たそうとする。しかし、右近の抱く感情は、源氏の感情や玉鬘の利益と重なりを持つのだとしても根本的に別であり、二人の意思に拘束されているわけではない。右近は、源氏や玉鬘の感情と呼応し二人の媒介として機能しながらも、その感情は「胡蝶」巻に見るように独自に生成され変化し拡張していく、欲望として作用する。玉鬘は、懸想する源氏に対して「いとうたて」（同・四一五ページ）とそれを望んではおらず、右近の欲望と玉鬘の感情とはずれてしまう。

右近の思いは、夕顔のへの所属を基礎として無為にその欲望を伸ばしていくことにより、源氏や玉鬘の心内と共鳴し媒介となる。右近の身分を保証するという意味での「所属」という点では、三田村氏の指摘するように「三重の所属」という奇妙な状態になっているが、[注26]そのような状態は夕顔への思いがあることが前提となって可能とされる。そのようなあり方は先に確認したように、源氏に対して玉鬘の出身を伝える際に事実とはずれた形で伝えている点も関係する。

「玉鬘」巻冒頭では、源氏と右近の夕顔への思慕が描かれる。源氏の夕顔への思いは、玉鬘へと向けられ自身と六条院世界の欠損を補填する欲求として作用する。それに対して右近は、夕顔への所属を基礎としながらも玉鬘を媒介として夕顔の欠損を埋めようとするのではなく、源氏と玉鬘の感情とは違う独自の形で心内描写が描かれる。

そうした右近と源氏における在り方の違いは、物語の展開において重要な意味を持ち、右近が媒介として役割を担うことへと起因していく。もしくは、玉鬘を中心とした物語において役割の側から右近の欲望が遡行される。源氏と玉鬘、紫の上の三者間を夕顔の存在を地平として、右近は自身の心内描写を介して物語世界を表出させている。

【注】

(1) 浮舟の乳母子の右近については、一人とする説と二条院の中の君に仕える右近と浮舟に仕える右近が二人いるという説がある。藤村潔氏は、「右近と侍従—橋姫物語と浮舟物語の交渉—」(『国語と国文学』第三五巻第九号 東京大学国語国文学会 一九五八年、『源氏物語の構造』桜楓社 一九六六年)で、「中の君づきの女房であった右近がいつの間にか浮舟の乳母子に変身してしまっている」と中の君づきの女房の右近と浮舟の右近とが同一人物であると主張する。それに対して小山敦子氏は、「女一宮物語と浮舟物語」(『源氏物語の研究—創作過程の探求—』武蔵野書院 一九七五年)にて、一貫して中の君の女房である大輔の娘であるとし、藤村氏に対して「この母娘関係を無視したこと」であり、「現行源氏物語を肯定する立場へひきつけるのに有利に解した故である」とする。藤村氏はこれに対して「右近について」(『源氏物語の研究』桜楓社 一九八〇年)にて反論する。待井新一氏は「浮舟の復活をめぐって—源氏物語三部の内部矛盾考—」(『国語と国文学』第五三巻第九号 一九七六年)にて、「大輔が女」という言い方について、「同じ邸内にいる右近をさすにしてはいかにも説明的で距離感がありすぎる」として「二条院にいる右近（大輔の娘）と浮舟付の右近とは別人と見なすべき」とする。野村倫子氏は、「浮舟入水の脇役たち―「東屋」から「浮舟」への構想の変化を追って―」（『論究日本文学』四六号　一九八三年）にて、小山氏や待井氏らの論について「ともに主眼が他にあり、右近の問題はあくまで二次的な地位に甘んじている」ことを批判し、そのうえで右近の物語における役割が三転しており「役割が変化するにつれて中君付のはずであったものが、途中から浮舟の乳母子へと塗り替えられた結果といえまいか」とする。本稿では、浮舟の乳母子の右近と夕顔の乳母子の右近との共通点を考えるのではなく、夕顔の右近固有の問題を論じるが、藤村氏の先行研究に従い中の君付の右近と浮舟の右近については同一人物として扱っておく。

（2）原田真理「源氏物語における右近像」『平安文学研究』第七五輯　平安文学研究会　一九八六年

（3）原田真理「源氏物語の女房達」『平安文学研究』第七八輯　平安文学研究会　一九八七年

（4）吉海直人「右近の活躍」『源氏物語の乳母学―乳母のいる風景を読む―』　世界思想社　二〇〇八年

（5）新大系、「夕顔」巻・二・一三九ページの脚注（藤井貞和氏が校注を担当）より引用。

（6）森本茂「初瀬詣」『講座源氏物語の世界〈第五集〉』秋山虔ほか編　有斐閣　一九八一年

（7）三谷邦明「玉鬘十帖の方法―玉鬘流離あるいは叙述と人物造型の構造―」『論集中古文学1　源氏物語の表現と構造』中古文学研究会編　笠間書院　一九七九年

（8）野村倫子「「夕顔」の右近―「語る」女房／「詠む」女房―」『人物で読む『源氏語』第八巻　夕顔』室伏信助監修　上原作和編　勉誠出版　二〇〇五年

（9）武田早苗「『源氏物語』の「田舎」と女君たち―明石君・玉鬘・浮舟を取り巻く環境という視点から―」『源氏物語の環境　研究と資料―古代文学論叢第十九輯』紫式部学会編　武蔵野書院　二〇一一年

（10）「里ぶ」という語は、『源氏物語』にこの箇所を含めて三例あり、残り二例が「東屋」巻と「浮舟」巻とで用いられている。「里びたる簀子の端つ方にゐ給へり」（「東屋」巻・五・一七七ページ）は、「田舎びた心」と描写される常陸介の家の描写であり、「里びたる声したる犬ども」（「浮舟」巻・五・二五二ページ）は、武田氏の注9前掲論文にて「田舎」と指摘される宇治にいる犬に対して用いられる。

(11) 金孝淑「玉鬘と筑紫―物語論・和琴論をめぐって」『源氏物語の言葉と異国』早稲田大学出版部　二〇一〇年
(12) 根本智治「須磨での生活―山賤としての光源氏―」『王朝文学史稿』二一号　王朝文学史研究会　一九九六年
(13) 三谷邦明「玉鬘十帖の方法―玉鬘の流離あるいは叙述と人物造形の構造」『物語文学の方法Ⅱ』有精堂　一九八九年（初出―『論集中古文学Ⅰ　源氏物語の表現と構造』中古文学会編　笠間書院　一九七九年）
(14) 玉上琢彌『源氏物語評釈』第六巻　一九六六年　角川書店
(15) 新大系、「玉鬘」巻・二・九六～九七ページの脚注（鈴木日出男氏が校注を担当）より引用。
(16) 藤井貞和「玉鬘」『源氏物語講座　第三巻』山岸徳平・岡一男監修　有精堂　一九七一年
(17) 秋山虔「女房たち」『日本古典鑑賞講座　第四巻　源氏物語』玉上琢彌編　角川書店　一九五七年
(18) 三田村雅子「召人のまなざしから」『源氏物語　感覚の論理』有精堂　一九九六年
(19) 三谷氏の注7の前掲論文より引用。
(20) 小山清文「玉鬘十帖における右近の意義―語り手・視点人物としての機能をめぐって―」『国文学研究』第一〇〇集　早稲田大学国文学会　一九九〇年
(21) 藤井貞和「タブーと結婚」『源氏物語の始原と現在』冬樹社　一九八〇年
(22) 小山氏の注20の前掲論文より引用。
(23) 吉海氏の注4の前掲論文より引用。
(24) 三田村氏の注18の前掲論文より引用。
(25) 原田氏の注2の前掲論文より引用。
(26) 三田村氏の注18の前掲論文より引用。

第三節　花散里の後見としての役割

一　花散里の後見

花散里は、二条東院を経て六条院東北の夏の町に迎えられ、夕顔の娘である玉鬘および、源氏の実子、夕霧の後見となる。

住み給《たまふ》べき御方御覧ずるに、南の町には、いたづらなる対《たい》どもなどもなし、勢《いきはひ》ことに住み満ち給へれば、顕証《けせう》に人しげくもあるべし、中宮おはします町は、かやうの人も住みぬべく、のどやかなれど、さてさぶらふ人のつらにや聞きなさむとおぼして、すこし埋れたれど、丑寅《うしとら》の町の西の対、文殿《ふどの》にてあるを、異方へ移して、とおぼす。あひ住みにも、忍びやかに心よくものし給《たまふ》御方なれば、うち語らひてもありなむ、とおぼしおきつ。

（「玉鬘」巻・二・三六〇〜三六一ページ）

源氏は、玉鬘の六条院入りに際して、玉鬘の住まいについて思案する。「南の町」は、源氏と紫の上との住まいである「東南の町」にあたる。そこには、源氏と紫の上とに仕えている女房が多く住んでおり、人が多く出入りが激しいことを懸念する。「中宮おはします町」は、秋好中宮が住む「南西の町」である。ここは、「のどやか」

ではあるが、中宮という身分の方と一緒に住まわせると女房と間違われる可能性がある。そこで「丑寅の町の西の対」に住む花散里の人柄を加味し、「文殿」を他へ移してそこへ住まわせることに決める。「あひ住み」ではあるが、花散里が「忍びやかに心よくものし給御方」であるため、玉鬘ともうまくやれると思う。

殿はこの西の対にぞ聞こえ預けたてまつり給《たまひ》ける。「大宮の御世の残り少なげなるを、おはせずなりなんのちも、かく幼きほどより見馴らして後見おぼせ」と聞こえ給へば、たゞの給《たまふ》まゝの御心にて、なつかしうあはれに思ひあつかひたてまつり給《たまふ》。（「少女」巻・二・三一五ページ）

おとゞ、東の御方に聞こえつけたてまつり給《たまふ》。「あはれと思《おもひ》し人のものうじして、はかなき山里に隠れゐにけるを、幼き人のありしかば、年ごろも人知れず尋ね侍《はべり》しかども、え聞きいででなむ、女《おうな》になるまで過ぎにけるを、おぼえぬ方よりなむ聞きつけたる時にだにとて、移ろはし侍《はべる》なり」とて、「母も亡くなりにけり。中将を聞こえつけたるに、あしくやはある。おなじごと後見給へ。山がつめきて生ひ出でたれば、鄙びたること多からむ。さるべくことに触れて教へ給へ」と、いとこまやかに聞こえ給《たまふ》。（「玉鬘」巻・二・三六二ページ）

幼い頃に母、葵の上をなくした夕霧は、祖母にあたる大宮をそれまで親代わりとしていたが、「大宮の御世の残りすくなげなる」のでと、源氏は花散里を「後見」とする。

玉鬘の後見としての花散里については、同じ境遇にある夕霧と共に論じられる。[▼注1]それは、花散里と玉鬘の関係のみを考える事が、「夕霧の場合のように幼い頃から後見したわけではなく、その上玉鬘自身が花散里について言及した言葉は皆無であることから、玉鬘の性格形成の上に花散里の影響を考察していくことは事実上不可能」[▼注2]

であるからだと思われる。玉鬘は、その後の物語において必要不可欠な存在である。物語が展開していく場である六条院へ玉鬘を迎えるために用意された後見である花散里が、玉鬘に対して何の影響もないとは考えづらく、物語進行上、何らかの意味を持つと考えられる。

　こうした事情からも玉鬘と花散里、夕霧と花散里、または玉鬘と夕霧といった関係の中で、後見としての花散里を考えることが有効であるようにも思われる。しかし、馬場美和子氏は、夕霧の後見が長きに渡ることを、玉鬘の場合とを比較し、「玉鬘の後見の期間は短く、花散里と玉鬘が会話をしたり世話をしたりするやりとりが全く描かれていない」と指摘し、「花散里のひきうけた夕霧の後見と玉鬘の後見は性質が異なっている」とする。▼注3「夏の御方の時に花やぎ給《たまふ》まじきも、宰相のものし給へばと、皆とり〴〵にうしろめたからずおぼしなりゆく」（「藤裏葉」巻・三・一九二ページ）とあり、花散里と夕霧との関係の深さを思わせる。花散里は、玉鬘の後見としても夕霧とは異なる形で、何らかの機能を担うからこそ、その立場にあると考えるのが自然であろう。だが、花散里と玉鬘は、本人同士の関係が描かれず希薄である。

二　花散里という女

　花散里は、桐壺院の女御である麗景殿の女御の妹の「三の君」で、「花散里」巻へ初めて登場する。「花散里」巻は、花散里の元へ逢いにゆく源氏の姿と、訪問の途中で他の女性との情交が描かれる。巻の名前の由来となる「橘の香をなつかしみほとゝぎす花散る里をたづねてぞとふ」（「花散里」巻・一・三九七ページ）という源氏が詠んだ和歌は、三の君に対して詠まれたのではなく、姉の麗景殿の女御に詠まれた和歌である。小町谷照彦氏は、「この巻の花散里は、光源氏が「憎げなくわれも人も情をかわしつつ過し給ふ」多くの女性の中の一人として埋没してしまっている」と指摘し、[注4]藤村潔氏は花散里について、麗景殿の女御の住まいを指したもので、後に花散里と呼ばれる三の君を元々は指してはいなかったとする。[注5]

花散里は、「〈穏やか〉で目立たない極めて脇役的な存在」[注6]でありながら醜女として描かれるとされる。

夏の御住まひを見たまへば、時ならぬけにや、いと静かに見えて、わざと好ましき事もなく、あてやかに住みたるけはひ見えわたる。年月に添へて御心の隔てもなくあはれなる御中なり。いまはあながちに近やかなる御ありさまにもてなしきこえ給はざりけり。いとむつましくありがたからむ妹背《いもせ》の契りばかり聞こえかはし給ふ。御几帳隔てたれど、すこしおしやり給へば、またさておはす。縹《はなだ》はげに匂《にほひ》多からぬあはひにて、御髪《ぐし》などもいたく盛り過ぎにけり。やさしき方にあらぬとえびかづらしてぞつくろひ給《たまふ》べき。我ならざらむ人は見ざめしぬべき御有さまを、かくて見るこそうれしく本意あれ、心軽き人の列にて、われにそむき給ひなましかば、など、御対面のをり〳〵は、まづわが心の長きも、人の御心の重きをも、うれしく思《おもふ》やうなりとおぼしけり。こまやかにふる年の御物語りなどなつかしう聞こえ給ひて、西の対へ渡《わたり》り給《たまひ》ぬ。

（「初音」巻・二・三八〇〜三八一ページ）

右は、源氏の視点から見た花散里の描写である。「御髪などもいたく盛り過ぎにけり。やさしき方にあらぬとえびかづらしてぞつくろひ給べき」とあるように、源氏は花散里の容姿を嘆いている。しかし、その関係は、「御几帳隔てたれど、すこし押しやり給へば、またさておはす」とあり、男女の関係とは違う別の形を築いているようである。

花散里の容姿について栗山元子氏は、描かれる醜貌と源氏との床離れが何度も語られることについて、源氏の視点から語られる場合に自己の賛美が伴うことを指摘し、「光源氏において自らの色好みとしての美徳を表徴するものとして意義づけられていくものであり、その繰り返しはそのような源氏の宰領する六条院世界の絶対化を強調するためのものであった」[注7]とする。

また、林田孝和氏は、花散里と同じく醜女として描かれている末摘花の登場について、「醜に異常な霊力を観じる原義の投影があるからで」あり、「物語作者が醜貌に異常な霊力——魔除けの力を認めたうえで登場させたのではあるまいか」と指摘する。[注8]林田氏の指摘に関しては、「醜」という語そのもののもつ意味にこだわりながらも、花散里に関してその語が用いられることを示していないことに疑問を持つ。だが、これら花散里の醜貌についての指摘は、この女性の容姿や気立てが六条院において密接に関係することを示す。

花散里の人物造型について沢田正子氏は、「常にある一定の、統一ある役割のもとに造型されているのではなく、場面々々において、その都度、変化ある役割を担って形象されていることに気がつく」とし、源氏の婦人として、夕霧の母儀として、紫の上の脇役として、といったこれらの要素に「明確に限定、分類され、それらが三様に相からみ合って、一つの生が形象されているように思われる」とする。[注9]沢田氏の指摘は重要で、花散里についていては、自身と他の登場人物との関係性それ自体によって物語に関わるというよりも、他の人物同士を結びつけるような、その特性によって物語に影響を与えると考えるべきである。つまり、玉鬘と花散里の関係を考察の対象とするとき、花散里との直接的なつながりに焦点を合わせるのではなく、玉鬘の人間関係において花散里が、間接的にどのように影響するかということを考える上で、花散里という人物像を見出さなくてはならない。花散里を中心とした物語という視点を捨象するのではないが、それを含めた複合的な人物像、もしくは物語を考える必要があるのではないだろうか。

また、沢田氏は、夕霧の母儀となる花散里を「葵の上の役割の継承」としてとらえる。夕霧は幼くして母である葵の上を失っており、「大宮の御世の残りすくなげなるを、おはせずなりなむのちも、かく幼きほどより見ならして、後見おぼせ」という源氏の言葉によって、母儀、つまり母親の代わりとしての役割を花散里は担う。沢田氏は、母儀という語を用いるが、後見という語のもつ意味と重ねて考えてよいだろう。

夕霧と玉鬘は源氏という人物によって、花散里という同様の人物と「後見」という共通の語によって結び付けられる。この「後見」という語が、恣意的であっても、それによって規定されるということにはなんらかの意味がある。では、後見には、どのような機能があるのだろうか。

三　後見について

後見は、上代の用例としては見られないが、「うしろみ」という用語自体は、平安時代中期以後の物語類に見られる。▼注10『伊勢物語』や『竹取物語』には用例が見えず、『源氏物語』以外では、『うつほ物語』や『落窪物語』などに用例を見ることができる。

①帥のぬし、蔵人・木工助に言ふほに「真人たちの後見せしめむ女人めづらしめつべからむ歌、一つ作らしめむ」と言ふ。（『うつほ物語』・「祭の使」・二二五ページ）▼注11

②ここにものせられし人は、『身にそへて後見せさせむ』と思ひ給へしほどに、宮よりのたまはせければなむ、参りにけるを、（『うつほ物語』・「沖つ白波」・四五五〜四五六ページ）

③たゞ、親のおはしける時より使ひつけたるわらはのされたる女、うしろみとつけて使ひ給《たまひ》ける、（『落窪物語』・一二ページ）▼注12

④辞したてまつらん代りには左大臣をなさせ給へ。ざえ、けしうは侍らざめり。されば翁よりも御うしろ見はいとよくし侍りなん。

（『落窪物語』・二八八ページ）

こうした「後見」という語について井上光貞氏は、「私的隷属関係をあらわす当時の言葉」であり、このような幾重にも結ばれた関係が源氏物語などの文学作品にあらわれることについては、「その生活と地位を保っていた貴族、就中女性の不安な生活環境の、文学的形象化」と捉える。▼注13 こうした井上氏の意見を受けて倉本一宏氏は、後見の根本的な語義が「或る人のために世話をすること」であり、『源氏物語』の用例が「すくなくとも平安時代における一般的な用法といっても差支えないのではあるまいか」とする。また『落窪物語』の③の用例について室城秀之氏は、あこきの名前が「うしろみ」となることを「「後見」という名は、姫君の後見をすることを願ってつけた名」であるとしており、▼注14 他の用例を見る限りでも、根本的な語義や使われ方は『源氏物語』と共通しているとみてよいだろう。では、『源氏物語』において後見はどのような機能を持ち物語に作用するのだろうか。

倉本氏によれば、『源氏物語』において後見は一五五例あり、「我々が「後見」という語のおもな用法であると考えがちな、皇子・東宮・后妃への後見は、全体から見るとたかだか二割程度、また公・世・帝への後見も一割程度に過ぎず、残る七割については、世話・養育・保護・援助といった意味に使われている」とする。▼注15 倉本氏はこれらを五つに分類するが、▼注16 その機能に着目しておおまかには、直接に政治的背景を持つ後見とそれ以外の後見とに分けることが可能だろう。花散里の玉鬘、夕霧の後見は、それ以外の後見に当たる。

加藤洋介氏は、後見の用例について、「一旦失った親や乳母の役割を補充・強化する人物もまた「後見」と呼ばれていることに気付かされる」と指摘し、「本来的には家族や乳母がその任にあたるものであっても、それだけに限定されてしまうのではない。むしろ親や乳母の不在が物語文学の発想として根強くあったとすれば、それに代わる「後見」が要請されるのはきわめて自然である」とする。[注17] 母や乳母という養育者の不在により、後見は要求されるのであろう。玉鬘は、母を失っているものの、乳母は筑紫からの上京において重要な役割を担う。その乳母が後見をしないという事は、血縁上の母や乳母であることが重要視されるのではなく、後見として課せられることを果たせる人物を物語は後見として希求するのだろう。

また、加藤氏は、後見は「家族や乳母の役割に準ずるという点で、女親的「後見」と男親的「後見」に分けて考えることができる」とする。女親的後見は、「母や乳母の役割を補完・強化して日常生活上の世話一般の任にあたり」、一方、男親的な後見は、「父などに代わって社会的経済的な面で庇護にあたる「後見」」とされる。[注18] 男親的な後見は、政治的な側面も担うのであろうから物語の表層に描かれやすいのに対して女親的後見は、その機能が生活における基層部にあたり、その役割が表出しづらく描かれにくいのであろう。

池田真理氏が、玉鬘と花散里の関係について「玉鬘自身が花散里について言及した言葉は皆無である」と指摘するように、[注19] の直接的な関係が描かれていないのにはそういった後見の機能が影響すると考えてよい。また、源氏は、対外的に玉鬘の実父として振舞う。花散里に後見を依頼するのには、玉鬘の母の不在を埋める意味があり、養育の際には、後見として男親と女親といった父母の両方の機能が、内的、外的に必要とされたのではないだろうか。

後見とは、「或る人のために世話をすること」という語義を基層としながら、物語において用いられる場合は、多様な関係性においてその語に副次的、派生的に意味を付与し、その意味を拡大している。はっきりと制度化されていない以上、その定義や働きが概念的になってしまう。こうした特徴を持った後見が、物語において玉鬘や夕霧に対して、どのように作用するのだろうか。玉鬘、夕霧と花散里が後見という関係で結ばれることには、もっと他の側面があるのではないだろうか。

四　玉鬘に対する花散里の役割

なぜ女親的後見として玉鬘には、花散里があてがわれたのであろうか。玉鬘の六条院入りについて玉上琢彌氏は、玉鬘の住まいが「丑寅の町の西の対」になったことを、「明確に順位があるわけでもないが、四つの町ではやはり北よりは南、西よりは東がよい位置だということができる。源氏は、姫君の住居を東南から西南、さらに東北と、最もよい位置から順に考えてゆかれたのである。姫君の扱いをかなり重く考えていることになる」とする。▼[注20] 玉鬘の住まいを決める際に源氏は、「中宮おはします町」と、もともとの住人と玉鬘との関係性を重視する。加えて、住まいの決め手に関しても、「忍びやかに心よくものし給《たまふ》御方なれば、うち語らひてもありなむ、とおぼしおきつ」と、花散里の人となりや玉鬘との相性を踏まえ住まいを決定するのだから、玉鬘の住まいは花散里が後見をすることを前提として決められたと考えてよい。

また出自の面では、明石の姫君には紫の上が養育を任されるように、事実は異なるとしても玉鬘は源氏の娘としてあつかわれるのであるから、明石の姫君と同等にとはいわなくとも、それに準ずるような身分にある人物が後見として求められた。花散里は、麗景殿の女御の妹という高い出自をもっているのだから後見としては申し分なかった。六条院における後見には、親の不在を埋めたうえで、六条院の秩序の安定をはかるため、付加価値的な要素が求められる。

三角洋一氏は、後見関係について「二条東院の女性たちだけが源氏の一方的な後見を受けていて、これはいずれ夕霧に依託されるのであろう。あとはみな、源氏が妻に子女の後見を依託したり、子女に養母を後見することを期待するなどの結果、彼らの間だけでも相互扶助の後見がなりたっていること、筑紫の五節をはじめ、ちょい役の女性たちまでしかるべき後見関係が考慮されていることを、まず指摘しておきたい。つまり物語世界の中では、端役にいたるまで女性たち一人ひとりの人生の始終が考え抜かれており、ご都合主義で人物が出入りしているのではない」とする。▼注21

六条院では、養育者不在の場合が多く見られ、そうした者同士を後見という関係で結びつかせることは、六条院という社会が内的、外的に安定するために重要なことなのであろう。高木和子氏は、「六条院に暮らし続ける王統ならざる女、花散里・明石の君などは、光源氏との直接の「後見」関係を結ばず、光源氏の子女の「後見」という形で間接的に光源氏と結びとめられる存在であった」と指摘し、花散里について「源氏の依頼がきっかけであるが、母を亡くした若者とはいえ、夕霧十二歳、玉鬘二十一歳と、もはやこの時点で幼少とは言えない両者への庇護の依頼には、夕霧や玉鬘との「後見」関係を世に示すことによって花散里への世の軽視を未然に避けようとする、光源氏の花散里への配慮が感じられる。この依頼はどうやら床離れと時期を同じくしていて、つまりは、花散里との愛情が希薄化したことを、光源氏が自ら是認した行為とも言えようか」とする。▼注22 こうした関係は、源氏の出家、もしくは死後のことを考慮してのことなのだろう。

おとゞも、長からずのみおぼさるゝ御世のこなたに、とおぼしつる御参りのかひあるさまに見たてまつりなし給《たまひ》て、心からなれど、世に浮きたるやうにて見苦しかりつる宰相の君も、思《おもひ》なくめやすきさまに静まり給《たまひ》ぬれば、御心おちゐ果て給《たまひ》て、今は本意もとげなむとおぼしなる。対の上の御有様の見捨てがたきにも、中宮おはしませば、おろかならぬ御心よせ也。此御方にも、世に知られたる親ざまには、まづ思ひきこえ給ふべければ、さりともとおぼし譲りけり。

（「藤裏葉」巻・三・一九二ページ）

花散里は、源氏の実子夕霧と、後に髭黒の妻となる玉鬘と扶助関係を結んだことになる。しかし、源氏は「藤裏葉」巻で、夕霧と花散里との扶助関係について触れるが、花散里と玉鬘の関係については触れていない。花散里と玉鬘の関係に相互扶助の側面がないとはいえないが、夕霧がいる以上、そうしたつながりは、玉鬘の後見とした源氏の意図として夕霧の場合よりも希薄だと言ってよいのではないだろうか。この時点では、当然ではあるが六条院入りしたばかりの玉鬘を扶養する意味が強い。

米田真木子氏は、源氏が後見を媒介として女君を六条院入りさせ、「光源氏が女君たちと〈結婚〉することと女君たちを「後見」することをしばしば意識的であれ、無意識的であれ混同させている可能性があるとはいえないだろうか」として、「光源氏は「後見」という媒介を通してしか女君を手に入れることができなかったのではないか」とする。また、女君たちを後見することについて、「自然に権力への繋がりを求めてしまう源氏の、決して露骨には表面化されないが、確かに存在する潜在的な欲望が示唆されている」とする。▼注23 源氏を中心とした六条院の問題として、後見と結婚の繋がりは無関係ではないのだろう。結婚が男女の結びつきを軸としながらコミュニティを展開することと同様に、後見は子を介在させることによって、男親的後見である源氏と女親的後見となった花散里を媒介し、玉鬘を中心としたコミュニティを構築する。

「藤袴」巻で夕霧は、玉鬘と本当の姉弟ではないことを知った後に、「はじめより、ものまめやかに心寄せきこえ給へば、もて離れてうとく〳〵しきさまには、もてなし給はざりしならひに、今あらざりけりとて、こよなく変はらむもうたてあれば」（「藤袴」巻・三・九一ページ）と、姉弟の関係が突然変化したことで、それまでの態度を変化させることに対して戸惑いを覚える。夕霧の後見であった花散里が玉鬘の後見となる時点で、二人が姉弟であることは、花散里と玉鬘、夕霧との後見関係に反映されるのだと考えられる。

玉鬘は、葵の上の兄、頭中将の娘であり、血縁関係上は夕霧にとってはいとこにあたり、夕霧の妻である雲居の雁とは父を介した義理の姉妹ということになる。血縁関係から夕霧と玉鬘との婚姻の可能性を考えたとき、妻の雲居の雁と同じ交叉いとこ婚にあたる。藤井貞和氏は、『源氏物語』の婚姻関係について「交叉いとこ婚の優先ということが予想される」とし、「正編において、交叉いとこ婚の事例が良好に見られるのにたいして、平行いとこ婚は避けられるようで、特に親どうし同腹の純粋な平行いとこ婚は見いだされないようだ」とする。くわえて、同母妹との結婚は避けられていたようだが、「異母妹との結婚はむしろ好まれる形態であった」らしい。▼注24

実際、夕霧は姉弟ではないことを知った後に「おなじ野の露にやつるゝ藤袴あはれはかけよかことばかりも」（同・九四ページ）と和歌を贈り、その秘めた胸のうちを玉鬘へ伝える。姉弟の関係を前提としていなければ、夕霧が求婚していた可能性を強く示す。このことは、玉鬘の求婚物語と夕霧と雲居の雁の物語とが並行するような形で描かれることにも関係する。夕霧と玉鬘とのあいだには、妻の雲居の雁と同様、婚姻関係が生じてもおかしくはなかった。つまり、求婚者の側に回った場合には、玉鬘と夕霧の間に婚姻関係が生ずる可能性もあったのである。花散里を玉鬘の後見とし、夕霧と玉鬘との姉弟関係をより強固に結び付けようとすることによって夕霧の立場を玉鬘に隣接させながら、姉弟として血縁的に遠ざけ、玉鬘との婚姻関係を避けようとする意図があると考えられる。

花散里は、玉鬘の六条院入りの際に、女親的後見として玉鬘の後見となる。花散里と玉鬘、夕霧との後見関係は、直接に花散里と玉鬘、夕霧との結びつきながらも、六条院の中の一部として、物語の機能としての役割と深く結びつく。物語の中で、「後見」という語によって結ばれることは、テクストに表出していない形式的な後見関係が結ばれている事例よりも、テクストによって規定されている分だけ物語の展開と深く結びつき、その後の物語と関連する。結婚が、それによって生まれる関係性によって血縁的な広がりを作り出す一方で、後見は人物同士の関係性が複雑に絡みあいながら物語の機能として作用する。

【注】

(1) 馬場美和子「花散里と養子達―花散里の変貌―」(『国文学攷』第七一号　広島大学国語国文学会　一九七六年八月)や、池田真理「六条院における花散里の位置―主に、夕霧・花散里に与えた影響について―(要約)」(『国文学報』第二四号　尾道短期大学国文学会　一九八一年)などがある。池田氏の論文については、「ゼミレポートを約六分の一に縮約したもの」であり、原論文は見つけられなかったが、そうした事情から必然的に、論文としての言及する事は憚られるが、玉鬘と夕霧の後見としての花散里という視点を兼ね備えていることから、本稿では貴重な先行研究のひとつとして扱いたい。また、夕霧と花散里との関係を扱ったものとしては、林久美子、野村精一「源氏物語と母性―花散里攷」(『実践国文学』第四七号　実践国文学会　一九九五年)がある。

(2) 池田氏の注1の前掲論文より引用。

(3) 馬場氏の注1の前掲論文より引用。

(4) 小町谷照彦「花散里」『国文学　解釈と鑑賞』第一三巻六号　至文堂　一九六八年

(5) 「勿論住いや、住んでいる場所をもつて、そこに住む特定の個人を呼んだ例は珍しくないが、その意味では花散里とは女御の御妹の三君というより、むしろ麗景殿の女御その人を呼んだもの、ようである。」藤村潔「花散里試論」(『国語と国文学』東京大学国語国文学会　一九六五年、及び『源氏物語の構造』桜楓社　一九六六年)

(6) 加藤明子「花散里の形容から見える源氏・六条院の変化―「おいらか」「おほどか」「のどやか」の違いから―」『平安朝文学研究』一一号　平安朝文学研究会　二〇〇二年

(7) 栗山元子「玉鬘十帖における花散里の醜貌と床離れについて―その両義的作用―」『平安朝文学研究』五号　平安朝文学研究会　一九九六年

(8) 林田孝和「源氏物語の醜女―末摘花・花散里の場合」『日本文学論究』第二十三冊　国学院大学国文学会　一九八三年

(9) 沢田正子「源氏物語における花散里の役割」『言語と文芸』第六五号　大修館書店　一九六九年

(10) 石井良助氏は、大化以前の形式的に後見が二種類あったことを指摘する。まず、仲哀天皇の死後、神功皇后が応神天皇の摂政となったように「相続人が幼少の場合に、母が後見に立」ち、実質的に皇后と天皇との共同統治がなされた場合であり、これを「共同相続の形式のによる後見」と呼ぶ。もうひとつは、舒明天皇崩御後に皇子がいながら皇極天皇が即位したことをとりあげ、これを「中継相続の意味を有した」後見であると解する。二つの形式は共に嫡子の保護のためになされる。こうした二種類の後見は、その後、中継相続の後見はそのまま、共同相続の後見は平安時代に入らないうちに自然に廃れてゆき、「おそらくは、奈良時代末期に嫡子を相続させて、これに相代行事人を附する」ような形式が新たに生じ、平安時代以後、室町時代に至るまで存続したとする。

石井良助『日本相続法史』創文社　一九八〇年

(11)『うつほ物語』の本文は、『うつほ物語』全　改訂版（室城秀之校注　おうふう　二〇〇一年）より引用し、ページはそれに対応する。

(12)『落窪物語』の本文は、新日本古典文学大系『落窪物語　住吉物語』（藤井貞和校注　岩波書店　一九八九年）より引用し、ページはそれに対応する。

(13) 井上光貞「天台浄土教と貴族社会」『井上光貞著作集第七巻・律令国家と貴族社会』岩波書店　一九八五年

(14) 室城秀之『新版落窪物語』（角川ソフィア文庫　二〇〇四年）一六ページの脚注より引用。

(15) 倉本一宏『『栄花物語』における「後見」について』『栄花物語研究　第二集』山中裕編　高科書店　一九八八年

(16) 倉本一宏は後見を、A、后妃（あるいは后妃候補）への後見、B、東宮（あるいは東宮候補の皇子）への後見、C、女宮への後見、D、政権担当者から公・世・朝廷・帝への後見、E、何らかの世話・養育・保護・援助を表す例、という五種類に分類する。

(17) 加藤洋介「「後見」攷―源氏物語論のために―」『名古屋文学国語国文学』六三号　名古屋大学国語国文学会　一九八八年
また、後見を扱った論文として加藤洋介「冷泉―光源氏体制と「後見」―源氏物語における准拠と〈虚構〉―」（『文学』五八巻第八号　岩波書店　一九八九年）があり参考とした。

(18) 加藤氏の注17の前掲論文より引用。

(19) 池田氏の注1の前掲論文より引用。

(20) 玉上琢彌『源氏物語評釈』第五巻　一九六五年　角川書店
(21) 三角洋一「光源氏と後見」『国語と国文学』第七六巻四号　東京大学国語国文学会　一九九九年
(22) 高木和子「「後見」にみる光源氏と女たちの関連構造」『国語と国文学』第七三巻二号　東京大学国語国文学会　一九九六年
(23) 米田真木子「『源氏物語』の〈結婚〉「後見」という視座から―光源氏を中心に―」『フェリス女学院大学日文大学院紀要』第十号　フェリス女学院大学大学院人文科学研究科日本文学専攻　二〇〇三年
(24) 藤井貞和「タブーと結婚―光源氏物語の構造」『国語と国文学』五五巻一〇号　至文堂　一九七八年（―『物語の結婚』筑摩学芸文庫　一九九五年など）

第四節　六条院入りにおける市女の活躍

一　「玉鬘」巻の市女

玉鬘たち一行は、大夫の監による求婚から逃れ上京する。

九条に、むかし知れりける人の残りたりけるをとぶらひ出でて、その宿りを占めおきて、都のうちと言へどはかばかしき人の住みたるわたりにもあらず、あやしき市女、商人《あき》の中にて、いぶせく世の中を思ひつゝ、秋にもなりゆくまゝに、来し方ゆく先悲しき事多かり。豊後の介と言ふ頼もし人も、ただ水鳥のくがにまどへる心ちして、つれ〴〵に、ならはぬありさまのたづきなきを思《おもふ》に、帰らむにもはしたなく、心幼くいでたちにけるを思ふに、従ひ来たりし者どもも、類に触れて逃げ去り、もとの国に帰り散りぬ。

（「玉鬘」巻・二・三四三ページ）

「玉鬘」巻には、玉鬘一行が上京して、右近と出会う初瀬詣までの間に六か月間の時間的な隔たりが存在する。「九条に、むかし知れりける人の残りたりけるをとぶらひ出でて、その宿りを占めおきて」とあり、「そのわたり知れる人に言ひ尋ねて、五師《ごし》とて、早く親のかたらひし大徳残れるを呼びとりて、まうでさせたてまつる」（同・

三四四ページ）とあるから、その空白の時間にもかつての交友関係に頼ろうとした痕跡が見られる。本来であれば玉鬘の母である夕顔へ玉鬘の消息を知らせようとするべきであろうが、長い流離の時間によって夕顔が住まいとしていた五条の家のあるじとも音信不通になってしまっていた。また、「あやしき市女、商人の中にて」とあり、九条という場所が「都のうちと言へどはかばかしき人の住みたるわたりにもあらず」と一行が置かれている環境が描写される。

「玉鬘」巻に「市女」という用例はもう一例見られる。

かくいふは、九月の事なりけり。渡り給はむ事、すが〳〵しくもいかでかはあらむ。よろしき童、若人など求めさす。筑紫にては、口惜しからぬ人〳〵も、京より散りぼひ来たるなどをたよりにつけて呼び集めなどしてさぶらはせしも、俄にまどひ出で給《たまひ》し騒ぎにみなおくらしてければ、また人もなし。京はおのづから広きところなれば、市女などやうのもの、いとよく求めつゝいて来《く》。その人の御子などは知らせざりけり。

（同・三六二ページ）

筑紫に下向した際には「口惜しからぬ人〳〵」を「呼び集め」て仕えさせていたが、筑紫から上京する際におきざりにしてきてしまったため、仕える女房たちが不足する。それを補うため、「市女などやうのもの」が人材を斡旋する。

「玉鬘」巻において市女は、玉鬘一行が上京し椿市へ詣でる前に九条に住んでいた段階で登場する。この椿市へ詣でるまでの六カ月間を、藤井貞和氏は、「この途方に暮れた生活というのは、玉鬘一行が幸福をつかむためのさいごの試練」であり、「幸福をはは夕顔がもたらしてくれる」ための「忌み籠りのごときものであったとい

うことではないか」と指摘する。[注1]

この期間にどのようなことを豊後の介たちが行ったのか、具体的にはわからない。「玉鬘」巻を見る限り、「親のかたらひし大徳」のような以前に関係があった人たちや、新たな環境で知り合った人たちを頼り、玉鬘一行のおかれていた不遇な状況の打開を試みていたと考えられる。しかし、結局頼ったと書かれるのが九条の「あやしき市女、商人」のなかに住む「昔知れりける人」や、僧侶であったのだから、直接、玉鬘の父親である内大臣へ連絡するためではなかったと考えられる。

この六カ月間が「忌み籠り」の意味を持ち現状を打開するための過程なのだとして、ではこの「忌み籠り」の期間や、市女を介して玉鬘の女房を集めているように、玉鬘一行と市女との接触が描かれるのにはどのような意味があるのだろうか。

二　「玉鬘」巻の「市」

玉鬘一行が、上京後に住んだ九条は、都の末端であり七条堀川の西に東市があり、市女との関連が玉上琢彌氏によって指摘される。また同氏は、玉鬘が六条院入りする前に人材を斡旋する市女について「市女は、おそらく都に置かれた東西両市の女ではなく、それ以外の貴顕の宅を訪ねて行商するたぐいの女であろう」とする。[注2]上京後に知り合った市女とは別の行商する市女が人材を斡旋したわけではないにせよ、市女を固定的にとらえずに自由に流動し活躍する様子を念頭に置く必要がある。

「玉鬘」巻では、市女だけでなく「市」が物語の展開において重要な役割を担う。玉鬘たち一行と右近とが出会う椿市がそれである。

殊更に徒歩《かち》よりと定めたり。ならはぬ心ちにいとわびしく苦しけれど、人の言ふまゝにものもおぼえで歩み給《たまふ》。いかなる罪深き身にて、かゝる世にさすらふらむ、わが親世になく亡くなり給へりとも、我をあはれとおぼさば、おはすらむ所にさそひ給へ、もし世におはせば御顔見せ給へ、と仏を念じつゝ、ありけむさまをだにおぼえねば、たゞ親おはせましかばとばかりの悲しさを、嘆きわたり給へるに、かくさしあたりて身のわりなきままに、とり返しいみじく覚えつゝ、からうして、椿市と言ふ所に、四日と言ふ巳みの時ばかりに、生ける心ちもせで行き着き給へり。

（同・三四五ページ）

右は玉鬘一行が初瀬詣へ向かう様子である。「殊更に徒歩よりと定めたり」と、牛車を使わずに徒歩で移動している。これは、「心をこめてのお参り」だからであり、「姫君にとって非常な苦行」で、「車でも三日かかるところを、四日で着いたというのは、「この姫君にとってはたいへんなことである」と玉上氏が指摘する。▼注3

椿市までの徒歩での移動について塩見優氏は、玉鬘が幼い自分のことを回想する際に、「脚立たず沈みそめ侍にける後」（同・二・三六四ページ）と、ヒルコ伝承を引用する箇所に注目し、「立つことができない、ということは自らの力のみで移動を行うのが困難」であり、「その状況に身を埋めるしかない自分自身」の幼少期を想像させるとする。そうした様子を踏まえたうえで、玉鬘一行が「殊更に徒歩よりと定めたり」と徒歩で移動することによって「痛みを感じることで、足の存在を玉鬘は再認識する」のだとして、この痛みが「幼少期から抱える母に会えない悲しみの表出」であり、「歩く」という行為により、自己の心と向き合って」ゆき、「足の痛みは、母に会えぬ悲しみと重なり、それを乗り越えることで、玉鬘は六条院へ迎え入れられるべき姫君へと成長していく」と指摘する。▼注4

玉鬘に関する描写の変化を「六条院へ迎え入れられるべき姫君へと成長」する過程として見ることには疑問を

持つものの、塩見氏の指摘するように初瀬詣による足の痛みは「母に会えぬ悲しみ」と関連性を持ち、それが「仏を念」ずる事に収斂されてゆくのだろう。それは、玉上氏の指摘するように徒歩である事が「心をこめてのお参り」である所と通じるのだろう。

では、『源氏物語』「玉鬘」巻における市女に関する先行研究では、こうした初瀬詣の目的地である椿市とどのように関係づけられて論じられているのだろうか。

金秀美氏は、『日本霊異記』や『今昔物語集』など説話において市では、「巡り巡ったものが、収まるべき場所に収まり、「「失ったもの」である玉鬘を、右近と源氏が探し続けていた様子や、その玉鬘を右近が《市》で発見することによって、光源氏が引き取り、六条院に入るという一連の過程は、説話で見られたような「失ったものを持ち主に取り戻す」話と同種の発想が働いているものと考えられる」として、「玉鬘」巻の椿市も説話における市と同じ機能を持つとする。そのうえで市女について、「玉鬘付きの女房の選別にも直接関与」し、「「右近が里の五条」に移住し九条の気配を排除してから六条院に入る」ことは、「玉鬘物語の女主人公として扱うべき玉鬘の〈負〉のイメージを消すために、源氏を始め、六条院に筑紫・九州にいたことを隠し通す等の細心の配慮を物語は施す」のだとして、九条も椿市と共通の属性が窺われる空間」であるとその共通性を指摘する。[注5]

また小林正明氏は、玉鬘一行が右近と椿市で出会うことや「玉鬘巻の玉鬘には、経済的な事象が随伴している」として「市女」によって人材調達をしたことに触れ、『大鏡』や『大和物語』の例から、「物語にとって重要な点は、市で人間が売買できたことである」として、「玉鬘とは、言いうべくんば、椿市という名の市で買われた女＝商品にほかならない」と指摘する。[注6]小林氏は、玉鬘一行と右近が出会う椿市と市女を「市」という記号に還元し、それぞれのトポスによる影響を分析する。

網野善彦氏は、中世において寺社が金貸しをしていたことに触れて、貸した貨幣を土に埋める習俗をあげ、土に埋めた貨幣が無縁化されることによって交換可能なものとなる事を指摘する。[注7] また中沢新一氏は、人から人へと贈与され移動していく物には人格性が伴うため、「贈与交換併存社会で商品が市場に入っていくときには、あらかじめモノに付着した人格性を払い落して、ただのモノとなっている必要があ」ったと指摘する。[注8] 交易がなされる市という場所は、玉鬘の女君が筑紫へ下っていた過去を払拭し、玉鬘自身を交換可能なモノとしているとも考えられる。小林氏の言う「商品」とは、それまでの所有者やイメージを払拭して交換可能な物となる事であろう。しかし、市を記号的にとらえるのだとしても物語における事象について上京後の「市女、商人」と、「椿市」と、六条院入りに至るまでの六ヵ月にわたる「忌み籠り」の時に人材を斡旋する「市女」には、玉鬘一行をめぐる意味にそれぞれ固有性があるのではないだろうか。

湯浅幸代氏は、尚侍として後宮入りを予定される玉鬘について、伝記中に見られる「市と后」をめぐる表現から検討し、「「市」が、后となるべき資質の保証となっている」として、「玉鬘が六条院入りを果たす以前、市女・商人の中で過ごし、市女などに女房等の斡旋を受ける様は、単に生活の不知意を示すものではなく、六条院を舞台とする求婚譚の主役にふさわしい姫君の資質を保証している」とする。そして、「「市」を司ることのできる資質、いわば賢さ」を持つのだとする。[注9] 玉鬘の資質を保証する存在として市女があり、六条院入りに際して行なわれた試験的要素を持つ源氏との和歌の贈答をさらに補完するとも考えられる。市女やそれに付随する「市」についてのイメージは、玉鬘の六条院入りに深く関係する。小林氏が六条院入り以前の流離する玉鬘の在り方を「商品」とするように、市とはそれ以外の場所とは別の論理が働く場所である。

深澤徹氏は、平安京における権力の中心としての「内裏空間」に対して、市は「その対極にあって人々の都市生活を下支えした」とする。[注10] 玉鬘にとって、市と対極にある権力の象徴とは、後に尚侍となり入内することを踏まえれば、「玉鬘」巻においては六条院が近似する場所であるとも言える。しかし、玉鬘にとっての市は、権力と対比される空間であると同時に、母を失ってから下向していた北九州とも異なる空間であり、二項対立的な構図に収まらない。

三　玉鬘をめぐる贈与と交換

玉鬘たちが六条院入りの際に筑紫での事情を知る人間を集めるのではなく、市女を通じて人材を集めることは、「すき者」たちの求婚の対象として養育されるために必要とされた。

では、市を経由し、第二章第二節で論じたように右近が源氏に「山がつ」の出身であることにより、筑紫に関する負のイメージを消された玉鬘が六条院で養育されることにはどのような意味があったのだろうか。

玉鬘一行は、椿市で夕顔の乳母子である右近と再会する。その再会について、河添房江氏は、玉鬘一行が長谷寺へ詣でる前であった事を指摘し、「普通の霊験譚の構造とは違」い、「霊験譚の大団円に導かれないでもう一度さすらいが始まるのではないか」とする。また同氏は、秋山虔氏の右近が何度も長谷に行っており右近からすると霊験だったとの指摘について「六条院にとっては長谷寺の霊験は加担したことになる」とする。[注11]

右近や源氏にとって玉鬘は長谷寺の霊験によってもたらされた、いわば神仏から純粋な贈与をされた存在である。それに対して、玉鬘側にとって右近との再会は長谷寺の霊験によるものかどうかはっきりとしない。長谷寺での再会は、玉鬘側と右近の双方にとって異なる意味を持つのではないだろうか。

中沢氏は、贈与と交換の違いについて、交換とは、「それをつくった人や前に所有していた人の人格や感情などは、含まれていないのが原則」であり、「ほぼ同じ価値をもつとみなされるモノ同士が、交換され」、「モノの価値は確定的であろうとつとめている」点を挙げる。それに対して贈与とは「モノを媒介として、人と人との間を人格的な何かが移動しているようで」あり、「相互信頼の気持ちを表現するかのように、お返しは適当な間隔をおいておこなわれなければなら」ず、「不確定で決定不能な価値が動いており」「そこに交換価値の思考が入り込んでくるのをデリケートに排除することによって、贈与ははじめて可能になる」とする。▼注12 玉鬘は、源氏にとって長谷寺の霊験によって贈与を受けた右近を経て六条院へと贈与される。第二章第二節で触れたように玉鬘を贈与する右近は、その出自である筑紫の育ちであることを隠そうとする。

長谷寺の霊験を受けられたかどうかはっきりとはせず、流離し続ける玉鬘は六条院において交換の対象として意味を持つ。源氏は、「いとともしきに、さやうならむもののくさはひ、見いでまほしけれど、名のりもの憂ききはとや思ふらん、さらにこそ聞こえね」(「常夏」巻・三・五ページ)と、自らの子供の少なさを嘆く。源氏にとって玉鬘が「すき者どもの心尽くさするくさはひ」として養育の対象であることは、「いとともしきに」という子供の少なさを補填する意味を持つ。

玉鬘十帖において源氏と内大臣家の娘とは、雲居の雁の入内や弘徽殿の女御の立后失敗を受けて「蛍」巻で内大臣が娘の出現を切望するように、結婚、つまり家への帰属が意識されその間で交換される対象としての価値をはっきりと持つ。それは、河添氏が「秋好―弘徽殿女御、明石姫君―雲井雁、玉鬘―近江君」と、六条院と内大臣家との「両家のシンメトリックな構図が完璧なかたちで成立」するように▼注13物語は個々人の婚姻譚として進行するわけではなく、両家の子息の関係を前提として形成される。

しかし、玉鬘が交換の対象として作用してゆくのだとして、そもそも玉鬘は、源氏によって所有されていたと言えるのだろうか。「玉鬘」巻では「親めきて」(「玉鬘」巻・二・三五八ページ)と、玉鬘の親を装っていることが殊更に強調されるが、それは同時に玉鬘と源氏の曖昧な関係を際立たせる。交換の前提となるはずの所有が曖昧なまま、玉鬘の婚姻譚は進行してゆく。それは、長谷寺の霊験を右近が直接的には受け、六条院が「加担した」

ことに関係するのだろう。

右近もうち笑みつゝ見たてまつりて、親と聞こえんには、似げなう若くおはしますめり、さしならびたまへらんはしもあはひめでたしかし、と思ひゐたり。「さらに人の御消息などは聞こえ伝ふる事侍らず。さきざきも知ろしめし御覧じたる三つ四つは、引き返しはしたなめきこえむもいかゞとて、御文ばかり取り入れなどし侍めれど、御返りはさらに。聞こえさせ給ふをりばかりなむ。それをだに苦しいことにおぼいたる」と聞こゆ。

（「胡蝶」巻・二・四一〇ページ）

右近は、源氏を玉鬘の親とは言えない程若く、そのため玉鬘と「さしなら」ぶことを希望する。これは、結果的に源氏がそのようなことを望むのだとしても、源氏によって「くさはひ」として処遇されるのとは異なる右近が独自に抱いている欲望であろう。

また、玉鬘自身が本来希求していたのは母親である夕顔との再会である。

幼き心ちに母君を忘れず、をりくに「母の御もとへゆくか」と問ひ給ふにつけて、涙絶ゆる時なく、娘どもも思ひこがるゝを、「舟路ゆゝし」と、かつは諫めけり。

（「玉鬘」巻・二・三三四ページ）

本来、幼い頃の玉鬘が身を寄せていたのは母のもとであり、玉鬘自身も何かあった時に思い出すのは母の事である。源氏が玉鬘の所有者として親めいて振る舞うのも、母夕顔の死に起因するのだから、玉鬘の所有が曖昧である原因もそこにある。

市女の介在は、玉鬘が筑紫の育ちである事実を払拭し、それを求婚譚に影響させない役割を持つ。しかし、親の不在による玉鬘の寄る辺のなさは、源氏が親めくことで強調されてしまう。

【注】

（1）藤井貞和「玉鬘」『源氏物語講座　第三巻』山岸徳平・岡一男監修　有精堂　一九七一年
（2）玉上琢彌『源氏物語評釈』五巻　角川書店　一九六五年
（3）玉上氏の注2の前掲書による。
（4）塩見優「『源氏物語』における「足」―玉鬘、柏木を中心に」『「記憶」の創生〈物語〉1971―2011』物語研究会編翰林書房　二〇一二年
（5）金秀美「玉鬘物語における「九条」と「椿市」―《市》をめぐる説話との関わりから―」『中古文学』七三号　中古文学会二〇〇四年
（6）小林正明「経済学と『源氏物語』／市・循環・呪われたもの」『国文学　解釈と鑑賞』七三巻五号　至文堂　二〇〇八年
（7）岩井克人『資本主義を語る』（ちくま学芸文庫　一九九七年）に収録された「「百姓」の経済学」での網野善彦氏の発言による。
（8）中沢新一『愛と経済のロゴス』カイエ・ソバージュ三巻　講談社選書メチエ　二〇〇三年
（9）湯浅幸代「玉鬘の尚侍就任―「市と后」をめぐる表現から―」『むらさき』四五輯　紫式部学会編　武蔵野書院発行　二〇〇八年
（10）深沢徹『都市空間の文学―藤原明衡と菅原孝標女』新典社新書　二〇〇八年
（11）「共同討議　玉鬘十帖を読む」（秋山虔・後藤祥子・三田村雅子・河添房江『國文學　解釈と教材の研究』三二巻一

三号　學燈社　一九八七年）での河添房江氏・秋山虔氏の発言による。
（12）中沢氏の注7の前掲論文により引用。
（13）河添氏の注11で前掲した対談での発言より引用。

第三章　玉鬘十帖における語りと叙述の方法

第一節　「初音」巻の考察

一　「初音」巻、源氏と紫の上との贈答歌について

「初音」巻での源氏の歴訪は、紫の上と交わされる贈答歌から始められる。

あしたの程は、人〳〵まゐりこみて、物さわがしかりけるを、夕つ方、御方〻の参座《さむざ》し給はんとて、心ことにひきつくろひ、けさうじた給《たまふ》御影こそ、げに見るかひあめれ。「けさこの人〳〵のたはぶれかはしつる、いとうらやましく見えつるを、上にはわれ見せ奉らん」とて、乱れたる事どもすこしうちまぜつゝ、祝ひきこえ給ふ。

うす氷とけぬる池の鏡には世にくもりなき影ぞならべる

げにめでたき御あはひどもなり。

くもりなき池の鏡によろづ代をすむべき影ぞしるく見えける

何事につけても、末とほき御契りをあらまほしく聞こえかはし給《たまふ》。けふは子《ね》の日なりけり。げに千年の春をかけて祝はむにことわりなる日なり。

（「初音」巻・二・三七九～三八〇ページ）

右は、源氏と紫の上が新春を祝い和歌を詠み交わす場面である。源氏が、先に立春の心である「うす氷」を鏡に見立てて、くもりのないお互いの影が映っていると詠みかける。それを受けて紫の上は、「くもりなき池の鏡」に永続的に暮らしていけるであろう二人の姿が見えると答える。この贈答歌について新大系脚注では、源氏が「紫の上との幸運な仲を詠」み、紫の上が「源氏の歌に同調し、深めあう共感を詠んだ」とされる。▼注1

この贈答歌について、先行研究では必ずしも寿福性から詠まれているとされていない。村井順氏は、紫の上の返歌について「結局よろづよを住むべき影のしるく見えざる歎きではあるまいか。世に絶対の幸福はありえない、彼等はかくまでの幸福にひたりながら、なほ、「何事につけても末遠き御契りを、あらまほしく聞え交は」さねば、気がすまぬのである」と、すでに約束されているであろう未来について確かめ合うこと自体に疑問を投げかける。▼注2

また、秋山虔氏は他の方々を訪れようとする源氏が「紫の上との関係を最大級に強調し彼女を慰撫する」とし、紫の上は源氏との「自他ともに認める無類の仲らいであると応相することによって源氏を制御しようと」しているると指摘する。▼注3

このことについて、松井健児氏は「物語の和歌はときに本人の意思とはうらはらに、異なった意味をも同時に発散してしまうことがある」として、意味に多義性が生じることについて「宿命的な要素」だとする。▼注4

この贈答歌は、寿福性の側面からのみ一義的には解釈できない。そして、別の側面から解釈したとしても、備えている寿福性を否定する根拠にはならない。そもそも、村井氏と秋山氏の指摘は寿福性を和歌に詠むことによって派生する二次的な意味の解釈であり、寿福性の側が本来の意味であることには変わりはない。しかし、村井氏の指摘については、儀礼的に詠まれた和歌がそのような意味を意識的にであっても、そうでないにしても持ってしまうかが問題となる。同じように、秋山氏の指摘にしても結果としてそのような意味をこの和歌の贈答が持つかどうかが問題となる。

また、この贈答歌が歴訪の起点になることは、他の女性に少なからず影響があるのではないだろうか。小町谷照彦氏は、この贈答歌について「この愛情の確認によって、紫の上の心情に微妙な波紋を投げかける、光源氏の女性たち訪問という物語の展開が可能となる」とする。▼注5 他の女性たちの許への歴訪は、この贈答歌を踏まえることによって、紫の上と源氏との関係性と常に対象化されて描かれる。では、この対象化は源氏と玉鬘十帖のヒロインである玉鬘との関係にどのような影響を及ぼしているのだろうか。

二　「須磨」巻の贈答歌との関係

歴訪の起点となっている源氏と紫の上による贈答歌は、なぜ重層的な読みが可能となるのだろうか。葛綿正一氏は、「初音」巻の贈答歌と「須磨」巻に見られる贈答歌が「無媒介的に通底」すると指摘する。▼注6

御鬢《びん》かき給《たまふ》とて、鏡台に寄り給へるに、面痩せ給へるかげの、我ながらいとあてにきよらなれば、「こよなうこそおとろへにけれ。このかげのやうにや痩せて侍《はべる》。あはれなるわざかな」との給へば、女君、涙一目《ひとめ》浮けて見おこせ給へる、いと忍びがたし。
身はかくてさすらへぬとも君があたり去らぬ鏡の影は離れじ
と聞こえ給へば、
別れても影だにとまるものならば鏡を見てもなぐさめてまし
柱隠れにゐ隠れて、涙をまぎらはし給へるさま、猶こゝら見るなかにたぐひなかりけり、とおぼし知らるゝ

人の御ありさまなり。（「須磨」巻・二・一二～一三ページ）

この「須磨」巻に見られる贈答歌は、源氏の須磨への下向に先立って交わされる。源氏は、鏡に映った自らの「面痩せ給へるかげ」を見て歌を詠み、それに対して紫の上が返歌をする。この和歌について葛綿氏は、「二人にとっては愛の本質にかかわるものだったのだろう」として、空間的に隔てられながら「去らぬ鏡」とのたまひしおもかげの、げに身に添ひたまへる」（同・二五ページ）「「鏡を見ても」との給し面影の離るゝ世なき」（「明石」巻・二・六一ページ）と「まるで示しあわせでもしたかのように」鏡の和歌を思い出すことを指摘する。また、「初音」巻の贈答歌については、須磨の流適がなかったように「二人の愛の無時間的な性格を際立たせている」とする。また、衣配りの場面で紫の上が「それも鏡にてはいかでか」（「玉鬘」巻・二・三六八ページ）と言っていることから、「紫上は独りでは鏡を見ることができ」ず、「必ず源氏と二人でなければ鏡に映ることができない」と、「鏡像における双数性が源氏と紫の上の愛」であることを指摘する。▼注7

「須磨」巻の源氏と紫の上による贈答歌は、須磨流摘という出来事において、お互いを想うための媒介として鏡を位置づける。鏡は自らの姿を映し出すと同時に、贈答を交わした場面を回想させる機能が付与される。二人で鏡を見るという行為に須磨流摘を下敷きとしながら源氏と紫の上との愛の象徴として重ねられる。

今井俊哉氏は、葛綿氏の指摘を踏まえ鏡像における双数性について疑問を投げかけながら、「初音」巻の「うす氷とけぬる池の鏡」が「朝顔」巻の「こほりとぢ」の初句に呼応すると関係性を指摘する。▼注8

むかしいまの御物語に、夜ふけ行《ゆく》。

月いよ〳〵澄みて、静かにおもしろし。女君、

こほりとぢ石間の水はゆきなやみ空すむ月のかげぞながる丶

外を見いだして、すこしかたぶき給へるほど、似るものなくうつくしげなり。髪ざし、面やうの、恋ひきこゆる人のおもかげにふとおぼえてめでたければ、いさゝか分くる御心もとりかさねつべし。鴛鴦《をし》のうち鳴きたるに、

かきつめてむかし恋しき雪もよにあはれをそふるをしのうきねか　（「朝顔」巻・二・二七〇～二七一ページ）

右は、源氏が紫の上を相手に藤壺や朝顔といった女性についての評を交わした後、紫の上が源氏に歌を詠みかけ、それに対して源氏が返歌する場面である。今井氏は、「初音」巻での贈答歌について源氏と紫の上の理想的な仲らいが語られながらも「極度の秩序というものは混沌の裏返しにもなりうる」とする。また「朝顔」巻の和歌に対しては、源氏が紫の上に亡き藤壺の姿を投影しており、源氏にとって藤壺が「恋ひきこゆる人」と現在形の存在であるとする。さらに、源氏と紫の上の和歌には共通の歌語がなく、「紫の上の歌は限りなく独詠に近く、並べられることでかろうじて贈答の体を保っている」とする。▼注9

今井氏と同様に、中島尚氏も「朝顔」巻にある紫の上の贈歌に対して、「この近い距離にいる二人の歌は、まったくむきあっていない」と齟齬を指摘する。▼注10 このことについては、夢に現れる藤壺を導くような機能を担っているためであると考えられ、源氏にとってこの場面での紫の上は、亡き藤壺を回想するための機能として作用する。この場面からも、源氏と紫の上との関係の危うさが読み取られる。

松井氏は、「須磨」巻の贈答歌に詠まれている鏡について、「鏡はたんにその姿を映し取るのみではなく、その映し取った人物の魂をも蓄える呪具」であるとし、「いまや離れ離れになろうとしている男女を、心理的に結ぶものとして機能している」とする。また、そこに映し出されるのは「愛する者の幻像」であり、本来映し出され

るはずの自らの姿は「その幻像に重ね合わせられることによって初めてその輪郭を確かなものとする」とする。また、「須磨」巻の贈答歌を踏まえて「初音」巻の贈答歌に詠まれる源氏と紫の上との関係における鏡は「少なくとも第一義的には、深い自己観照のための道具としては語られていない」とする。▼注11源氏の詠いかけと、紫の上の返歌において意図的に付与される意味とは、表面的には鏡に映された「くもりなき影」に象徴される二人の関係の永続性を願う寿福性である。しかし、背後にある「須磨」巻、「朝顔」巻の和歌を踏まえることにより源氏と紫の上の関係の危うさが重層的に生じる。この重層性は、六条院の女君歴訪の場面にも影響すると考えられる。源氏の歴訪は、この贈答歌によって示された紫の上との関係を基層に敷いて展開されるのではないだろうか。

三　紫の上と玉鬘

「初音」巻の源氏と紫の上の贈答歌において見られる多義性は、二人の関係性に集約されるのではなく、源氏を媒介として他の女性との関係性にも影響を与える。

正身も、あなおかしげとふと見えて、山吹にもてはやし給へる御かたちなど、いと花やかにここぞ曇れると見ゆる所なく、隈なくにほひきらゞしく、見まほしきさまぞし給へる。物思《おもひ》に沈み給へる程のしわざにや、髪の裾少し細りて、さはらかにかゝれるしもいと物きよげに、こゝかしこいとけざやかなるさまし給へるを、かくて見ざらましかばとおぼすにつけても、えしも見過ぐし給《たまふ》まじ。かくいと隔てなく見奉り馴れ給へど、猶思ふに、隔たり多くあやしきがうつゝの心ちもし給はねば、まほならずもてなし給へるもいとをかし。「年ごろになりぬる心ちして、見奉るにも心やすく、本意かなひぬるを、つゝみなくもてなし給て、あなたなどにも渡り給へかし。いはけなきうひ琴ならふ人もあめるを、もろともに聞きならし給《たまひ》へ。うしろめたくあはつけき心もたる人なき所なり」と聞こえ給へば、「のたまはせむまゝにこそは」と聞こえ給ふ。さもあることぞかし。

（「初音」巻・二・三八二ページ）

源氏が玉鬘の許を訪問した際に、二人で会話を交わす場面である。「山吹にもてはやし給へる御かたちなど、いと花やかにここぞ曇れると見ゆる所なく」と、衣配りで贈られた装束をまとった玉鬘の姿が描写される。また、この場面では「髪の裾少し細りて、さはらかにかゝれるしもいと物きよげに」と裾の細くなった玉鬘の髪が描写されており、こうした描写は他の女性たちにも見られる。

三田村雅子氏は、こうした「初音」巻における女君たちの髪の描写に「歴然とした髪の衰えの記述が見られるのは、源氏物語が光源氏という男性のまなざしで女君たちを捉えながら、同時に見られる女君たちの立場に寄り添った容貌描写を展開していったためにちがいない」とする。▼注12 六条院の女君の髪の描写は、源氏の視点を通して描写される。玉鬘も例外ではない。

また三田村氏は、髪の描写がそろって衰えているように描かれることに関して「光源氏によって統括されるこの理想世界への、彼女たち一人一人のかすかな違和感・疎外感を表すものだったのである」とする。▼注13 源氏の視点を通して髪の衰えが描かれることは六条院の秩序という全体に関する問題を浮き彫りにする。こうした六条院全体の問題として、歴訪の起点となる源氏と紫の上との贈答歌に内包された意味の多義性は、源氏と紫の上という個人の関係におけるほころびと無関係ではない。

次に、源氏と玉鬘とが会話を交わしている箇所を見ていきたい。源氏は、玉鬘との隔たりを埋めるために「いはけなきうひ琴ならふ人もあめるを、もろともに聞きならしたまへ」として、「あなたなどにも渡りて給へかし」と紫の上の住まいに渡ってくるように言い、その住まいに対して「うしろめたくあはつけき心もたる人なき所なり」と言う。これに関して、『細流抄』は「紫上の事也」としており、[▼注14]また『休聞抄』では「紫の上はあは〱しき心なき人と也」とする。[▼注15]

しかし、玉上琢彌氏は紫の上とは特定せず、「考えなしにべらべら口にするような心の持ち主」とする。また、このように源氏が言うのは玉鬘の持つ「処女の本然の性」である警戒を解くためであり、「「うしろめたく」かげで何をやるか心配な、気をつけていなければならないような、そういう者はいない」とし、「そういうのがいると、姫の身に傷がつく恐れがある」とする。[▼注16]「処女の本然の性」という箇所に疑問を持つものの、玉鬘が「あなたなどにも渡りて給へかし」と言われることについて何らかの警戒を持つとしている点と、「うしろめたくあはつけき心もたる人なき所なり」を紫の上としてせずに、「処女の本然の性」と玉鬘の内的な面に起因すると指摘されることには注目しておく必要があるだろう。「うしろめたくあはつけき心もたる人なき所なり」としているのは、あくまで源氏の視点からであり、玉鬘自身の中の警戒とは別の問題である。

源氏の言う「うしろめたくあはつけき心もたる人なき所なり」が暗に紫の上を指すのであれば、玉鬘の警戒が紫の上の存在に向けられていると源氏によって解釈されることになる。しかし、玉鬘の警戒は「うしろめたくあはつけき心もたる人なき所なり」と源氏によって示され、源氏の視点を介することによってこの場面における玉鬘と紫の上との関係が生じる。

また、玉鬘と紫の上との関係は、「玉鬘」巻において夕顔の存在を源氏が紫の上に語ることによっても生じる。

「人の上にてもあまた見しに、いと思はぬ中も、女といふ物の心深きをあまた見聞《きき》しかば、さらにすき〲

しき心はつかはじとなむ思《おもひ》しを、おのづからさるまじきをもあまた見し中に、あはれとひたふるにらうたき方は、またたぐひなくなむ思《おもひ》出でらるゝ。世にあらましかば、北の町にものする人のなみにはなどか見ざらまし。人のありさま、とりぐになむありける。かどかどしう、をかしき筋などはおくれたりしかども、あてはかにらうたくもありしかな」などの給《たまふ》。
「さりとも明石のなみには、立ち並べ給はざらまし」との給《たまふ》。なほ北のおとゞをばめざましと心おき給へり。姫君のいとうつくしげにて、何心もなく聞き給《たまふ》がらうたければ、またことわりぞかしとおぼし返さる。

（「玉鬘」巻・二・三六一～三六二ページ）

源氏は、玉鬘の六条院入りに際して紫の上に夕顔との過去を語り、もし夕顔が生きていたとしても明石の君のようには扱わなかったろうと紫の上に言う。それに対して紫の上は、「さりとも明石のなみには、立ち並べ給はざらまし」と明石の君を引き合いに出し返事をする。この返事は、源氏の発言に対して明石の君と同様に夕顔を扱っただろうとしながら、同時にそのようにする源氏の態度そのものに批判は向けられる。

この「さりとも明石のなみには、立ち並べ給はざらまし」という表現は、「玉鬘」巻の冒頭で描かれる右近の推察とも重なる。▼注17

右近は、何の人数ならねど、なほその形見と見給《たまひ》て、らうたきものにおぼしたれば、古人の数に仕うまつり馴れたり。須磨の御移ろひのほどに、対の上の御方にみな人ぐ聞こえわたし給《たまひ》しほどより、そなたにさぶらふ。心よくかいひそめたる物に女君も思したれど、心の中には、故君ものし給はましかば、明石の御方ばかりのおぼえには劣りたまはざらまし、さしも深き御心ざしなかりけるをだに、落としあぶさず、取りしたゝめ給ふ御心長さなりければ、まいて、や事なき列にこそあらざらめ、この御殿移りの数の中にはまじらひ給《たまひ》なまし、と思ふに、飽かずかなしくなむ思ひける。
（同・三三二ページ）

右近と紫の上は、夕顔が生きていた場合、明石の君に劣らない待遇をしたろうと同じように思う。しかし、夕顔の乳母子であった右近の主体は夕顔の側にあり、紫の上とは異なる立場にあるため発話の意図を同様に解釈することはできない。右近の場合、「明石の御方ばかりのおぼえには劣りたまはざらまし」とされるのは「飽かずかなしくなむ思ひける」とされているように語り手による心内描写である。

一方、紫の上の場合、「さりとも明石のなみには、立ち並べ給はざらまし」とされるのは、源氏との会話文である。明石の姫君を見て「またことわりぞかしとおぼし返さる」とされるのは、紫の上の心内描写であるが、「なほ北のおとゞをばめざましと心をき給へり」とする語り手による描写はそれとは異なり、「さりとも明石のなみには、立ち並べ給はざらまし」という紫の上の発話を受けて源氏にも明示された事実であると考えてよいのではないだろうか。

また、この紫の上の発言そのものは、明石の君と比較しながらもあくまで夕顔への嫉妬を表す。続く地の文は、比較の対象となる明石の君と紫の上との関係性を明示することによって夕顔をめぐる紫の上の発言は有意味となる。つまり、明石の君の扱いが紫の上によって認められることで、夕顔とそこに重ねられる玉鬘に対する源氏の扱いが保障される。

「初音」巻の源氏と紫の上とによる贈答歌は、こうした「玉鬘」巻における夕顔をめぐるやり取りを経ることによって交わされる。この贈答歌は、そのものの解釈としても文脈の中における位置づけが重要となり、同時に源氏と紫の上との関係以外にも影響を及ぼす。

「初音」巻における源氏と紫の上による贈答歌は、和歌の内容に従い一義的には解釈されない。むしろそうした和歌が詠まれることそのものが、他の人物、場面との対象性の中で主題の拡散を生み出し多層的な構造を持つ。この問題は、玉鬘だけに収束されず、源氏と紫の上に対して他の女君とのあいだにも生じうる。直接的に影響関係を認められるかが問題ではない。物語内容における焦点が当てられた以外の存在が、その存在以前に規定され表現の他者性を通じて相互に関係を結び構造化される。源氏と紫の上の贈答歌における意味の重層性は、玉鬘を中心とした物語の中に位置づけられると共に紫の上自身の物語としても展開されていく。

【注】

(1) 新大系、「初音」巻・二・三七九ページ脚注より引用。
(2) 村井順「「初音」の巻」『源氏物語―上―』中部日本教育文化会　一九六二年
(3) 秋山虔「源氏物語「初音」巻を読む―六条院の一断面図」『平安時代の歴史と文学　文学編』山中裕編　吉川弘文館　一九八一年
(4) 松井健児「新春と寿歌」『源氏物語の生活世界』翰林書房　二〇〇〇年
(5) 小町谷照彦「詩的言語と虚構―六条院物語展開の一契機」『国文学―解釈と教材の研究―』一五巻六号　学燈社　一九七〇年
(6) 葛綿正一「鏡をめぐって」『源氏物語のテマティスム―語りと主題』笠間書院　一九九八年
(7) 葛綿氏の注6の前掲論文より引用。
(8) 今井俊哉「光源氏の鏡」『学芸国語国文学』第三二号　東京学芸大学国語国文学会　二〇〇〇年
(9) 今井氏の注8の前掲論文より引用。

また、今井氏の指摘では、「石間の水」に紫の上自身の姿を喩え「月の陰」に源氏を重ね、「このとき、紫の上は我が身を「鏡」と認識したのではないか」とするが、新大系脚注（引用箇所は、鈴木日出男氏校注「朝顔」巻・二七一～二七二ページ）ではこのような読み方があることを示しながらも「とらない」とする。

（10）中島尚「初音・胡蝶」『講座源氏物語の世界〈第五集〉』秋山虔・木村正中・清水好子編　有斐閣　一九八一年

（11）松井健児「鏡を見る玉鬘―『源氏物語』と自己観照」『叢書　想像する平安文学　第6巻　家と血のイリュージョン』河添房江・小林正明・神田龍身・深澤徹・小嶋菜温子・吉井美弥子編　勉誠出版　二〇〇一年

（12）三田村雅子「黒髪の源氏物語―まなざしと手触りから―」『源氏研究』第一号　翰林書房一九九六年
また三田村氏は、この論稿が河添房江氏の「『源氏物語』の髪についての断章―王権・ジェンダー・身体・エロス」（『物語研究会会報』二五号　一九九四年）、後に「髪のエロティシズム」（『性と文化の源氏物語　書く女の誕生』筑摩書房　一九九八年）と構想が重なることにふれる。

（13）三田村氏の注12の前掲論文より引用。

（14）『細流抄』伊井春樹編　桜楓社　一九八〇年

（15）『休聞抄』井爪康之編　桜楓社　一九九五年
また、新大系脚注（鈴木日出男氏が校注を担当）も「（あちらは）気を許せず軽率な心を持った人は誰もいない場所だ。紫上も安心できる人とする」とする。また集成も「気の許せぬ、軽はずみな考えを持った人は誰もいません。紫の上のこと。新しく来た玉鬘を安心させる。」とする。

（16）玉上琢彌『源氏物語評釈』第五巻　角川書店　一九六五年
また、新編全集頭注も「紫の上方には、あなたのことをとやかく言うような人はいないから安心だ、の意」としており、紫の上に限定して解釈せず評釈に近い立場を取る。

（17）新大系、「玉鬘」巻・二一・三六二ページの脚注（鈴木日出男氏が校注を担当）に指摘される。

第二節　語り手のアイロニー

一　「初音」巻の語り手評

「玉鬘」巻で玉鬘が六条院入りした年の暮れに、源氏は玉鬘をはじめとする女性たちに衣配りをする。年が明け、源氏三十六歳の元日、「初音」巻では贈った衣装を着た姿を見ることも兼ねて六条院に住む女性の許を訪れる。

かくいと隔てなく見奉り馴れ給へど、猶思ふに、隔たり多くあやしきがうつゝの心ちもし給はねば、まほならずもてなし給へるもいとをかし。「年ごろになりぬる心ちして、見奉るにも心やすく、本意かなひぬるを、つゝみなくもてなし給《たまひ》て、あなたなどにも渡り給へかし。いはけなきうひ琴ならふ人もあめるを、もろともに聞きならし給へ。うしろめたくあはつけき心もたる人なき所なり」と聞こえ給へば、「のたまはせむまゝにこそは」と聞こえ給ふ。さもある事ぞかし。

（「初音」巻・二・三八二ページ）

右は、玉鬘の元を源氏が訪れた際に、遠慮をすることなく紫の上の許をたずねるように言っている場面である。源氏は、「本意かなひぬるを」と親めいて玉鬘と接する。

この場面の最後に、「さもある事ぞかし」という草子地が見られる。まずは現代注がどのようにこの草子地を解釈しているのかを見ていきたい。

・そうあるべきご返事なのだ。語り手の評言　（新日本古典文学大系・「初音」巻・二・三八二ページ・脚注）

・語り手の言葉。玉鬘の隠和な対応をほめる　（新編日本古典文学全集・「初音」巻・三・一四九ページ・頭注）

・しかるべきご返事だ。玉鬘としては素直にお受けするほかないことだ、という意味の草子地

（新潮日本古典集成・「初音」巻・四・一六ページ・頭注）

・こんな場合はこんな返事しかできまい。気のきいた返事は無理だろう

（『源氏物語評釈』・「初音」巻・五・一七一ページ）

「さもある事ぞかし」の解釈について現代注は、新大系に「そうあるべきご返事なのだ。語り手の評言」とあるのをはじめとして、玉鬘の返事に対する語り手評として解釈する。次に古注による「さもある事ぞかし」についての解釈を見ていきたい。古注では現代注とは異なる解釈が見られる。

紫のうへをあはつけき心なきひとをと源氏のの給ふにたかはぬ心なり物かたりかく人の詞なり

（『花鳥余情』・一五二ページ）

双帋詞也心ハ玉かつらのいらへのやうしかるへきなとの心にや

（『一葉抄』・二一九ページ）

草子地也紫上はうしろめたる《ママ》所なき人也とことはりてかけり

（『細流抄』・二〇三ページ）

玉の返事にの給はんまゝにこそとあるをさあらん返事なると也双紫の上をあはつけき心なき人と源氏のゝ給

にたかはぬ心也物語かく人の詞也　（『休聞抄』・三〇一～三〇二ページ）

草子地也なり　紫をあはつけき心なき人と源の〻給にたかはぬ心也　（『孟津抄』・八四ページ）

紫上ハウシロメタキ処ナトハナキ人也トコトハリテ書也私云紫上ヲアハツケナキ心ナキ人トの給は勿論沙汰ニ及ハヌ義也　何事ニヘタテニクミ申サルヘキソ　乍去源氏ノカヤウニオトナシヤカニロニテハの給ヘトモ折々ニ見過シカタク我物ニモト覚ス御心を紫上知給ハ〻何トカあらんスラン　イカニウシロメタカラヌ心ナリ共御心ヲカレヌヘキト云ニヤ　（『岷江入楚』・四四三ページ）[注1]

「さもある事ぞかし」は、『一葉抄』に「双帋詞」とあるように「作中世界の注や解釈をしたり、感想批評を加える文」であり[注2]、現代注に指摘されるように物語内容[注3]に対する語り手の評言と考えてよい。内容の解釈については、現代注では表現に多少の違いこそあるものの、それは解釈する幅の許容範囲内でありそれほどの差は見られない。『紫明抄』と『河海抄』とに、この箇所に関する指摘は見られない。『一葉抄』は、現代注と同様、玉鬘の返事に対する草子地であるとする。しかし、『細流抄』に「紫上はうしろめたき所なき人なりとことはりてかけり」とあるように、取り上げたその他の古注ではおおむね紫の上を擁護した源氏に対してこの語り手評が向けられたとする。また、『休聞抄』に関しては両説があげられる。

『細流抄』と『岷江入楚』は紫の上を「うしろめたる（き）所なき人[注4]」であると語り手が評していると言い、『孟津抄』では「あはつけき心なき人」と評していると解釈する。この古注に見られる差異については、源氏が「うしろめたくあはつけき心もたる人なき所なり」と、同じ意図の下に発言しており、意味的な違いは概ね見られない。古注が問題とする源氏の「うしろめたくあはつけき心もたる人なき所なり」と言う箇所については、その場所が「あはつけき心もたる人」の居ない場所であると言う。紫の上個人を直接的に言うわけではないが、住まいの象徴である紫の上を表すと考えてよい。では、なぜ「さもある事ぞかし」の解釈には、このような現代注と古注の違いが見られるのだろうか。また、源氏と玉鬘の会話に対してどのような意味を持つのだろうか。

二　歴訪における玉鬘と紫の上

古注の中でも、特に詳しく書かれている『岷江入楚』による指摘を見ていきたい。「私云紫上ヲアハツケナキ心ナキ人トの給は勿論沙汰ニ及ハヌ義也」と、源氏の「うしろめたくあはつけき心もたる人なき所なり」という言葉が紫の上への評価として不当であるとする。その上で、「源氏ノカヤウニオトナシヤカニ口ニテハの給ヘトモ折々ニ見過シカタク我物ニモト覚ス御心」を紫の上が知っており、「イカニウシロメタカラヌ心ナリ共御心ヲカレヌヘキ」と、紫の上がいかにうしろめたい心がないが気を使わなくてはならない旨が指摘される。『岷江入楚』によって示されている解釈は、「さもある事ぞかし」という語り手評を、源氏による玉鬘の許への歴訪の場面と「折々ニ見過シカタク我物ニモト覚ス御心を紫上知給ハヽ何トカあらんスラン」とするように、紫の上と源氏の関係性という文脈の中において解釈する。

この場面を理解するためには、源氏の玉鬘に対する親めいた言動と、それを見る紫の上の存在とを重要視しなくてはならない。この「うしろめたくあはつけき心もたる人なき所なり」と源氏が玉鬘に向けて言うことには、「玉鬘」巻で行われる衣配りと、その場にいる紫の上とが深く関わっていると考えられる。

上にも、いまぞ、かのありし昔の世の物語り聞こえ出で給《たまひ》ける。かく御心にこめ給《たまふ》事ありけるを、うらみきこえ給ふ。「わりなしや。世にある人の上とてや、問はず語りは聞こえ出でむ。かゝるついでに隔てぬこそは、人にはことには思《おもひ》きこゆれ」とて、いとあはれげにおぼしい出でたり。「人の上にてもあまた見しに、いと思はぬ中も、女といふ物の心深きをあまた見聞《きき》しかば、さらにすきぐ〱しき心はつかはじとなむ思《おもひ》しを、おのづからさるまじきをもあまた見し中に、あはれとひたふるにらうたき方は、またたぐひなくなむ思《おもひ》出でらるゝ。世にあらましかば、北の町にものする人のなみにはなどか見ざらまし。人のありさま、とりぐ〱になむありける。かどかどしう、をかしき筋などはおくれたりしかども、あてはかにらうたくもありしかな」などの給《たまふ》。

「さりとも明石のなみには、立ち並べ給はざらまし」との給《たまふ》。なほ北のおとゞをばめざましと心おき給へり。姫君のいとうつくしげにて、何心もなく聞き給《たまふ》がらうたければ、またことわりぞかしとおぼし返さる。

(「玉鬘」巻・二・三六一〜三六二ページ)

源氏は、行方知れずになっていた玉鬘の六条院入りに際して、母・夕顔の存在を紫の上に語る。また、「北の町にものする人の列にはなどか見ざらまし」と、明石の君と同じくらいに扱わなくてはいけなかったと言う。それを聞いた紫の上は、夕顔がもし生きていたとしても明石の君のようには扱わなかっただろうと、源氏の明石の君に対する扱いが異例であることを指摘する。明石の君が、源氏により特別視される場面は随所に見られるものの、[▼注5]明石の君に対してだけ向けられた嫉妬ではなく、「かく御心にこめ給事ありけるを、うらみきこえ給ふ」(同・三六一ページ)とあるように、そうした一連の源氏の行為が紫の上の中で象徴化され、表出した言葉であると言える。

玉鬘が六条院入りした後、衣配りの場面でも同じような描写が見られる。

内のおとゞの、はなやかにあなきよげとは見えながら、なまめかしう見えたる方のまじらぬに似たるなめり
と、げにおしはからるゝを、色には出だし給はねど、殿見やり給へるに、たゞならず。

(同・三六八ページ)

紫の上は、源氏が衣装を選ぶ際にその色や柄から女君の容姿を推し量ろうとする。右は、まだ対面していない玉鬘の容貌を紫の上がさりげなく推量する様子である。「げにおしはからるゝを、色には出だし給はねど、殿見やり給へるに、たゞならず」とあるように、夕顔の存在を源氏から聞かされている紫の上にとって、六条院入りした玉鬘の存在は気が気でない。「つれなくて、人の御かたちおしはからむ御心なめりな」(同・三六八ページ)と源氏が言っていることから、そうした紫の上の心中をほぼ察していると考えてよい。

衣配りと元日の歴訪は、前節でも確認したが巻を隔ててはいるが連続的に形成される。こうした紫の上とのやり取りを踏まえたうえで、源氏は「あなたなどにも渡りて給へかし」と玉鬘に対して紫の上の所へ訪れるようにと呼びかける。

源氏の玉鬘への対応には、その基層部で源氏と紫の上の関係が常に関わる。古注の指摘は、源氏の歴訪の基層部にいる紫の上の存在を積極的に据えようとする。語り手によって評されて、玉鬘と源氏とがいる空間に紫の上の存在が浮かび上がるとも考えられる。このような古注の指摘を無視することはできない。

しかし、現代注による指摘にも同様のことが言える。玉鬘の返事は「うしろめたくあはつけき心もたる人なき所なり」という源氏の呼びかけに対するものである。評釈によって「こんな場合はこんな返事しかできまい」と、玉鬘の返事が源氏によって限定的に規定されるとするのは、明示されてはいないが紫の上の存在を示唆しているとも受け取れる。それは、『岷江入楚』の指摘がそうであるように、この語り手評が添えられることによって場

面における志向性を規定しようとしながらも、解釈の多様性を生み出していると考えられる。

三　語り手について

語り手評を考える上で、語り手についての先行研究を見ていきたい。

玉上琢彌氏は『源氏物語音読論』の中で物語が読者に伝達される過程において「語り伝える古御達」、それを書き留める「筆記・編集者」さらにそれを鑑照者に向けて「読み聞かせる女房」といった「三人の作者」を想定する。[注6]

玉上氏が想定する「三人の作者」に対して小西甚一氏は、「作中に仮構された人物としての述主と、その作品を作外の享受者によみ聞かせる人物とが、まったく違う存在であるにも拘わらず、両者を混同した意見だと思われる」とする。[注7]

また、玉上氏に対して中野幸一氏は、草子地における作者の姿勢を「直接的な見聞形式の姿勢」、「間接的な伝聞形式の姿勢」、そして二つの立場を超えた「客観的超越的立場」の三つに分類する。中野氏は、「薄雲」巻における「人聞かぬ所なればかひなし」(「薄雲」巻・二・二三二ページ)を例として「それはもはや物語の話し手や聞き手の位置ではなく、それらを越えた超越的な観点」であるとする。それを踏まえ、「直接的な見聞形式の姿勢」、「間接的な伝聞形式の姿勢」は「第三の作者の意図による物語上の技巧」で「第三の客観的超越的立場こそは、まさしく物語作者本来の視点である」として、玉上氏の第三の作者(読み聞かせる女房)の存在について「読みきかせる女房という現実の者を、この超越的座標に代入しえない」と否定する。[注8]

小西氏や中野氏の指摘するように、物語表現においてテクストの内部で機能している語り手を現実の語り手として考えることはできない。しかし、物語表現における語り手を、単に書かれた物語の、「物語上の技巧」とは言えないのではないだろうか。

物語は、身体的行為としても存在する。勿論、筆記された物語固有の特性を無視はできない。しかし、語りを装った書かれた物語から遡行される始原的な語りが、表と裏の関係ではなく、装われた語りそのものに張り付き、分化し難いことにこそ物語が語りを装う意味がある。

語り手について高橋亨氏は、「語り手が実録者として現れ、しかも実体化した登場人物の女房でもないという、重層化された〈作者〉が、源氏物語の表現の主体である」として「女房のまなざしから登場人物の心中へと一体化し、さらにそこから連続的にぬけ出て、全知の視点にまで上昇しうる〈作者〉」をもののけの存在にたとえる。[▼注9]

それに対して三谷邦明氏は、語り手と話者とを別の概念として扱う。話者とは「〈カタリ〉に偏在し、本文の中で、語ること（〈語り〉の行為）と語られること（〈語り〉の対象）とを構造的に統合する機能」であり、「草子地に現れる物語の出来事を見聞・伝聞・筆録・編纂した女房たちを〈話者〉と同一視してはならない」とする。[▼注10] また登場人物の体験する出来事を「体験・見聞した第一次の語り手としての人物が個的・（あるいは《ママ》）集団的に）異なり、さらに、次元の異なる別の語り手が複数いるところに、源氏物語の文学的特性がある」として、物語を語り手が「もののけのように、あるいはある特定の女房のように、一人の人物として一貫している」とすることを否定する。[▼注11]

高橋氏は、語り手の視点を「もののけ」にたとえることによって単一の主体を持ち統合された存在として語り手を位置づけ、その主体が登場人物の視点や超越的な視点に同化、異化する動きを捉えていると言ってよいだろう。三谷氏は、そのような主体性を持った特定の一貫された存在として語り手を位置づけるのではなく、話者という概念を用いて、語り手を分散化し個別に設定された「見聞・伝聞・筆録・編纂した女房たち」といった物語内容に包括される視点と同じ位置で捉える。また、三谷氏の定義する話者と語り手について関根賢司氏は、「ひとつの概念の、さまざまな位相、として統一的に把握することが可能だと考える」とする。▼注12

三谷氏による話者と語り手の分化は、物語内容に見られる語り手と、内容を包括する位置づけにある語り手との分化である。しかし、視点の定義として成立しながらも、分化された「語り手」と「話者」の関係は近接しており、その境界は非常にあいまいである。関根氏によって指摘されるように「ひとつの概念の、さまざまな位相」とし、統合された語り手として抽象的な概念の元にその構造を還元することによって、語り手によってなされる行為を連続性の中で動的に捉えることが語り手の理解には必要とされるのではないだろうか。高橋氏の物の怪に例えられる語り手とは、そうした関係性を行き来する視点を主体として持った「もののけ」という単一の存在に還元し、その働きを動的に捉える。

三谷氏における「語り手」と「話者」の概念は、語り手を物語内容と物語言説における位置関係に還元し、静的に捉えることによって生じる位置関係として理解することができ、高橋氏によってたとえられた「もののけ」は語り手を動的な側面から捉えようとする。物語に見られる静的、動的な語り手の断面は、それら語り手の断面が概念として統合されることによって語り手が物語に想定される。

また藤井貞和氏は、「物語の全体が最初に割れてあらわれてくる、はなになるべき部分は会話の場所であると、私には思われる」と、会話の場を「物語世界といわれるものの中心」であるとし、会話文はすでに登場人物が語った内容を「書き手ができるだけ忠実に再現した代物」であるとして対象化されていることを指摘する。この括弧の中の会話文に対する説明を「第二の対象化」、「それ以前の文章全部を対象に捉え直し」ている箇所を「第三の対象化」とする。▼注13語り手と登場人物は、物語表現によって同一線上に配置されながら、空間的、時間的に対象化され存在する。物語テクストにおける語り手とは、物語内容を従属させる存在ではなく、物語内容に付随し、俯瞰する存在としてある。

こうした語り手論を踏まえ、「さもある事ぞかし」のような語り手評について考えてみたい。

四　「南の御方」と和琴

そもそもなぜ玉鬘は、紫の上と明石の君とがいる南の方へ渡らなくてはいけないのだろうか。源氏の言葉は、そのことには触れていないようにも思える。あくまで、文脈からその意図を捉えようとするのであれば、「年ごろになりぬる心ちして、見奉るにも心やすく、本意かなひぬる」ことをふまえ、「あなたなどにも渡り給へかし」と言う。源氏から玉鬘に対して向けられた言葉には、その意図として「隔たり多くあやしきがうつゝの心ちもし給はねば、まほならずもてなし給へるも」という玉鬘の態度を受けた源氏の「いとをかし」を導き出すそれまでの経過が関わる。

「年ごろになりぬる心ちして、見奉るにも心やすく」とは、「かくいと隔てなく見奉り馴れ給へど」という源氏と玉鬘が対面する際の身体的な距離の近さを表す。『岷江入楚』は、「かくいと隔てなく見奉り馴れ給へど、猶思ふに、隔たり多く」に対して、「儀二アリ　源の心と云義もあり　サレトモ玉鬘ノ心に見ヘキ也」としており、この箇所の主体は入り組んでいて確定し難い。▼注14 「猶思ふに」以下に対しては、新大系や集成も指摘するように玉鬘が思っているであろうこととして解釈できる。しかし、「いとをかし」という源氏の心内に即した語り手の評言へと向かっており、源氏が思っている可能性も否定できない。

明示されている内容としては、身体的には近い距離にありながらお互いの心的にはいまだ「隔たり」が多くあり、その距離を埋めるために源氏は「あなたなどにも渡りて給へかし」と言う。では、そうした状況を受けた源氏の発言にはどのような意味があるのだろうか。

まず、源氏の「あなたなどにも渡り給へかし」という言葉について考えてみたい。玉鬘は、「初音」巻で催される男踏歌にて紫の上の住まいである春の町へ渡る。

ことしは男踏歌あり。内より朱雀院にまゐりて、次にこの院にまゐる道の程とほくなどして、夜明け方になりにけり。月曇りなく澄みまさりて、薄雪すこし降れる庭のえならぬに、殿上人なども物の上手多かる比ほひにて、笛の音もいとおもしろう吹きたてて、この御前はことに心づかひしたり。御方〲物見に渡り給ふべく、かねて御消息どもありければ、左右の対、渡殿などに、御局しつゝおはさす。西の対の姫君は、寝殿の南の御方に渡り給《たまひ》て、こなたの姫君に御対面ありけり。上も一所におはしませば、御木帳ばかり隔てて聞こえ給ふ。

（「初音」巻・二・三八九〜三九〇ページ）

「西の対の姫君」である玉鬘が、「南の御方」に渡り明石の姫君と対面し、一緒にいた紫の上とも会話を交わす。この男踏歌については、河添房江氏によって「女性達が一堂に会し、友好関係をとり結ぶ場を提供するという意味」と、歌垣の側面が「玉鬘の社交界へのデビューを飾る行事である一面と呼応するかのようである」と指摘する。▼注15 河添氏による「女性達が一堂に会し、友好関係をとり結ぶ場」という指摘は、玉鬘の許への歴訪をする際、源氏が「あなたなどにも渡り給へかし」と言う目的とも対応する。

次に、「いはけなきうひ琴ならふ人もあめるを、もろともに聞きならし給へ」について考えてみたい。「常夏」巻では、源氏と玉鬘によって和琴が話題とされる。

をかしげなる和琴のある、引き寄せ給《たまひ》て、掻き鳴らし給へば、律にいとよく調べられたり。音《ね》もいとよく鳴れば、すこし弾き給ひて、「かやうの事は御心に入らぬ筋にやと、月ごろ思ひおとしきこえけるかな。秋の夜の月影涼しきほど、いと奥深くはあらで、虫の声に掻き鳴らし合はせたるほど、け近くいまめかしき物《もの》の音なり。こと〲しき調べ、もてなししどけなしや。このものよ、さながら多くの遊びものの音、拍子をとゝのへとりたるなむ、いとかしこき。大和琴とはかなく見せて、際もなくしおきたることなり。広く異国のことを知らぬ女のためとなむおぼゆる。同じく、心とゞめて、ものなどに掻き合はせて習ひ給へ。深き心とて、何ばかりもあらずながら、またまことに弾きうることは難きにやあらん。たゞ今はこの内のおとゞになずらふ人なしかし。たゞはかなき同じすが掻きの音に、よろづの物の音籠り通ひて、言ふ方もなくこそ響きのぼれ」と語りたまへば、

（「常夏」巻・三・八～九ページ）

右は、西の対に渡った源氏が玉鬘に対して和琴談義を始める場面である。源氏は、内大臣が和琴の名手であることを玉鬘に語る。この「常夏」巻で描かれている和琴については、森野正弘氏によって玉鬘と父内大臣との関係を保障し、六条院においてはそれまで欠如していた異文化である藤原文化が持ち込まれるきっかけとして作用していると指摘される。[▼注16] こうした指摘の一環として森野氏は、「初音」巻の、源氏による玉鬘歴訪場面で琴について、源氏によって言われていることは「明石姫君の担当楽器から箏の琴の教習と推定し得るものである」として、玉鬘の女君が和琴を所持することについて「彼の「初琴」教化プログラムを逸脱する行為ともなる」と指摘する。

しばしも弾き給はなむ、聞き取る事もや、と心もとなきに、この御事によりぞ、近くゐざり寄りて、「いか

なる風の吹きそ添ひて、かくは響き侍《はべる》ぞとよ」とて、うち傾ぶき給へるさま、火影《ほかげ》にいとうつくしげなり。笑ひ給ひて、「耳固からぬ人のためには、身にしむ風も吹き添ふかし」とて、おしやり給ふ、いと心やまし。

（同・一〇〜十一ページ）

「この御事によりぞ、近くゐざり寄りて」とあり、和琴への興味によって玉鬘の方から源氏に近づいており、源氏が和琴を玉鬘に教えるために弾くことによって、結果的に玉鬘との距離が縮まっている。源氏にとって琴を教えることは、玉鬘との距離を埋めるための方法として作用する。

こうして「初音」巻における源氏歴訪の場面と、その後の場面を関連付けることはできる。しかし、「初音」巻の玉鬘の女君への歴訪の場面にて、源氏によって語られる南の方に渡り、源氏に琴を教わることは、あくまでそれ自体が独立したひとつの論理性を備えた言葉である。「初音」巻の男踏歌や、「常夏」巻での事象は、個別に行われそれぞれの意味をなし、「初音」巻の歴訪場面に還元し回収されていくとしても、「初音」巻で言われた源氏の意図とは完全に一致しえない。

そもそも、玉鬘が南の方へと渡ることと、明石の姫君とともに琴を習うという事とが別々の形で果たされている以上、源氏の「あなたなどにも渡り給へかし」や「いはけなきうい琴ならふ人もあめるを、もろともに聞きならし給へ」という提案が自然なものではないと証明してしまう。

「さもある事ぞかし」という語り手評は、そうした問題を内包した場面へと注がれる。この語り手評は、この場面の何をとらえて「さもある事ぞかし」と言っているのだろうか。

五　語り手評の機能

ここで、「さもある事ぞかし」の機能的な側面について考えてみたい。

姫君の御方に渡り給へれば、童、下仕へなど御前の山の小松引き遊ぶ。若き人〳〵の心ちどもおき所なく見ゆ。北のおとゞより、わざとがましくし集めたる鬚籠《ひげこ》ども、わりごなどたてまつれ給へり。えならぬ五ごえうの枝にうつる鶯も、思ふ心あらむかし。

年月をまつにひかれてふる人に今日鶯の初音聞かせよ

おとせぬ里の。

と聞こえたまへるを、げにあはれとおぼし知る。事忌《こといみ》もえしあへ給はぬけしき也。「此御返りはみづから聞こえ給へ。初音をしみ給ふべき方にもあらずかし」とて、御硯取りまかなひ書かせ奉り給ふ。いとうつくしげにて、明暮れ見奉る人だに飽かず思ひきこゆる御ありさまを、いままでおぼつかなき年月の隔たりにけるも、罪得がましう心ぐるし、とおぼす。

ひきわかれ年は経れども鶯の巣立ちし松の根を忘れめや

をさなき御心にまかせてくだ〳〵しくぞあめる。

（「初音」巻・二・三八〇ページ）

右は、「初音」巻にて源氏が明石の姫君の許へ渡る場面である。玉鬘の許への歴訪の場面と同様に「おさなき御心にまかせて、くだ〳〵しくぞあめる。」という語り手評の後、「夏の御住まひを見給へば」（同・三八〇ページ）

と、それまでの総括として働くことによって場面が移行する契機となる。この語り手評は、明石の姫君の「ひきわかれ年は経れども鶯の巣立ちし松の根を忘れめや」という和歌に対して向けられているのだろう。新大系脚注では「幼い心のままに、くどくどしている。語り手の評言。姫君が幼いながら、物語ではじめて歌を詠むまでに成長した点に注目させる言辞」とされる。▼注17

こうした語り手評は、物語内容に対して等価である必要はないにせよ、評言が加えられる場面との連関に依存する形で存在する。つまり評言には、語り手が対象となる場面から読み取った内容をある尺度に基づいて表象させている必要がある。「をさなき御心にまかせて、くだ〳〵しくぞあめる。」は、この評言によって明石の姫君の和歌の読み方に指標をあたえる。

こうした機能的な側面は、藤井氏が指摘するように、▼注18登場人物たちのいる物語内容を語り手が対象化していることが前提となる。このように、物語内容と語り手が対象化されるということは、当然、語り手と登場人物の認識にずれが生じてもおかしくはない。

榎本正純氏は、語り手の評言について、「出来事の受容の仕方を指定する」としながら、「読者はこの語り手の指示に歩調を合わせ、絶対的に服従しなければならないわけではない」と、語り手評が物語において絶対的に作用するわけではないことを指摘し「源氏物語という作品は、むしろもっと柔軟な眼を私たちに要請するのだ」とする。▼注19

語り手評は、評された内容と対象となる場面との関係性によって意味を持つ。しかし、それは語り手によって評言されている内容だけを意味していない。つまり、「受容の仕方を指定」しようとする語り手と、対象化された物語内容というテクストの構造そのものを読み取る必要がある。

また、藤井氏は「語りにおける登場人物の「セルフイメージ」と語り手に明示された情報が引き起こす差異」

や語り手と登場人物の間における認識のずれを「語り手のアイロニー」として規定する。[注20]

藤井氏の使っている「アイロニー」という語の意味を確認しておきたい。一般的にアイロニーは、「自己を相手または対象に対して優越する位置におき、相手を肯定するふりをして、実は徹底的に相手を否定する」と解釈され、[注21]「皮肉」や「反語」という訳語で置き換えられる。「皮肉」については、藤井氏が言語的アイロニーについて「ローマ人によると言語の意味がかさねられ、第二次的な意味は第一次的な意味を皮肉的、冷笑的にあざけるものである」とされているようにアイロニーの普遍的な意味ではなく一側面として考えるべきだろう。「反語」については、村越行雄氏が指摘するようにその意味を緩やかに捉えておく必要がある。[注22]

登場人物と語り手の認識は、必ずしも一致しない。ここで問題となるのは、源氏がなぜ玉鬘との心的な距離を埋めたいのかという源氏の「本意」である。「初音」巻で源氏は、玉鬘に対して「本意かなひぬる」と言う。この「本意」について新大系では「親代わりのお世話という本来の願望」と解釈する。[注23]しかし、ここで言われる「本意」とは、玉鬘を始めとした周りの人間に向けられた「本意」であり、源氏自身の思っている「本意」とは完全に一致しえない。

では、源氏にとって玉鬘の女君への「本意」とはどのようなことなのだろう。源氏の親代わりとしての位置づけは、そもそも紫の上がいる空間で取られた態度としてテクストに現れる。

かく聞きそめてのちは、召し放ちつゝ、「さらばかの人、このわたりに渡いたてまつらん。年ごろもののついでごとに、くちをしうまどはしつる事を思《おもひ》出でつるに、いとうれしく聞出でながら、いままでおぼつかなきもかひなきことになむ。父おとゞには何か知られん。いとあまたもてさわがるめるが、数ならでいまはじめ立ちまじりたらんが、中〳〵なる事こそあらめ。われはかうさう〴〵しきに、おぼえぬ所より尋ね出だしたるとも言はんかし。すき者どもの心尽さするくさはひにて、いといたうもてなさむ」など語らひ給へば、かつ〴〵いとうれしく思《おもひ》つゝ、「ただ御心になむ。おとゞに知らせたてまつらむとも、たれかは伝へほのめかし給はむ。いたづらに過ぎものし給《たまひ》しかはりには、ともかくも引き助けさせ給はむ事こそは、罪軽ませ給はめ」と聞こゆ。「いたうもかこちなすかな」とほゝ笑みながら涙ぐみ給へり。
「あはれにはかなかりける契りとなむ年ごろ思《おもひ》わたる。かくて集へる方〴〵の中に、かのをりの心ざしばかり思とゞむる人なかりしを、命ながくて、わが心長さをも見侍るたぐひ多かめる中に、言ふかひなくて、右近ばかりを形見に見るはくちをしくなむ。思ひ忘るゝ時なきに、さてものし給はば、いとこそ本意《ほい》かなふ心ちすべけれ」とて、御消息たてまつれ給《たまふ》。

（「玉鬘」・二・三五八〜三五九ページ）

玉鬘の今後の処遇について源氏が右近と会話を交わす場面である。「本意」という語は、「初音」巻と同じく玉鬘をめぐって用いられる。

ここで源氏が「あはれにはかなかりける契りとなむ年ごろ思わたる」のは、夕顔とのことであろう。源氏が、「すき者どもの心尽さするくさはひにて、いといたうもてなさむ」というのは、六条院入りの後に玉鬘をどうするのかということであってその目的とは異なる。ここで用いられる源氏の「本意」とは、「いたづらに過ぎものし給《たまひ》しかはりには」（同・三五八ページ）と右近が言い、源氏が「さてものし給はば、いとこそ本意かなふ心ちすべけれ」と言うように、夕顔の供養のため「形見」として玉鬘を六条院に招きいれることそれ自体にあり、親として養育するということとそのものを直接に指してはいない。

源氏は、「おぼえぬ所より尋ね出だしたるとも言はんかし」と玉鬘をめぐって対外的に親として振舞う必要がある。つまり、源氏個人の中には、玉鬘に明示される「本意」とは異なる別の「本意」があるのであり、源氏の親代わりという態度を抜きにして考える必要がある。それは、玉鬘を夕顔の代りとして六条院に住まわせること、近しい距離に置くこと自体ではないだろうか。

こうした源氏を軸として発生している内外における差異は、玉鬘と紫の上とに疑いをもたれながらも自身によって玉鬘や紫の上といった登場人物に明示されてはいない。「玉鬘」巻の場面については、「かく聞きそめてのちは、召し放ちつゝ」（同・三五八ページ）と紫の上を意図的に締め出す役割を担っている語り手と、呼び出された右近、そのことを明示された読者によって共有される。玉鬘と紫の上との間には別の意味として源氏の「本意」が一応の理解をされる。

また、「常夏」巻にも「本意」という語が見られる。

> たそかれ時のおぼ〱しきに、おなじなほしどもなれば、何ともわきまへられぬに、おとゞ、姫君をすこし外《と》出で給へとて、忍びて、「少将、侍従など率てまうで来たり。いと翔けり来《こ》まほしげに思へるを、中将のいとじほふの人にて率て来ぬ、無心なめりかし。この人〱は、みな思ふ心なきならじ。なほ〱しき際をだに、窓の内なるほどは、ほどに従ひてゆかしく思ふべかめるわざなれば、この家のおぼえ、うち〱のくだ〱しきほどよりは、いと世に過ぎて、こと〱しくなむ言ひ思《おもひ》なすべかめる。方〲ものすめれど、さすがに人の好きごと言ひ寄らむにつきなしかし。かくてものし給ふは、いかでさやうならむ人のけしきの深さ浅さをも見むなど、さう〲しきまゝに願ひ思ひしを、本意なむかなふここちしける」など、さゝめきつゝ聞こえ給ふ。
>
> （「常夏」巻・三・七ページ）

ここでの「本意」は、玉鬘が六条院にいることによって「いかでさやうならむ人のけしきの、深さ浅さをも見む、などさうぐ〵しきままに願ひ思ひしを」とあるように、「玉鬘」巻で紫の上に語られた「なほうちあはぬ人の気色あつめむ」（「玉鬘」巻・二・三六五ページ）と同じ意味だろう。

しかし、ここで重要となるのは、源氏から玉鬘に対する「忍びて」「さゝめきつゝ聞こえたまふ」という描写である。この描写は、源氏が西の対に弁少将と藤侍従を連れてきた理由を玉鬘にのみ説明していることを示しており、源氏の「本意」がことばの通りに語られている訳ではない。源氏の「本意」という言葉は、何も知らない弁少将と藤侍従、源氏の意図として「本意」を聞き源氏と情報が共有化されたとされる玉鬘の女君、別の「本意」を持ってそうした行動をとった源氏、といったように認識のずれが生じている。

源氏によって玉鬘をめぐって用いられる「本意」は、常に認識の差異を引き起こしながら意味を形成する。「初音」巻における源氏の「本意」も例外ではなく、玉鬘に対して使われた外的な意味での「本意」と、「玉鬘」巻に垣間見られるような源氏自身の内的な「本意」とが複数の響きを持っており、こうした差異が交差して場が形成される。「初音」巻での「さもある事ぞかし」という語り手評は、こうした源氏の「本意」との関係性における機能を捉えることが求められる。

「初音」巻の源氏による玉鬘の許への歴訪の場面で、源氏の言う「本意」の内容は明示されない。源氏の口からは「本意」の内容、本心は知らされない。そのことは、語り手評「さもある事ぞかし」の意味と密接に結びつく。

「初音」巻の源氏による玉鬘の許への歴訪の場面に見られる「のたまはせむまゝにこそは」という玉鬘の返事は、源氏の「本意かなひぬるを、つゝみなくもてなし給て、あなたなどにも渡りて給へかし」に対して肯定的な返事である。この語り手評は、現代注が指摘するように玉鬘の返事を直接的に肯定しながらも、古注が源氏の発言にある紫の上を結びつけるように、返事をする玉鬘のおかれた立場と、語り手が場面のありようを肯定していることとが重なる。しかし玉鬘は、会話の中にある差異化された源氏の内的「本意」を捉えることはできない。源氏と、源氏の「本意」を捉えられない玉鬘の返事に重なる語り手評との間にずれが生じている。「さもある事ぞかし」は、現代注や古注の指摘にあるように具体的にどの部分にかかるということではなく、重層的に響いている物語空間をとらえようとする。

【注】

（1）古注は、以下の本文から引用し、ページ数はそれに対応する。
『花鳥余情』源氏物語古注集成第一巻　伊井春樹編　桜楓社　一九七八年
『一葉抄』源氏物語古注集成第九巻　井爪康之編　桜楓社　一九八四年
『細流抄』源氏物語古注集成第七巻　伊井春樹編　桜楓社　一九八〇年
『休聞抄』源氏物語古注集成第九巻　井爪康之編　桜楓社　一九九五年
『孟津抄』源氏物語古注集成第九巻　野村精一編　桜楓社　一九八一年
『岷江入楚』源氏古註釈叢刊第七巻　中野幸一編　武蔵野書院　一九八六年

（2）井爪康之「草子地概説」『源氏物語注釈史の研究』新典社　一九九三年
なお、先行研究における「語り手」という用語の使われ方にはばらつきが見られるように思うが、ここでは語りの場をテクストの内部に構造化し、作中世界と聞き手（読み手）の媒介として作用する存在について、広い意味で用いたい。

（3）「物語内容」は、ジェラール・ジュネット『物語のディスクール　方法論の試み』（花輪光・和泉涼一訳　水声社　一九八五年—原著一九七二年）の、「物語内容histoire」に対応し、物語の登場人物のいる次元を指す。

（4）『細流抄』には「うしろめたる所なき人」となっており、『岷江入楚』は「紫上ハウシロメタキ処ナトハナキ人也」とあるため補足した。

（5）東原伸明氏は、秋好中宮の不在と元日の夜に源氏が明石の君の許での宿泊は無関係でなく、「〈秋の女〉の不在を利用して明石の君に秋を主張させた」として〈春の女〉紫の上と対等の待遇を指摘する。（「六条院世界における明石君―「初音」巻の女君訪問を端緒として―」『文学研究科論集』一一号　國學院大學大学院　一九八四年）

（6）玉上琢彌「源氏物語の読者」『源氏物語音読論』岩波現代文庫　二〇〇三年（初出―『女子大文学　國文篇　大阪女子大學紀要』七号　大阪女子大學文學會　一九五五年）

（7）小西甚一「源氏物語の心理描写」『源氏物語講座　第七巻』山岸徳平・岡一男監修　有精堂　一九七一年

（8）中野幸一「源氏物語の草子地と物語音読論」『学術研究―人文・社会・自然』第十三号　早稲田大学教育学部　一九六四年

（9）高橋亨「物語の〈語り〉と〈書く〉こと」『源氏物語の対位法』東京大学出版会　一九八二年

（10）三谷邦明「源氏物語における〈語り〉の構造―〈註者〉と〈語り手〉あるいは「草子地」論批判のための序章―」『物語文学の方法Ⅰ』有精堂　一九八九年

（11）三谷邦明「源氏物語と二声性―作家・語り手・登場人物論あるいは言説区分と浮舟巻の紋中紋の技法―」『源氏物語の方法〈もののまぎれ〉の極北』翰林書房　二〇〇七年

（12）関根賢司「物語文学の語り手」『物語文学とは何かⅡ』三谷栄一編　有精堂　一九八七年

（13）藤井貞和「物語のために―わが物語学序説」『源氏物語の始原と現在　付バリケードの中の源氏物語』岩波現代文庫　二〇一〇年

（14）新大系の脚注（鈴木日出男氏が校注を担当）では、「猶思ふに」に対して「以下、玉鬘の心内に即した叙述」であるとする。また、集成では、「猶思ふに」に対して、「玉鬘の気持《ママ》」とする。

（15）河添房江「六条院王権の聖性の維持をめぐって―玉鬘十帖の年中行事と「いまめかし」―」『源氏物語の喩と王権』有精堂　一九九二年

（16）森野正弘「六条院文化形態変化―常夏巻の玉鬘と和琴―」『〈平安文化〉のエクリチュール』河添房江・小林正明・神田龍身・小島菜温子・吉井美弥子編　勉誠出版　二〇〇一年

(17) 新大系、「初音」巻・二・三八一ページの脚注（鈴木日出男氏が校注を担当）より引用。
(18) 藤井氏の注13の前掲論文より引用。
(19) 榎本正純「源氏物語の語り手、構造・表現」『源氏物語の草子地　諸注と研究』笠間書院　一九八二年
(20) 藤井貞和「語り手を導きいれる」『物語理論講義』東京大学出版会　二〇〇四年
(21) 『哲学事典』林達夫編　平凡社　一九七一年
(22) 村越行雄「アイロニー：伝統的なアプローチと最近のアプローチ（2）」『跡見学園女子大学紀要』三四号　二〇〇一年
(23) 新大系、「初音」巻・二・三八二ページの脚注（鈴木日出男氏が校注を担当）より引用。

第三節　玉鬘十帖における語り手の評言

一　「蛍」巻の語り手

玉鬘十帖の四帖目にあたる「蛍」巻の前半で、懸想人として螢の宮は玉鬘のもとを訪れる。源氏は二人が几帳越しに対面していたときに蛍を放つ。

何くれと言長き御いらへ聞こえ給ふこともなくおぼしやすらふに、寄りたまひて、御き丁の帷子を一重うちかけ給ふにあはせて、さと光るもの、紙燭をさし出でたるかとあきれたり。蛍を薄きかたに、この夕つ方いと多くつゝみおきて、光をつゝみ隠し給へりけるを、さりげなく、とかくひきつくろふやうにて、にはかにかく掲焉《けちえむ》に光れるに、あさましくて、扇をさし隠し給へるかたはら目いとをかしげなり。

（「蛍」巻・二・四二九〜四三〇ページ）

季節は「さみだれ」（同・四二七ページ）の頃で「五日には」（同・四三一ページ）とあり、五月三日、もしくは四日と推測される。源氏が二人のもとに寄ってきて「御き丁の帷子を一重」あげると「さと光るもの」である蛍が現れる。蛍の宮は「扇をさし隠し」た玉鬘の横顔を「いとをかしげ」であると思う。この場面の、蛍の光を介して女を見る趣向は『河海抄』に『伊勢物語』の三九段の影響が指摘され、『花鳥余情』に『うつほ物語』との関係が指摘される。▼注1

鷲山茂雄氏は、こうした趣向について「蛍の光で女の姿を見るなどということ自体不可能なこと」としながら、「「そらごと」を積極的に典型化し、かついかにもあり得べきことのように活かしている」と物語の技巧として捉え、「物語の読者は非現実の現実に十分満足することになる」とする。▼注2

鷲山氏が言うように、玉鬘の横顔を蛍の光で見ることは不可能だったのだろうか。

夕闇過ぎて、おぼつかなき空のけしきの曇らはしきに、うちしめりたる宮の御けはひも、いと艶なり。うちよりほのめく追風も、いとゞしき御匂ひのたち添ひたれば、いと深くかをり満ちて、かねておぼししよりもをかしき御けはひを、心とゞめたまひけり。うち出でて、思ふ心のほどをの給ひつゞけたる言の葉おとなく〳〵しく、ひたふるにすき〴〵しくはあらで、いとけはひことなり。おとゞ、いとをかしとほの聞きおはす。

(同・四二八ページ)

右の場面は、玉鬘の許に訪れた蛍の宮も様子である。「夕闇過ぎて、おぼつかなき空のけしきの曇らはしきに」(同・四二八ページ)とあり、下旬の月の出ない頃を過ぎて、月は出ているが空ははっきりしていないのだろう。玉上琢彌氏は「月はかすかに明るい」、「今日あたりからかすかに明るさが感じられるようになった」とするが、▼注3人がはっきりと見えるか見えないか断定できない。鷲山氏の指摘する物語における「非現実としての現実」は、見えたか見えなかったのかが問題ではなく、物語中に「扇をさし隠し給へるかたはら目いとをかしげなり」とあることが重要であり、それは物語の方法として読者に自然と享受されたのだろう。

この状況説明は、玉鬘と蛍の宮とがいる空間だけを位置づけるのではない。

殿は、あいなく、おのれ心げさうして、宮を待ちきこえ給ふも、知り給はで、よろしき御返りのあるをめづらしがりて、いと忍びやかにおはしましたり。妻戸の間に御褥《しとね》まゐらせて、御き丁ばかりを隔てにて、近きほどなり。いといたう心して、そらだきもの心にくきほどに匂はして、つくろひおはするさま、親にはあらで、むつかしきさかしら人の、さすがにあはれに見えたまふ。さい将の君なども、人の御いらへ聞こえむ事もおぼえずはづかしくてゐたるを、埋れたりと引きつみ給へば、いとわりなし。（同・四二八ページ）

右は、宮を待つ源氏の様子である。蛍の宮は、宰相の君が代筆したとは知らない玉鬘からのよい返事に喜んで、「いと忍びやかに」来訪する。源氏はそんな蛍の宮を「おのれ心げさうして」待ち構える。

清水好子氏は、源氏の位置を傍線部の箇所を参照し「おそらく玉鬘の身辺近くまといついている」「彼がことさら玉鬘の傍近く、芝居の黒子のように附添うさまが想像される」とする。また、「うちよりほのめく追風も」（同・四二八ページ）について清水氏は、「外なる兵部卿宮のうちしめりたる薫物の香を確認するもの」だとして「既に源氏の同席を了解している読者をして、「いとゞしき御匂のたち添ひたれば」とあるだけで十分に、几帳の奥のどこか、玉鬘の身近かに居る光源氏の存在、彼の体軀そのものを感覚的に捉えしめる」とする。▼注4

源氏がいることを蛍の宮は知らないが、「そらだきもの心にくきほどに匂はして」とあるように源氏は確かに存在して場面に影響する。同時に、「親にはあらで」と源氏の親らしくなさが語り手によって執拗に指摘され強調される。

おどろかしき光見えば、宮ものぞき給《たまひ》なむ、わがむすめとおぼすばかりのおぼえに、かくまでのたまふなめり、人ざまかたちなど、いとかくしも具したらむとは、えおしはかり給はじ、いとよく好き給ひぬべき心まどはさむ、と構へありき給ふなりけり。まことのわが姫君をば、かくしもてさわぎ給はじ、うたてある御心なりけり。異方より、やをらすべり出でて渡り給ひぬ。

（同・四三〇ページ）

源氏は、玉鬘に「御声こそおしみ給ふとも、すこしけ近くだにこそ（同・四二九ページ）」と、直接宮に返事をしないまでも近くまで出るように言う。右は、玉鬘が「すべり出でて、母屋の際なる御き丁」のもとに横になっていたときに源氏が蛍を放つ場面である。

蛍の宮にとっての玉鬘に対する思いは、「わがむすめとおぼすばかりのおぼえ」と源氏によって推測される。その蛍の宮の気持ちが「いとよく好き給ひぬべき心まどはさむ」と、実際に夢中になるだろうとする。この箇所について新大系は、「すき者どもの心尽くさするくさはひにて、いといたうもてなさむ」（「玉鬘」巻・二・三五八ページ）との関連を指摘する。[注5] 確かに、この場面には源氏が玉鬘を六条院に引き取る動機となった「くさはひ」との関連を読みとることもできるだろう。

こうした源氏に対して語り手は、「まことのわが姫君をば、かくしもてさわぎ給はじ、うたてある御心なりけり」と評言を加える。「まことのわが姫君」とは源氏の実子である明石の姫君を指す。実子であればこのように騒いだりはしないだろうと語り手は指摘する。では、こうした語り手評は、どのように物語において作用し、同時に加えられることで物語の世界はどのように影響されるのだろうか。

二　蛍の宮について

『源氏物語』に兵部卿の宮と呼ばれる人が三人登場する。[注6] この蛍兵部卿の宮・蛍の宮と呼ばれる人物は、「花宴」巻に「帥の宮の北の方」（「花宴」巻・一・二七八ページ）と、頭中将の妻の四の君の姉と思しき人物を指す際が最初として名前が見られる。その後、「須磨」巻で登場して源氏との別れを惜む。

宮の血筋は、桐壺帝の息子で源氏の弟にあたる。鈴木日出男氏は、はっきりしないとしながらも源氏が第二皇子であるの対し、この宮は「おそらく第三皇子であろう」とする。[注7] この宮は、「絵合」巻での絵合わせの判者となることから、「情理を解せる人」[注8]や「卓越した趣味人」[注9]とされながらも、物語全体においての役割は、「物語を飾る脇役というべき存在」[注10]とされており、あくまで物語を彩る脇役とされる。[注11]

玉鬘十帖においては「玉鬘」巻で最初に「兵部卿宮などの、このまがきのうち好ましうし給《たまふ》心、乱りにしかな」（「玉鬘」巻・二・三六五ページ）と、六条院入りした玉鬘との対面の後に、この女君のことを紫の上に語る場面に蛍の宮の名前が見られる。

源氏は対面した玉鬘を「めやすく物し給《たまふ》をうれしく」（同・三六五ページ）思って、筑紫に下っていた事を心配していたのが「かへりて心はづかしきまでなむ見ゆる」（同・三六五ページ）とする。その玉鬘によって蛍の宮たち六条院に来る男たちの心を「乱りにしかな」（同・三六五ページ）と自分の考えを述べる。このように蛍の宮の名前は、玉鬘の求婚者としてあげられる。

次に、蛍の宮は「胡蝶」巻に登場する。

兵部卿の宮はた、年ごろおはしける北の方も亡せ給《たまひ》て、この三年ばかり、ひとり住みにてわびたまへば、うけばりていまはけしきばみたまふ。けさもいといたうそら乱れして、藤の花をかざして、なよびさうどき給へる御さま、いとをかし。おとゞも、おぼしさまかなふと、下にはおぼせど、せめて知らず顔をつくり給《たまふ》。御土器《かはらけ》のついでに、いみじうもてなやみたまうて、「思ふ心侍らずは、まかり逃げ侍《はべり》なまし。いと耐えがたしや」とすまひ給ふ。

（「胡蝶」巻・二・四〇三〜四〇四ページ）

右は、夜の管弦の遊びの際に「兵部卿宮、青柳おり返しおもしろく歌ひ給」（同・四〇三ページ）と、催馬楽の青柳を歌い登場した後、夜が明けた翌日の朝の場面である。

蛍の宮は、「花宴」巻に「帥の宮の北の方」と名前が見られた長年連れ添った北の方の存在が明かされている。「うけばりていまはけしきばみたまふ」とその意中を明かすのは、北の方の不在によって、玉鬘への求婚に障害がないことが明らかにされるからである。

源氏が蛍の宮の気持ちに「下にはおぼせど、せめて知らず顔をつくり給」とするのに対して、蛍の宮は「いみじうもてなや」んでいる。「思ふ心」とは、玉鬘に対しての思慕であり、蛍の宮は源氏に対して自分の気持ちを明示する。

源氏は、玉鬘の住まいで蛍の宮の書いた「ほどなく焦られがましきわびごとどもを書き集めたまへる御文」（同・四〇八ページ）を見つけ、玉鬘に対して「なほ御返など聞こへ給へ」（同・四〇八ページ）と言い、返事を書くように促す。玉鬘に仕える夕顔の乳母子、右近に対しては「かやうにおとづれきこえん人をば、人選《ひとえ》りしていらへなどはせさせよ」（同・四〇九ページ）として、「宮、大将は、おほな〳〵なほざりごとをうち出で給《たまふ》べきにもあらず」（同・四〇九ページ）と蛍の宮と髭黒の大将に対しては返事を返すように指示し、二人よりも身分が低い人間に対しては「心ざしのおもむきにしたがひて」（同・四一〇ページ）情愛の程を判断するように指示する。蛍の宮が玉鬘に求婚することは源氏にとっても望まれることのようにも思われるが、源氏は二人の婚姻を望んでいるわけではない。

宮は、ひとりものし給《たまふ》やうなれど、人がらいといたうあだめいて、通ひたまふ所あまた聞こえ、召人《めしうど》とか、にくげなる名のりする人どもなむ数あまた聞こゆる。さやうならむ事は憎げなうて、見直いたまはむ人は、いとようなだらかにもて消ちてむ。すこし心に癖ありては、人に飽かれぬべきことなむをのづから出で来《き》ぬべきを、その御心づかひなむあべき。

（同・四一一～四一二ページ）

右は、源氏が玉鬘に対して発言した蛍の宮の評価である。源氏は、蛍の宮に「通ひたまふ所」がたくさんあると噂されており、「召人」や「にくげなる名のりする人ども」が大勢いるとする。

鈴木氏はこの源氏の発言に対して、「なを御返など聞こへ給へ」と手紙を書くよう勧めていたのとは「やや矛盾するほど」であり、「不可解で複雑な対し方が、玉鬘を困惑させることはもちろん、蛍の宮をはじめとする求婚者たちをも焦慮させる結果となる」と指摘する。▼注12

鈴木氏の指摘するように、蛍の宮に対する源氏のあり方は「やや矛盾」して一貫しているとは言いづらい。ここで重要となるのは、蛍の宮をはじめとする求婚者と玉鬘との関係において、源氏の発言がなぜ矛盾をきたしてしまうのかということである。源氏は玉鬘の親として振舞っており、求婚者をいわばふるいにかけて選ぶ立場にある。

玉鬘十帖の蛍の宮の動向は、源氏の「すき者どもの心尽くさするくさはひにて、いといたうもてなさむ」（「玉鬘」巻・二・三五八ページ）という意向と重ねられるようにして物語が進行し「蛍」巻へと至る。では、「蛍」巻において蛍の宮と源氏の関係はどのように展開されているのだろうか。

三　源氏と蛍の宮

源氏は、玉鬘に対して親のように振る舞いながらも求婚する。しかし、その求婚は玉鬘にとっては望むところではない。

たちばなのかをりし袖によそふればかはれる身とも思ほえぬかな

袖の香をよそふるからにたちばなのみさへはかなくなりもこそすれ

（「胡蝶」巻・二・四一五ページ）

右は、「胡蝶」巻で交わされる源氏と玉鬘との贈答歌である。「たゞそれがと思ひまがへらるゝをり〳〵こそあれ」（同・四一五ページ）と、夕顔と玉鬘とが似ているとして源氏から歌を詠みかける。「たちばなのかをりし袖」は亡き夕顔を指し、玉鬘が夕顔と別人とは思えないとする。それに対して玉鬘の女君は、「いと〳〵うし」（同・四一五ページ）と思いながら「袖の香」を亡き母夕顔に重ねるのであれば自分も「はかなく」終わってしまうのではないかとする。

小町谷照彦氏は、源氏の和歌について「光源氏に唐突なまでの行動を取らせたものは、あくまでも玉鬘その人ではなく、夕顔への追憶によるものとして自らの行為を合理化している」として、玉鬘の和歌についてはは「慕情にはやる光源氏を忌避するもの」とする。▼注13 玉鬘の返歌は、源氏の和歌を交わす意味が強いのだろう。しかし、源氏の和歌は果たして「自らの行為の合理化」としてよいのだろうか。

源氏の夕顔追慕は、「玉鬘」巻の冒頭の「年月隔たりぬれど、飽かざりし夕顔を露忘れ給はず」（「玉鬘」巻・二・三三二ページ）に始まり、その他にも玉鬘十帖に散見される。玉鬘十帖における夕顔の存在について確認しておく。

玉鬘十帖における夕顔を表す呼称が全三〇例の内、「玉鬘」巻に二三例が集中するが、「胡蝶」巻に一例、「蛍」巻に四例、「藤袴」巻に一例が見られる。▼注14「玉鬘」巻は、「夕顔」巻から物語を接続する役割があるため用例が多いのは当然として、それ以降の巻で、暗に夕顔を指すと思われるその他の用例を見ていくと「胡蝶」巻に六例が確認できる。「胡蝶」巻の夕顔をについて書かれた全七例の用例の内、源氏が玉鬘に夕顔の面影を感じる用例が五例、玉鬘と夕顔とを比べる用例が一例、玉鬘が夕顔を思慕する用例が一例ある。「蛍」巻の用例は、冒頭で玉鬘が夕顔を思慕する用例が一例、巻の終わりに玉鬘の父内大臣が夕顔を追憶する用例が二例、玉鬘に仕える宰相の君を説明するために用いられる用例が一例見られる。

この源氏と玉鬘との贈答歌を読み解く上で、「胡蝶」・「蛍」巻に数多く見られた夕顔の用例が玉鬘十帖においてその後の「藤袴」巻に一例のみしか見られずにはっきりとした違いとして現れることや、「胡蝶」巻以降に源氏が夕顔を追憶する例が無いことも重要であろう。源氏の玉鬘に対する懸想は、夕顔の存在と密接に結びついており、切り離して読むことはできない。

贈答歌の後、源氏から向けられた気持ちを「むつかし」（「胡蝶」巻・二・四一六ページ）と思う玉鬘に、「何か、かくうとましとはおぼいたる」（同・四一六ページ）と言う源氏を語り手は「いとさかしらなる御親心なりかし」

（同・四一六ページ）と評す。これは、「蛍」巻の「まことのわが姫君をば、かくしもてさはぎ給はじ、うたてある御心なりけり」という草子地と類似した表現である。こうした評言は、玉鬘について源氏が発言したことに対する紫の上の発言にも「まことに君をこそ、いまの心ならましかば、さやうにもてなし見つべかりけれ、いと無心にしなしてわざぞかし」（「玉鬘」巻・二・三六五ページ）とあり、共通して源氏が親としての姿を逸脱した場合にそれを皮肉って指摘するような形で付される。

めやすく物し給《たまふ》をうれしくおぼして、上にも語りきこえ給《たまふ》。「さる山がつの中に年経たれば、いかにいとほしげならんと侮りしを、かへりて心はづかしきまでなむ見ゆる。かゝるものありと、いかで人に知らせて、兵部卿宮などの、このまがきのうち好ましうし給《たまふ》心、乱りにしかな。すき者どものいとうるはしだちてのみ、このわたりに見ゆるも、かゝるもののくさはひのなきほどなり。いたうもてなしてしかな。猶うちあはぬ人の気色見集めむ」との給へば、「あやしの人の親や。まづ人の心はげまさむ事を先におぼすよ。けしからず」との給《たまふ》。

（同・三六五ページ）

右は、源氏が六条院入りした玉鬘との対面の後に、玉鬘のことを紫の上に対して語る場面である。「兵部卿宮などの、このまがきのうち好ましうし給心、乱りにしかな」という箇所については、「すき者どもの心尽くさするくさはひにて、いといたうもてなさむ」（同・三五八ページ）という源氏の発言と同じ趣旨であることが新大系に指摘される。▼注15

源氏の発言に対する紫の上の返事は「あやしの人の親や」と、源氏が玉鬘と対面した際に「いみじく親めきて」（同・二・三六四ページ）と父親の様に振舞っていたことや、「親子の仲の、かく年経たるたぐひあらじ物を、契つらくもありけるかな」（同・二・三六四ページ）と発言していたことが踏まえられながら源氏の態度を皮肉る。「蛍」巻にある問題の語り手評と、源氏の発言に対する紫の上の発言とが場面において相似的働きをする。

また、「蛍」巻において蛍の宮の存在は、源氏に重ねられる。

> 御けはひなどのなまめかしさは、ほとゝぎすなど必ずうち鳴きけむかし、うるさければこそ聞きもとめね。よべいと女親だちてつくろひ給ひしいとよくおとゞの君に似たてまつり給へり、と人〳〵もめできこえけり。し御けはひを、うち〳〵は知らで、「あはれにかたじけなし」とみな言ふ。
>
> （「蛍」巻・二・四三一ページ）

右は、蛍の宮が夜を共にせず玉鬘の許を立ち去った後の女房たちの様子である。宮の様子について「なまめかしさ」が源氏と似ていたと、女房たちが話する。これについて松井健児氏は、「螢宮と光源氏の「けはひ」による同定化をうながす語りが準備されている」として、「けはひ」が「その人の持つ、雰囲気や声、匂いや動作の総称として身体性をあらわす語」であり、蛍の宮を「いわば光源氏の文化的・学芸的側面を分掌し、さらにそこに「なよぶ」という過剰を付加されたひとつの分身であった」とする。▼注16 蛍の宮の「過剰」であり、源氏とのずれである「なよぶ」とは、髭黒との対比から相対的に導かれた蛍の宮そのひとの独自性であろう。蛍の宮は、女房たちの視点にさらされることで源氏との「けはひ」による同定化」がされる。

源氏は玉鬘の親として振舞いながら、同時に懸想していく。しかし、源氏がそうする時、玉鬘の姿には今はき夕顔が重ねられる。源氏の懸想を捉えようとする語り手と紫の上とには、その視点に重なりがみられる。そして、「蛍」巻では求婚する蛍の宮の姿が源氏に重ねられる。

源氏が、玉鬘に対する行為を「合理化」する理由は無いわけではない。しかし、合理化されずに矛盾しながらもその状態で成立してしまった源氏の特異な状況を、語り手や紫の上が捉えようとすることに意味があるのであるのではないだろうか。

四　語り手の役割

では、「蛍」巻の「まことのわが姫君をば、かくしもてさはぎ給はじ、うたてある御心なりけり」という語り手評は、登場人物によって営まれる物語の内的な世界と、どのような関係にあるのだろうか。

語り手と紫の上は同じく、源氏の懸想に対して評を加え、源氏に対して同じような役割を負う。語り手の意見であり、源氏の行動にある矛盾を読者に対して可視化する。また、語り手の評言は、物語世界に対する語り手の意見であり、読者に対して読みの方向性やあり方の志向性を提示する。「蛍」巻にある「まことのわが姫君をば、かくしもてさはぎ給はじ、うたてある御心なりけり」という源氏の行動に向けられた語り手評と、紫の上の源氏に対しての言葉は志向性を共有する。

そもそも、語り手の発言が完全に源氏の心中を正確にとらえる必要はない。藤井貞和氏は、ロラン・バルトの「作者の死」[注17]を引きながら、各登場人物の一面的理解に対して「それぞれの語の二重性をちゃんと見ぬいているだれか」がいるとする。その存在は作者ではなく「読者」であり、それを「ドラマティック・アイロニー」として定義する。しかし、「語り手はすっかり登場人物たちの思うとおりに語る、ということができ」ず、登場人物たちはそれぞれの語り手に従属しない「セルフイメージ（自己象）」を持つ。そのため「語り手と登場人物のあいだには、どうしてもずれを生じてしま」い、「アイロニーは語り手と登場人物たちとのあいだにもどかしくどうしても引き起こされる」とする。そしてこうした語り手の語りと登場人物との間のずれを前節でも触れたよう

に「語り手のアイロニー」として定義する。▼注18

紫の上の「あやしの人の親や。まづ人の心はげまさむ事を先におぼすよ。けしからず」という源氏に向けられた言葉は、源氏の親と懸想人という立場における言葉の二重性を読者に対して明らかにするが、物語内容の次元において事実確認的にそういった意味があるわけではない。事実として、物語の登場人物である源氏にそうした感情があるかどうかということとは完全に一致しない。

「蛍」巻におけるこの語り手評について鈴木氏は、「揶揄的な評言は、源氏の娘ならざる娘への屈曲した恋心を浮き彫りにする」として「蛍の宮の好色心を惑乱してやろうとする源氏の意図は、じつは一つに彼自身の好色心からも出ている」とする。▼注19

源氏が蛍を放つという行為を語り手が「揶揄的」に評することによって、この場面の根底に蛍の宮と同様の好色心を源氏があったことが明らかになる。蛍の宮と源氏は、「けはひ」において同定化された状態にある。玉鬘の親としての機能を担っていた源氏は、親の役割を逸脱する過剰な行動において、懸想人であった蛍の宮と同一の役割を担う。

これは、源氏が懸想人と親という二重化された役割を担うことによって、親として公言されていた玉鬘が六条院入りのする際の「すき者どもの心尽くさするくさはひ」とした玉鬘の扱いについて、その目的からはずれてしまう。

「蛍」巻の語り手の「まことのわが姫君をば、かくしもてさはぎ給はじ、うたてある御心なりけり」という言葉は、源氏の懸想を結果的に指摘する機能を持つ。しかし、そうした指摘は源氏の心内と完全に一致しないのではないか。

ここで、「胡蝶」巻にて源氏が回想や発話の主体となって夕顔とその娘である玉鬘とを比べている例を確認しておきたい。

殿は、いとゞらうたしと思ひきこえ給ふ。上にも語り申《まうし》たまふ。「あやしうなつかしき人のありさまにもあるかな。かのいにしへのはあまり晴《はる》け所なくぞありし。この君はもののありさまも見知りぬべく、け近き心ざま添ひて、うしろめたからずこそ見ゆれ」などほめたまふ。（「胡蝶」巻・二・四一三～四一四ページ）

源氏は、紫の上に夕顔は「晴け所」が無かったとして、玉鬘について「もののありさま」をよく見抜いているようで不安なところの無い人だとする。この源氏の言葉に対して紫の上は「ものの心得つべくはものし給ふめるを、うらなくしもうちとけ頼みきこえ給《たまふ》らんこそ心ぐるしけれ」（同・四一四ページ）と、玉鬘が「ものの心」を見ぬいているようなのに、源氏を頼りにしていることを気の毒であるとする。こうした紫の上の推測を受けて源氏は「いかゞはあべからむとおぼし乱れ、かつはひがく〳〵しう、けしからぬわが心のほども思ひ知られ給うけり」（同・四一四ページ）と、自らの心について思案する。この源氏の思案は、紫の上から向けられた視線を意識してのことだろう。

ここでの紫の上の言葉には源氏の反応が伴い、そのあり方が語り手評と紫の上との違いとして現れる。しかし紫の上の指摘は、紫の上と源氏の心内を知ることのできない不安とその距離とがなければ源氏に向けられた意味を持たない。

こうした評言が成立するためには登場人物同様、語り手にも登場人物との心内的な距離が必要なのではないだろうか。語り手と登場人物の距離において、こうした語り手評は作用するのであり源氏の心内を「揶揄的に」評することができる。「蛍」巻の語り手評は、ずれを生じていく登場人物の、一義的に捉えきれない内面を捉えようとすることによって作用する。
語り手評とは、作品世界におけるある何らかの志向性の表現に他ならない。登場人物自身の心内は物語世界において独自に生成され、語り手によってその可能性が提示される。「螢」巻の語り手評は、紫の上と志向性を共有し、読みの可能性を提示する。

【注】

（1）『河海抄』は『紫明抄・河海抄』（玉上琢彌編　角川書店　一九六八年）を、『花鳥余情』は『花鳥余情』（源氏物語古注集成第一巻　伊井春樹編　桜楓社　一九七八年）を参照した。
（2）鷲山茂雄「蛍兵部卿宮」『講座源氏物語の世界〈第五集〉』秋山虔ほか編　有斐閣　一九八一年
（3）『源氏物語評釈』五巻・二九七～二九八ページより引用。
（4）清水好子「源氏物語の作風―その場面描写について―」『文学』三五巻五号　岩波書店　一九六七年
（5）新大系、「蛍」巻・二・四三〇ページ脚注（鈴木日出男氏が校注を担当）より引用。
（6）阿部好臣「螢兵部卿宮の位相」『語文』第八三輯　日本大学国文学会　一九九二年
（7）鈴木日出男「螢兵部卿宮と光源氏」『成蹊国文』二十八号　成蹊大学文学部日本文学科研究室　一九九五年
（8）鈴木氏の注7の前掲論文より引用。
（9）深町健一郎「螢兵部卿宮」『源氏物語講座　第二巻　物語を織りなす人々』今井卓爾・鬼束隆昭・後藤祥子・中野幸一編　勉誠社　一九九一年
（10）深町氏の注4の前掲論文より引用。
（11）今井源衛氏は「兵部卿宮のこと」（『源氏物語の研究』未来社　一九六二年）で、紫の上の父親である兵部卿宮（式部卿宮）と比較しながら「蛍宮は姿もなつかしくめでたくて、玉鬘求婚譚の立役者」であり、「ことのほかに風流を解するやさ男」とするが、これはあくまで式部卿宮と相対化されることによる評価であり、比較対象や論考の文脈によって登場人物の見え方が変化することに留意する必要がある。また、『源氏物語』全体を貫く人物造型や役割を考える場合、成立論的な視座を意識する必要があり、玉鬘系と紫上系における登場人物の役割が担う役割の違いを前提とするべきだろう。

(12) 鈴木氏の注7の前掲論文より引用。

(13) 小町谷照彦「光源氏と玉鬘（2）」『講座源氏物語の世界〈第五集〉』秋山虔・木村正中・清水好子編　有斐閣　一九八一年

(14) 呼称として明らかに指す用例の数字を示した。

(15) 新大系、「玉鬘」巻・二一・三六五ページ脚注（鈴木日出男氏が校注を担当）より引用。

(16) 松井健児「『源氏物語』のみやびと身体―玉鬘十帖をめぐって」『国学院雑誌』第九四巻第十号　国学院大学　一九九三年

(17) ロラン・バルト「作者の死」『物語の構造分析』花輪光訳　みすず書房　一九七九年

(18) 藤井貞和「語り手を導きいれる」『物語理論講義』東京大学出版会　二〇〇四年

(19) 鈴木氏の注7の前掲論文より引用。

第四節 「篝火」巻論――「恋のけぶり」をめぐって

一 「篝火」巻の贈答歌

「篝火」巻は、「玉鬘」巻から始まる玉鬘十帖において六番目の巻に当たり、その他の巻に比べ非常に短い巻である。この巻で源氏と玉鬘とは和歌を贈答する。

「絶えず人さぶらひてともしつけよ。夏の月なきほどは、庭の光なき、いとものむつかしく、おぼつかなしや」とのたまふ。

「篝火《かがりび》にたちそふ恋のけぶりこそ世には絶えせぬほのほなりけれ

いつまでとかや、ふすぶるならでも、苦しき下燃えなりけり」と聞こえ給ふ。女君、あやしのありさまや、とおぼすに、

「行《ゆく》へなき空に消ちてよ篝火の便りにたぐふけぶりとならば

人のあやしと思ひ侍らむこと」とわびたまへば、「くはや」とて出で給ふに、東の対の方に、おもしろき笛の音《ね》、箏に吹き合はせたり。

（「篝火」巻・三・三〇〜三一ページ）

源氏の「篝火に」の和歌について新編全集は、「篝火の煙といっしょに立ちのぼる恋の煙こそは、常に燃え立つわたしの恋の炎だったのです」と訳し、「行へなき」の和歌について「源氏の歌の「篝火」「煙」などを引き取りながらも、さりげなく恋情をしりぞけた歌」だとする。[注1] 源氏の歌は、玉鬘への気持ちを表現し、玉鬘がそれを「空に消ちてよ」と言って拒むとする解釈がなされる。

従来、「篝火」巻については、夕顔との関係を読み取れないとされていたが、[注2] 藤井貞和氏の論考から、近年は玉鬘の母親である夕顔との関連を読み取る試みがなされる。

藤井氏は、右の場面の時期が七月の「五六日の夕月夜」（同・三〇ページ）の頃で「古来からあった先祖迎えの儀礼の一部」である七夕や七月十五日のお盆と近い時期であると指摘し、焚かれた篝火が迎え火の役割を果たしてしまい「物語からはなれている人間ならざる存在が、そのような雰囲気にひかれて、近くまで来ている」とする。それを踏まえ、源氏の「篝火に」の和歌について、亡き人である玉鬘にとっての先祖夕顔へ「訴えているかたちになっている」とし、玉鬘の「行くへなき」の和歌については「亡き母親に呼びかけるうたになってしまった」とする。[注3]

「篝火」巻に描かれている季節は、草子地に「秋になりぬ」（同・二九ページ）とありながら源氏によって「夏の月なきほどは」（同・三〇ページ）とされながらも「風のおと秋になりけり」（同・三二ページ）と言われる。この点については、志方澄子氏によって地の文と会話文とで認識の差が出ているとして「「初音」以来完全に一致していたところの着実に流れている暦日的な、季節的な時間に対して、それまでいわゆる物語的時間として光源氏が支配してきた時間の間にズレ」が生じており、「光源氏的世界《ママ》 光源氏がすべてを掌握している世界《ママ》の矛盾」であると指摘される。[注4] また、田中新一氏は暦月意識の秋と節月意識の夏との共存であるとする。[注5]

「篝火」巻に続く「野分」巻は、三谷邦明氏によって「夕霧が視点人物としてほぼ一貫して設定され」ており、玉鬘や明石の姫君を垣間見ることで「様々な近親相姦の可能性が相乗的に関与しあって、六条院の崩壊を野分と共に告知していくのであって、それが夕霧の視線を通じて描写されて行くところに、その巻の特性がある」と指摘される。[注6]志方氏の指摘は、「野分」巻に見られる「六条院の崩壊を野分と共に告知していく」ことを、先行する「篝火」巻との連関としてもとらえられる。

原岡文子氏は藤井、志方両氏の説を引きながら、「光源氏と玉鬘との恋をめぐる贈答は、夕顔挽歌を遠く呼び込むことで、招魂の構図を一方に表した」として、「光源氏の呼びかけにより長い間の課題であった鎮魂が果たされるとともに、継子譚の女主人公としての玉鬘の生母への呼びかけは、玉鬘に幸福をもたらすこととなろう」と指摘する。[注7]

六条院が「物語の底を流れる基層心意において」夕顔鎮魂の場であることは小林茂美氏によって指摘されるが、[注8]原岡氏の指摘は、「篝火」巻がその後の物語の展開において担う役割の問題を示唆する。夕顔の影響を玉鬘十帖のどこまでに認めるかといった先に引いた問題然り、「篝火」巻以降の巻へどのような影響を認めるのかといった問題でもある。

その他には柴村抄織氏が、「篝火」巻における贈答歌の場面に見られる語彙の分析を通じて、「篝火巻の源氏贈歌には、夕顔の面影を前面には出していないが、玉鬘の答歌には、母夕顔の面影を明確に」読み取られるとして、「篝火の庭の描写と源氏の恋が一致し、源氏は自分の心を篝火に喩え」、「玉鬘の返歌は、恋情の煙をしりぞけ葬送の煙を詠み、夕顔のゆかりを意識している」と指摘する。[注9]

塩見優氏は、「夕顔」巻における夕顔絶命の場面と「篝火」巻の描写との類似を指摘し、「光源氏と玉鬘が語り合っている場面は、庭の木や道具、さらには玉鬘の身体を通し、読者に夕顔絶命の場面を彷彿させる装置となっていた」とする。そして「篝火」巻を「夕顔の成仏を願い、その心残りを解消する場」として位置付ける。[注10]

「篝火」巻において、この贈答歌はどのような機能を担うのだろうか。源氏が玉鬘に自らの思いを伝える和歌を送り、玉鬘がそれに対して返歌をするのだとして、そのような場面に夕顔の影響が読み取れるのだとするなら、それにはどのような意味があるのか。「篝火」巻の和歌における夕顔救済の問題は、玉鬘十帖全体に関わる問題ではないだろうか。

本論では、源氏の和歌にある「恋」という語に着目し、それがどのような意味で用いられるかを「夕顔」巻から玉鬘十帖へ至る過程における用法を踏まえて考えてみたい。「恋」という語の分析を通じて玉鬘十帖における夕顔の影響についても考察する。

二　「恋」の意味

藤井氏の「篝火」論は、「篝火」が迎え火の役割を果たして夕顔が「招霊」されるという点に独自性が見いだされる。源氏の「篝火に」という歌について、「夕顔との恋を想起させるそれ以外でない」として、「恋のけぶりが結ぼおれ結ぼおれ、母夕顔から娘玉鬘へ、情念焔のくすぶりとして続いてきたのだ」とする。▼注11 折口信夫は古代における「恋」という語をその語源から「招魂」だと説明する。

> こひと言ふのは招魂の事で、其動作が、こふである。だから、必ずしも生きてゐる人だけを対手にしてゐるとは限らない。死は魂が発散した状態で、其が帰ってくれば蘇生する、と考へてゐた古代人は、死んだ人の為にも魂ごひをした。(中略)
>
> 後には、こひを恋愛だけに解したが、やはり、愛してゐる人の魂を自分の身中に招く事であった。結局、恋

愛とは魂を交換する事だったので、其魂は、衣服（下衣）に著けて交換した。後朝の別れをきぬぐの別れと言ふ様になったのは、此から出てゐる。ひれを振る事も、此から生じた。しかし、単なる恋愛の手段ではなかった。魂を呼ぶ事だったのである。恋愛にまで進んでも、其表し方は残つたのだ。▼注12

折口は、恋とは魂を「こふ」ことであり、恋しく思う対象が生きている者へ限定されず、後に恋愛の意味で使われるようになってもその意味は「愛してゐる人の魂を自分の身中に招く事」であるとしている。この「恋ふ」の「乞ふ」語源説については、それぞれの音韻上の区別があるため、無批判に受け入れることは難しい。以下、大野晋氏による指摘を参照しておきたい。

しかしこの語源説は簡単に否定される。何故なら「恋ふ」のコはコ甲類であり、「乞ふ」のコはコ乙類である。コの甲類乙類の別は、平安初期五十年くらいまでは、明らかに保たれていたものであるから、奈良時代には明確に区別されていた。それを混同して考察することはできない。

またこの二つの動詞は、活用の形式も、上二段活用と四段活用とで相違しているから、「恋ひ」のヒは乙類、「乞ひ」のヒはヒ甲類と推定することができ（また実例もあり）、これも発音が相違している。従って、「恋ひ」と「乞ひ」とを同一視することは明白に誤りである。▼注13

大野氏は、「恋」と「乞」はそれぞれ音韻に甲乙の違いがあるため同一の語であるとは言えないとする。しかし、中西進氏が音韻上の区別として甲乙の音の区別をもちながら関連性を連想させる語句について、「密接さをもち、別物でありながらなお同類として包括しうるもの」であるとして「「類」という語で呼ぶべき性格」として説明をする。▼注14 このように、折口説は完全に否定されているわけではない。

「恋」についての折口説は、ただ語義を説明しているだけではない。近藤信義氏は「恋＝招魂」という発想について「なぜそのように発想されるのかと問う時、依然として問いはもどってこない」として、「折口信夫の詩人的感性に由来するとしかいえない暗闇の部分に引きずり込まれて、結局「学」として成り立つべき明確さが生まれてこないのではないか」と指摘する。▼注15 折口が「魂ごひ」を語源とするという大きな思想の一部として、「恋」を用いることへの注意は必要だろう。

折口が言う「恋」という語の使われ方については、いくつか注目したい点がある。それは、「必ずしも生きてゐる人だけを対手にしてゐるとは限らない」ことと、「恋ふ」ことが「愛してゐる人の魂を自分の身中に招く事」であり「恋愛とは魂を交換する事だった」とする点である。折口が「恋」を説明するために用いるのは『万葉集』の用例であるが、「恋」という語の普遍性を考えるうえである程度の有効性があるのではないだろうか。

では『源氏物語』において、どのような時に「恋ひ」という語が用いられるのだろうか。「桐壺」巻の用例を参考にして考えてみたい。▼注16

これにつけても憎み給ふ人々多かり。物思ひ知り給ふは、さま容貌《かたち》などのめでたかりし事、心ばせのなだらかにめやすく憎みがたかりしことなど、今ぞおぼし出づる。さまあしき御もてなしゆゑこそ、すげなうそねみ給ひしか、人柄のあはれに情《なさけ》ありし御心を、上の女房なども恋《こひ》しのびあへり。「なくてぞ」とは、かゝる折にやと見えたり。

（「桐壺」巻・一・一〇ページ）

一の宮を見たてまつらせ給ふにも、若宮の御恋しさのみ思ほしいでつつ、親しき女房、御乳母などをつかは

しつつ、ありさまを聞こしめす。（同）

かの御おば北の方、慰む方なくおぼし沈みて、おはすらむ所に尋ね行かむと願ひたまひししるしにや、つひに亡せたまひぬれば、またこれを悲しびおぼす事限りなし。御子六つになり給ふ年なれば、このたびはおぼし知りて恋ひ泣きたまふ。年ごろ馴れむつびきこえたまへるを、見たてまつりおく悲しびをなむ、返〻《かへすがへす》のたまひける。（同・一八～一九ページ）

最初の例では、源氏の母である桐壺の更衣の死後、「上の女房など」が「憎みたまふ人々」は多かったが、更衣の「人柄」が「あはれ」で「情け」があった心を「恋ひしのびあ」う。次の例は、桐壺の更衣の死後、桐壺帝が弘徽殿の女御との子供である一の宮を見て、離れている息子、源氏と会えないことを「御恋しさのみ思ほしいで」場面である。最後の例は、源氏の祖母が亡くなったため、先に亡くなった母、桐壺の更衣の時よりも物心がついている源氏が「このたびはおぼし知りて恋ひ泣き」をする場面である。

「桐壺」巻では、目の前に相手がいない状態がきっかけとなり「恋ひ」しく思う。また、二例が桐壺の更衣とその母との死別に関わる。「桐壺」巻にみられる用例から、「恋」しく思うことには死別や離別など、状況的な隔絶を伴っている場合であると言える。「桐壺」巻には三例しか無いものの、亡くなった桐壺の更衣を「恋し」く思うことに注意しておきたい。

池川奈央美氏は、『源氏物語』における形容詞「恋し」の用例について、病床の期間が長かった紫の上や藤壺に比べて大君や八の宮などの期間が短い者に「恋し」の用例が多い事を踏まえて、「「死」に対する主体（「恋し」の「覚悟」の如何が対象の死去後の用例数の差異となってあらわれている」とする。また、「恋し」と思う主体と思われる対象との間に物理的距離が介在する例があるのはもちろんだがそれだけでなく、「対象の存在感とそれに比例する喪失感が内在する」と指摘する。▼注17「喪失感」の内在とは、「恋し」と思う主体と思われる対象との間に単なる物理的、心的な距離があるわけではなく、そのような思いが過去の出来事によって規定されることの必要性を意味する。相手を恋しく思うことと物語の展開との関係は不可分である。そして、桐壺の更衣と同じように、夕顔も源氏を始めとする人々から恋しく思われる存在だった。

三　夕顔をめぐる「恋」

夕顔の死後、「夕顔」巻でも「恋」という語は印象的に用いられる。

> 空のうち曇りて、風冷《ひや》やかなるに、いといたくながめ給ひて、
> 　見し人の煙を雲とながむれば夕べの空もむつましきかな
> と、ひとりごち給へど、えさしいらへも聞こえず。かやうにておはせましかばと思ふにも胸ふたがりておぼゆ。耳かしがましかりし砧《きぬた》のおとをおぼし出づるさへ恋しくて、「まさに長き夜」とうち誦じて臥したまへり。
> （「夕顔」巻・一・一四一ページ）

右は、夕顔を葬送した後に、その時にあがった煙を思い出し歌を詠み、夕顔の生前に聞いた砧の音さえも恋しいとしている場面である。「煙」や「冷ややか」という表現について、「篝火」巻の表現との類似が指摘される。▼注18
夕顔の死後、その葬送の煙を思い出し和歌を詠み、夕顔の生前に聞いた「耳かしがましかりし砧のおと」を思い

出して「恋しく」思う。夕顔の死という決定的な事実や時間により隔てられた過去について恋しく思い、間接的に夕顔その人を恋しく思う。

夕顔を恋しく思うのは源氏だけではない。

この家あるじぞ、西の京の乳母のむすめなりける。三人その子はありて、右近は異人なりければ、思ひ隔てて御ありさまを聞かせぬなりけり、と泣き恋ひけり。右近はた、かしがましく言ひ騒がんを思ひて、君もいまさらに漏らさじと忍び給へば、若君の上をだにえ聞かず、あさましく行くへなくて過ぎゆく。

（同・一四四～一四五ページ）

右は、夕顔の死を知らない西の京の乳母の娘が右近と音信不通になったことに触れる場面である。同じ乳母子でも右近とは母が違い、連絡がつかないのは「思ひ隔てて」いるためだとしながら、夕顔を思い泣きながら恋しがる。

巻を隔てた「末摘花」巻の冒頭にも「恋」という語はみられる。

思へどもなほ飽かざりし夕顔の露におくれし心地を、年月経れどおぼし忘れず、こゝもかしこもうちとけぬ限りの、けしきばみ心深きかたの御いどましさに、け近くうちとけたりしあはれに似るものなう恋しく思ほえ給ふ。

（「末摘花」巻・一・二〇四ページ）

源氏は夕顔の死から「年月経れど」、忘れられず、気のおける葵の上や六条御息所などの様子と夕顔を比較し、

「け近くうちとけたりしあはれに似るものなう恋しく」思う。年立ての上でこの場面は、夕顔の亡くなった翌年の春にあたる。

この「末摘花」巻の冒頭部は、『河海抄』に「玉鬘」巻冒頭部との類似が指摘される。▼注19 源氏の夕顔への思いは、長い年月を経て「飽かざりし夕顔を露忘れ」（「玉鬘」巻・二・三三二ページ）、切断されずにつながっていると見てよい。

玉鬘十帖においては、恋の語を含む名詞の「恋」、動詞の「恋ふ」、形容詞の「恋いし」が合計で二四例みられる。その内、六例が夕顔に対して用いられており、六例が玉鬘に対して用いられる。夕顔に対して用いられる五例は「玉鬘」巻に集中する。

母君の御行くへを知らむと、よろづの神仏に申して、夜昼泣き恋ひて、さるべき所々を尋ねきこえけれど、つひにえ聞き出でず。

（同・三三三ページ）

乳母は、わからなくなってしまった夕顔の行方を知りたいと神仏に祈願するが見つけられなかった。悲痛な思いの表出として「夜昼泣き恋ひて」と叙述される。そのような思いを抱くのは、乳母だけではない。

おもしろき所々を見つつ、心若うおはせし物のを、かゝる道をも見せたてまつる物もがな、おはせましかばわれらは下らざらまし、と京のかたを思《おもひ》やらるゝに、返る波もうらやましく心細きに、舟子どもの荒くしき声にて、「うら悲しくも遠く来にけるかな」とうたふを聞くままに、二人さし向かひて泣きけり。

舟人も誰を恋ふとか大島のうらがなしげに声の聞こゆる

来しかたも行くへもしらぬ沖に出でてあはれいづくに君を恋ふらむ
鄙の別れに、おのがじし心をやりて言ひける。

（同・三三四ページ）

筑紫へ下向する際、乳母の二人の娘も夕顔を追慕する気持ちを込めて贈答歌を交わす。
この場面の直後、大宰府へついた一行が「恋ひ泣きて、この君をかしづきものにて明かし暮らす」（同・三三四ページ）と、夕顔を恋しく思う様子が描かれ、「夢などに、いとたまさかに見え給《たまふ》ふときなどもあり」（同）と、乳母の夢などに夕顔が現れる。多田一臣氏は、『万葉集』の事例を通じて「魂合いが〈こひ〉の第一義的なはたらきであったとすれば、それが夢の出会いにおいて実現されることは容易に納得がいく」と、恋と夢との関連性を指摘する。▼注20
筑紫へ下った際に夕顔の夢を見た乳母は、「猶世に亡くなり給《たまひ》にけるなめり」（同）と夕顔の死を予感するが、右近と再会した折に「こゝらの年ごろ、夢にてもおはしまさむ所を見むと大願を立つれど」（同・三四八ページ）と、夢でもよいからどこにいるのか知りたいと思い大願を立てていたが現れなかったと伝える。乳母たちへ、夕顔の死はここまで知らされない。だから乳母たち一行は、夕顔を「恋ひ」続ける。そして、夕顔の死を知って以後、乳母たちは役割を終えて夕顔を「恋ふ」ことはない。
一方で、源氏は夕顔が死んだことを知っているのにも関わらず恋しく思う。

恋ひわたる身はそれなれど玉かづらいかなる筋を訪ね来つらむ

（同・三六六ページ）

源氏は、昔と同じように夕顔を恋しく思いながら、どのような縁で玉鬘が自分の元へ来たのかと「手習に」（同・三六五ページ）独詠歌を詠む。源氏にとっては、恋しく思っていた夕顔が自分と玉鬘をめぐり合わせた。

「思ひ疎みたまはば、いと心憂くこそあるべけれ。よその人は、かうほれぐしうはあらぬものぞよ。限りなく底ひ知らぬ心ざしなれば、人の咎むべきさまにはよもあらじ。たゞ昔恋しき慰めに、はかなきことをも聞こえむ。同じ心にいらへなどし給へ」
（「胡蝶」巻・二・四一七ページ）

源氏は、玉鬘への思慕を告白した後、「わが御心ながらも、ゆくりかにあはつけきこと」（同）と、玉鬘への思いについて自分の気持ちでありながら思いがけず軽々しいと思い、人目をはばかって夜が更ける前に玉鬘のもとを立ち去ろうとする。その際、自分の思いは「ただ昔恋しき慰め」であると、夕顔への思いからそのような行動に出たのだとする。

この前の場面でも源氏は、「おぼろけにしのぶるにあまるほどを慰むるぞや」（同）と、夕顔への思いの慰めであると言い、語り手はそのように接した玉鬘の様子が「ただむかしの心ち」（同）がしたと描写する。源氏は、玉鬘を安心させるためにそのようなことを言ったのだとも考えられる。しかし、源氏が「恋ひわたる身」であったことも無関係ではないだろう。

物語において、生者を恋しく思うことと死者を恋しく思うことの意味は根本的に異なる。源氏にとってそれは、長きにわたり変わることのない夕顔への思いとして描かれる。また、藤井氏の指摘するように、母の不在から始まる『落窪物語』でも、女君は母の存在を身近に感じる。▼注21

八月ついたちごろなるべし。君ひとり臥して、いも寝られぬまゝに、
「は君、我を迎へ給へ。いとわびし。」

と言ひつゝ、

我に露あはれをかけば立ち帰りともにを消えようき離れなん

心なぐさめに、いとかひなし。

（『落窪物語』・八ページ）▼注22

落窪の女君の「消えようき離れなん」という和歌の表現は、「は君、我を迎へ給へ」という実母へ救済を求めることと関連する。『落窪物語』の中に散見される「ただいまも死ぬるものにもがな」（同・二六ページ）や、「死ぬべき心地し給ふ」（同・二八ページ）といった描写も、直接のきっかけは「はかまのいとわろび過たるも思ふに」（同・二六ページ）という、自らのみすぼらしい衣服を少将に見られたからだ。そのような状況の根源に母の不在があると見るのであれば、救済を求める思いをも読み取られるのではないだろうか。

夕顔も落窪の女君の母親も、死んで物語の舞台から一見退場したかのように見える。しかし、その影響がなくなってしまうわけではない。玉鬘の物語における夕顔の存在は、玉鬘が母を乞うことにより物語や登場人物の関係の構造へと導き入れられる。「篝火」巻において夕顔が「近くまで来ている」のかは定かでない。藤井氏の指摘において重要なのは、『落窪物語』に見られるような母親のあり方が、当該場面を含めた玉鬘の物語においても構造の一部として作用する点である。

小林氏や原岡氏が玉鬘の物語へ夕顔の鎮魂との関連を指摘するように、▼注23「玉鬘」巻においてはまだ夕顔の救済は果たされない。

君は夢をだに見ばやとおぼしわたるに、この法事し給《たまひ》てまたの夜、ほのかに、かのありし院ながら、添ひたりし女のさまも同じやうにて見えければ、荒れたりし所に住みけんもののわれに見入れけんたよりに、かくなりぬること、とおぼし出づるにも、ゆゝしくなん。

（「夕顔」巻・一・一四五ページ）

源氏は四十九日の法要をした翌日の夜、なにがしの院で見た女とともに夕顔を夢に見る。この夢について藤井氏は「阿弥陀仏による夕顔救済はなかった」と指摘する。▼注24「篝火」巻は夕顔救済の意味を持つ。それは玉鬘の幸福と不可分であった。それは、第一章二節で指摘するように、「玉鬘」巻に描かれている夕顔と玉鬘、および源氏との関係や、さらに遡って玉鬘物語のプレ物語とも言える「夕顔」巻での夕顔の描かれ方に起因する。「夕顔」巻で救済されなかった夕顔を恋慕い、「玉鬘」巻では源氏との出会いを果たす。源氏の夕顔への思いは、玉鬘へ向けられるものと同じように「世には絶せぬほのふ」のようであった。

四　「真木柱」巻の恋

「篝火」巻に続く「野分」巻は、秋好中宮の住まいの庭の描写から始められる。

これを御覧じつきて里居したまふほど、御遊びなどもあらまほしけれど、八月は故前坊の御忌月なれば、心もとなくおぼしつゝ明け暮るるに、この花の色まさるけしきどもを御覧ずるに、野分、例の年よりもおどろ〳〵しく、空の色変はりて吹き出づ。花どものしをるゝを、いとさしも思《おもひ》しまぬ人だに、あなわりな、と思ひ騒がるゝを、まして草むらの露の玉の緒を乱るゝまゝに、御心まどひもしぬべくおぼしたり。おほふばかりの袖は、秋の空にしもこそ欲しげなりけれ。暮れゆくままに、ものも見えず吹き迷はしていとむくつけゝれば、

御格子など参りぬるに、うしろめたくいみじ、と花の上をおぼし嘆く。（「野分」巻・三・三六ページ）

「篝火」巻が七月の出来事であるから、「野分」巻は「篝火」巻の翌月である八月に設定される。「八月は故前坊の御忌月なれば」と、秋好中宮の父であり、六条御息所の夫である「故前坊」が話題にされる。

「篝火」巻における夕顔然り、物語は死者を含みこんだ構造として読まれることを要求する。秋好中宮が「心もとなくおぼしつつ明け暮るゝ」きっかけは、八月が父の忌月であることに起因する。藤井氏は、「六条院は六条御息所の旧宮であったとともに、故前坊の恨み深く果てたろう終焉の地ではなかったか」として、「中宮の心もとなき思ひにつれて故父の霊がおし寄せ、物語のつい傍らにやってきたことは想像にかたくない」と指摘する。▼注25

また、阿部好臣氏は、「玉鬘の恋慕を描くのは秋好へのことと連動してあった」として、「六条院空間で怪しく潜められていた物が、源氏に「親」としての機能を荷わせた」と指摘する。▼注26 玉鬘十帖は、源氏と玉鬘との物語だけが描かれるのではない。そして秋好中宮と両親である故前坊・六条御息所とが描かれることは、六条院における玉鬘の在り方に無関係ではない。

その後の「行幸」巻について後藤祥子氏は、源氏の「玉鬘の後見に心を砕き、彼女の幸福な身の振り方を思案する一方で、自らの懸想も思い切ったわけではなく、絶えず玉鬘を悩ませ続け」る態度に、「紫の上の妻の座を脅かす構想の若紫巻の内親王降嫁を先取りする雛形としても読める」と指摘する。▼注27 玉鬘が尚侍として宮仕えすることを源氏は望むが思い通りにはならず、「真木柱」巻冒頭で髭黒と玉鬘とが婚姻関係になったことが読者へ知らされる。森一郎氏は「髭黒の直情径行」について、玉鬘の入内により可能性として秋好中宮や弘徽殿の女御との政治的な対立が考えられる点を指摘し、そのような「行きついた世界を転回へとすすめるいわば導入的事件でなければならぬ」と指摘する。▼注28 さらに吉岡曠氏は、二人の結婚の裏に内大臣の「見えない操りの糸が働いた」と見る。▼注29

このように、夕霧や柏木などとも含め、様々な関係に導かれ玉鬘十帖は髭黒との結婚という一応の結末をみる。「篝火」巻の後、玉鬘十帖において夕顔に対して「恋」という語は使われない。一方で、玉鬘へ使われる「恋」の内、四例は「真木柱」巻へ集中する。

二月にもなりぬ。大殿は、さてもつれなきわざなりや、いとかう際〴〵しうとしも思はでたゆめられたるねたさを、人わろく、すべて御心にかゝらぬをりなく、恋しう思《おもひ》いでられ給《たまふ》。宿世《すくせ》など言ふもの愚かならぬことなれど、わがあまりなる心にて、かく人やりならぬものは思《おもふ》ぞかし、と起き臥し面影にぞ見え給《たまふ》。

（「真木柱」巻・三・一三九ページ）

「真木柱」巻冒頭で玉鬘と髭黒との結婚が明かされるが、源氏について「物の苦しうおぼされし時、さてもやとおぼし寄り給《たまひ》しことなれば、なほもおぼしも絶えず」（同・一一三ページ）や、「よそに見放つもあまりなる心のすさびぞかし、とくちをし」（同・一一三〜一一四ページ）と、玉鬘へ未練を持つ源氏の様子が描写される。玉鬘が髭黒邸へ引き取られた後に、そのような源氏の思いが「すべて御心にかゝらぬをりなく、恋しう思《おもひ》いでられ給《たまふ》」と描写される。源氏は「いとゆくりなく本意なし、とおぼせど、などかあらむ」（同・一三九ページ）と、玉鬘の転居について自らの意図する所ではないがどうすることもできないと嘆く。玉鬘と会うのが困難な状況になり、源氏は玉鬘を「恋しう思」う。

大将のをかしやかにわらゝかなるけもなき人に添ひゐたらむに、はかなき戯れ言もつゝましうあいなくおぼされて念じ給《たまふ》を、雨いたう降りていとのどやかなるころ、かやうのつれ〴〵もまぎらはし所に渡り給《たまふ》て、語らひ給《たまひ》しさまなどのいみじう恋しければ、御文たてまつり給《たまふ》。

（同・一三九〜一四〇ページ）

源氏は髭黒を「をかしやかにわらゝかなるけもなき人」だとして、一緒にいる玉鬘へ手紙を送ることに気が引けて我慢していたが、「雨いたう降りていとのどやかなるころ」にそのような所在なさの慰めにと玉鬘の暮らしていた部屋へ訪れる。「かやうのつれ〴〵」を紛らわすために訪れたはずだったが、過去の「語らひ給《たまひ》しさまなど」が喚起され、源氏の恋しさを「いみじう」掻き立てるきっかけとなる。源氏はそのような思いを鎮めるためであろうか、玉鬘の元へ手紙を送る。

右近がもとに忍びて遣はすも、かつは思はむことをおぼすに、なにごともえ続け給はで、ただ思はせたることどもぞありける。

かきたれてのどけき比《ころ》の春雨にふるさと人をいかにしのぶや

つれ〴〵に添へて、うらめしう思《おもひ》いでらるゝこと多う侍《はべる》を、いかでかわききこゆべからむ。

などあり。

隙に忍びて見せたてまつれば、うち泣きて、わが心にも程ふるまゝに思《おもひ》出でられ給《たまふ》御さまを、まほに、恋しや、いかで見たてまつらん、などはえの給はぬ親にて、げにいかでかは対面もあらむ、とあはれなり。時〳〵むつかしかりし御けしきを、心づきなう思《おもひ》きこえしなどは、この人にも知らせたまはぬことなれば、心ひとつにおぼし続くれど、右近はほのけしき見けり。いかなりけることならむとは、今に心得がたく思《おもひ》ける。

（同・一四〇ページ）

源氏は手紙を「右近がもとに忍びて遣は」し、自分のことをどのように偲んでいるのかと、「恨めしう思《おもひ》いでらるゝ」気持ちを伝えたいがどのように伝えればよいのか、と言う。右近に関しては第二章二節で詳しく論じたが、源氏に仕えながら玉鬘の六条院入りを助ける重要な役割を担い髭黒の許にいる玉鬘へ手紙を出すことがためらわれる中で、源氏と玉鬘とを結ぶ存在として機能している。三田村雅子氏によって指摘されるように、右近は「誰にも所属していると同時に、誰にも所属していない」特異な視線を持つ。▼注30

この場面において源氏は、右近が「思はむこと」を心配し、「ただ思はせたることども」を手紙に書く。右近へはわからないと見越しての事であろう。源氏の手紙を読んだ玉鬘も同様に、「時々むつかしかりし御けしきを心づきなう思きこえしなど」と、助動詞「き」の連体形が用いられ、「胡蝶」巻や「常夏」巻での源氏による懸想や自らの思いを直接に指して、右近には直接伝えておらず知らないであろうと思う様が描写される。しかし、「ほのけしき見けり」とあり、右近はその様子を薄々知っていた。玉鬘が右近にはそのことを知られていないだろうと思っていたのは、「いかなりけることならむとは、今に心得がたく」右近が思っていたためだろう。

「玉鬘」巻で玉鬘の六条院入りは、右近により導かれて実現した。「真木柱」巻の「恋」の語が集中するこの場面に右近がいることは、偶然ではない。そのような源氏や玉鬘のセルフイメージとずれた右近の視線は、二人の秘密を暴くと同時に、和歌に込められた意味を逆説的に担保してしまう。この歌に対する玉鬘の「ながめする軒のしづくに袖ぬれてうたかた人をしのばざらめや」(同・一四〇ページ)という返歌も源氏の和歌と同様に右近の知る源氏と玉鬘との関係により詠まれる。

返歌を聞いた源氏は、「胸に満つ心ちして」(同・一四一ページ)、かの昔にあった朧月夜とのことを玉鬘と同じ尚侍であったことから思い出し、「さしあたりたること」(同)であるからか、その時よりもつらく思う。

好いたる人は、心からやすかるまじきわざなりけり、今は何につけてか心をも乱らまし、似げなき恋のつまなりや、とさましわび給《たまひ》て、御琴かき鳴らして、なつかしう弾きなし給《たまひ》し爪音《つまおと》思ひいでられ給《たまふ》。あづまの調べをすが掻きて、「玉藻はな刈りそ」と、うたひすさび給《たまふ》も、恋しき人に見せたらば、あはれ過ぐすまじき御さまなり。（同）

自らを「好いたる人」として玉鬘には不釣り合いな年齢になり心を乱している源氏の心内が、「恋のつまなりや」と描写される。「恋のつま」は、「さましわび給て」と続くためか、新大系では「恋の火種」と訳される。▼注31 源氏が冷ませずにいるのは、「篝火」巻で夕顔を呼び込んだ和歌に詠まれる「恋のけぶり」の原因である「絶えせぬほのほ」ではないだろうか。

源氏は自らの思いを消すことができない。「常夏」巻で玉鬘に和琴を教えた「なつかしう弾きなし給し爪音」を思い出すが、「恋しき人に見せたらば」と、かえって玉鬘の不在が強調され「あはれ過ぐすまじき御さま」であると、玉鬘の心が動かされることがないと確認される。

三月になり、源氏は春の町の庭に「藤、山吹」（同・一四二ページ）を見て、「野分」巻で八重山吹にたとえられている玉鬘の事を思い出す。

呉竹の籬《ませ》に、わざとなう咲きかゝりたる匂ひ、いとおもしろし。「色に衣を」などの給《たまひ》て、
「思はずに井手のなか道隔つとも言はでぞ恋ふる山吹の花
顔に見えつゝ」などの給《たまふ》も、聞く人なし。かくさすがにもて離れたることは、このたびぞおぼしける。げにあやしき御心のすさびなりや。（同・一四二ページ）

呉竹については、笹生美貴子氏によって玉鬘とその母夕顔の二人に深く関わっており、「夕顔・玉鬘の母子関係を表象するものとして機能している」と指摘される。[注32]「色に衣を」と、山吹の花の色から同じ色のくちなしを想起する。そして玉鬘との仲は隔てられてしまったが、変わらずに心の中で恋しく思うことを和歌に詠む。「聞く人なし」については、小町谷照彦氏が「光源氏の孤愁が一段と印象づけられる」と指摘する。[注33]源氏によって玉鬘を恋しく思う気持ちが表現され、玉鬘と隔たれた状況が追認されることで恋に破れた源氏の姿が描写される。

源氏は「玉鬘」巻で玉鬘が六条院入りした後に、「恋ひわたる身はそれなれど」と、時間を経ても変わらない自分の思いを「手習に」(「玉鬘」巻・二・三六五ページ)和歌へ詠むが、「いかなる筋を訪ね来つらむ」と、失った夕顔との因縁を思う。夕顔の「筋」により六条院入りした玉鬘と源氏とは、「真木柱」巻で隔たれてしまう。二人が「言はでぞ恋ふる」しかない関係となってしまったことが、源氏の「恋」という思いによってより際立たされる。

この和歌によって、六条院という物語の舞台から玉鬘の退場が源氏により確認される。源氏にとってその結末がどうあれ、「真木柱」巻で玉鬘の婚姻をめぐる物語は完結をする。源氏は玉鬘を夕顔同様に恋続けるが、一方で玉鬘は、本人に自覚されなくとも幸福を手に入れる。そのような場面に夕顔と玉鬘との親子関係を表すとされる「呉竹」が描写されることは偶然ではないだろう。夕顔の魂の救済は、はっきりと物語中に明示されない。しかし、小林氏の指摘のように「物語の底を流れる基層心意において」玉鬘の結婚をもって行われるのである。[注34]

【注】

(1) 新編全集、三巻の二五七～二五八ページの訳・頭注より引用。

（2）吉海直人「玉鬘物語論—夕顔のゆかりの物語—」『國學院大學大学院文学研究科紀要』第一一輯　國學院大學大学院　一九八〇年）、藤本勝義「玉鬘物語の構造についての試論」『中古文学』九号　中古文学会　一九七二年

（3）藤井貞和「叙事詩と『源氏物語』」『源氏物語入門』講談社　一九九六年（他に、「神話としての源氏物語」『日本〈小説〉原始』大修館書店　一九九五年、「神話としての源氏物語」『源氏物語論』岩波書店　二〇〇〇年）

（4）志方澄子「「篝火」巻試論—六条院世界の季節的秩序の崩壊をめぐって—」『物語研究』四号　物語研究会　一九八三年

（5）田中新一「二元的四季観の継承と変容（古今集以後）」『平安朝文学に見る二元的四季観』風間書房　一九九〇年

その他に「篝火」巻の季節について論じられる論文として宗雪修三氏「六条院の四季—篝火巻を基軸として」（『源氏物語歌織物』世界思想社　二〇〇二年）がある。

（6）三谷邦明「野分巻における〈垣間見〉の方法—〈見ること〉と物語あるいは〈見ること〉の可能と不可能—」『物語文学の方法Ⅱ』有精堂　一九八九年

（7）原岡文子「玉鬘考—交感・交通・流離をめぐって—」『源氏物語とその展開』竹林舎　二〇一四年

（8）小林茂美「夕顔物語と玉鬘物語の接点—「神話的思惟の物語的論理」の問題」『源氏物語論序説—王朝の文学と伝承構造』桜楓社　一九七八年

（9）柴村抄織「源氏物語篝火巻—源氏と玉鬘の贈答歌「空と煙」—」『鎌倉女子大学紀要』二一号　鎌倉女子大学　二〇一三年

（10）塩見優「『源氏物語』篝火巻における死者の影」『学習院大学国語国文学会誌』五五号　学習院大学国語国文学会　二〇一四年

そのほかに、篝火巻についての論文として、松村武夫氏「「篝火」巻論」（『源氏・寝覚・栄花—平安朝物語文学の流れ』笠間書院　一九七八年）、辻和良氏「〝玉かつら〟考—〈仮面《おもて》〉、そして〈無縁性〉」（『名古屋大学平安文学研究会会報』一五号　名古屋平安文学研究会　一九八六年）、小町谷照彦氏「玉鬘求婚譚—螢・常夏・篝火」（『国文学　解釈と教材の研究』三二巻一三号　学燈社　一九八七年）、土田節子氏「篝火巻について」『明治大学日本文学』二二号　明治大学日本文学研究会　一九九四年、西木忠一氏「篝火にたちそふ恋の煙」（『樟蔭国文学』三一号　大阪樟蔭女子大学　一九九四年）、星山健氏「「常夏」「篝火」巻論」（『日本文学』四四巻三号　日本文学協会　一九九五年）、三谷邦明氏

「篝火巻の言説分析―具体的なものへの還元あるいは重層的な意味の増殖」(『源氏物語の言説』翰林書房　二〇〇二年)、陣野英則氏「『源氏物語』「玉鬘十帖」の『白氏文集』引用―「篝火」巻における白詩からの変換の妙―」(『日本古代文学と白居易』高松寿夫・雋雪艶編　勉誠出版　二〇一〇年)、を参考とした。

(11) 藤井氏の注3の前掲論文より引用。

(12) 折口信夫「上代貴族生活の展開」『折口信夫全集6　万葉びとの生活(万葉集1)』折口信夫全集刊行会　中央公論社　一九九五年(初出は一九三三年)

そのほかに折口が「恋」について扱っている論考に「万葉集研究」(『折口信夫全集1　古代研究(国文篇)』中央公論社　一九九五年　初出は一九二八年)、「恋及び恋歌」(『折口信夫全集5　大和時代の文学・風土記の古代生活(古代文学論)』中央公論社　一九九六年　初出は一九三四年)、「抒情詩の展開」(『折口信夫全集5　大和時代の文学・風土記の古代生活(古代文学論)』中央公論社　一九九六年　初出は一九四八年)、「万葉集の恋歌」(『折口信夫全集6　万葉びとの生活(万葉集1)』折口信夫全集刊行会　中央公論社　一九九五年　初出は一九三八年)、「上世日本の文学」(『折口信夫全集23　日本文学啓蒙』一九九七年　初出は一九三五年)などがある。

(13) 大野晋「「恋ふ」と「乞ふ」」『学習院大学上代文学研究』一二号　学習院大学　一九八六年

(14) 中西進「万葉のことば―その「類」について」『シリーズ・古代の文学2　万葉のことば』古代文学会　一九七六年

(15) 近藤信義「折口学の再検討　「恋ひ」」『古代文学』一七号　古代文学会　一九七八年

(16) ここでは恋という語について名詞の「恋」はもちろん、動詞の「恋ふ」、形容詞の「恋し」を同根の語として扱う。

(17) 池川奈央美「源氏物語における「恋し」について―「恋し」の生と死をめぐって―」『愛知大学国文学』四二号　愛知大学国文学会　二〇〇二年

なお「恋」を含む語は、『源氏物語大成』の索引によれば一八二例確認される。本稿ではその用法の特徴を把握するため、「桐壺」巻の用例を取りあげるにとどめた。

(18) 塩見氏の注10の前掲論文による。

(19) 「此巻の始末摘花巻と同様也」(『紫明抄・河海抄』玉上琢彌編　山本利達・石田穣二校訂　角川書店　一九六八年)

(20) 多田一臣「〈おもひ〉と〈こひ〉と―万葉歌の表現を考える」『語文論叢』一六号　千葉大学文学部国語国文学会　一九八八年
(21) 藤井氏の注3の前掲論文による。
(22)『落窪物語』本文は新日本古典文学大系（藤井貞和校注　岩波書店　一九八九年）より引用。
(23) 前掲した注7の原岡氏、および注8の小林氏の論文による。
(24) 藤井貞和「阿弥陀仏のメランコリア―源氏物語と阿闍世王コンプレックス・2」『タブーと結婚―「源氏物語と阿闍世王コンプレックス論」の方へ』笠間書院　二〇〇七年
(25) 藤井貞和「もののけの世界と人間の世界」『源氏物語論』岩波書店　二〇〇〇年
(26) 阿部好臣「玉鬘の組成―六条院物語の基底」『物語文学組成論Ⅰ―源氏物語』笠間書院　二〇一一年
また、阿部氏は故前坊・六条御息所・桐壺の更衣・夕顔が同じくして八月に亡くなっていることを指摘する。
(27) 後藤祥子「尚侍玉鬘」『講座源氏物語の世界〈第五集〉』秋山虔ほか編　有斐閣　一九八一年
(28) 森一郎「玉鬘物語の構想について―玉鬘の運命をめぐって―」『国語国文』三一巻一号　京都帝国大學國文學會　一九六二年
(29) 吉岡曠「玉鬘物語論」『源氏物語とその周辺―古代文学論叢第二輯―』紫式部学会編　武蔵野書院　一九七一年
(30) 三田村雅子「召人のまなざしから」『源氏物語　感覚の論理』有精堂　一九九六年
(31) 新大系、「真木柱」巻・三・一四二ページ脚注（今西祐一郎氏が校注を担当）より引用。
(32) 笹生美貴子「『源氏物語』に見られる「呉竹」―《夕顔・玉鬘母子物語》の伏線機能」『語文』一二四号　日本大学國文学会　二〇〇六年
(33) 小町谷照彦「光源氏と玉鬘（3）」『講座源氏物語の世界〈第五集〉』秋山虔ほか編　有斐閣　一九八一年
(34) 小林氏の注8の前掲論文より引用。

引用文献を含む参考文献一覧

・秋澤亙「松浦なる玉鬘―その舞台設定の意義をめぐって」『国学院雑誌』九七巻一二号　國學院大學　一九九六年

・秋場桂子「「夕顔」「玉鬘」両巻における「玉鬘物語の構想」」（『国文』四三号　お茶の水女子大学国語国文学会　一九七五年

・秋山虔「女房たち」『日本古典鑑賞講座　第四巻　源氏物語』玉上琢彌編　角川書店　一九五七年

・秋山虔「玉鬘をめぐって―源氏物語ノオトより」『文学』一八巻一二号　岩波書店　一九五〇年（『源氏物語の世界』（東京大学出版会　一九六四年）に改訂され収録。）

・秋山虔「源氏物語―その主題性はいかに發展しているか―」『日本文学講座　二』河出書房　一九五一年

・秋山虔「近江君とその周辺」『国語と国文学』三六巻四号　東京大学国語国文学会　一九五九年（『源氏物語の世界』（東京大学出版会　一九六四年）に改訂され収録。）

・秋山虔「源氏物語「初音」巻を読む―六条院の一断面図」『平安時代の歴史と文学　文学編』山中裕編　吉川弘文館　一九八一年

・秋山虔「「螢」巻の物語論」『日本文学』三五巻二号　日本文学協会　一九八六年

・秋山虔「完結的な精神発展論」『国文学　解釈と鑑賞別冊　源氏物語をどう読むか』至文堂　一九八六年

・秋山虔「玉鬘―六条院における進退」『源氏物語の世界　方法と構造の諸相』菊田茂男編　風間書房　二〇〇

一年
・秋山虔・三田村雅子・河添房江・後藤祥子「共同討議　玉鬘十帖を読む」『国文学　解釈と教材の研究』三二巻一三号　學燈社　一九八七年
・青柳（阿部）秋生「源氏物語執筆の順序―若紫の巻前後の諸帖に就いて―」『テーマで読む源氏物語論　第四巻　紫上系と玉鬘系―成立論のゆくえ』今西祐一郎・室伏信介監修、加藤昌嘉・中川照将編集　勉誠出版　二〇一〇年（初出―『国語と国文学』第一六巻八～九号　一九三九年）
・阿部秋生「螢の巻の物語論」『東京大学教養学部人文科学科紀要：国文学・漢文学』七号　東京大学教養学部　一九六一年
・阿部秋生編『諸説一覧　源氏物語』明治書院　一九七〇年
・阿部好臣「螢兵部卿宮の位相」『語文』第八三輯　日本大学国文学会　一九九二年
・阿部好臣「源氏物語「玉鬘」の組成―六条院物語の基底」『物語文学組成論Ⅰ―源氏物語』笠間書院　二〇一一年（初出―『語文』一三〇号　日本大学国文学会　二〇〇八年）
・阿部好臣「さすらう源氏物語（光源氏と玉鬘）（上）」『語文』一三四号　日本大学国文学会　二〇〇九年
・阿部好臣「さすらう源氏物語（光源氏と玉鬘）（下）」『語文』一三五号　日本大学国文学会　二〇〇九年
・安藤徹「玉鬘と筑紫〈うわさ〉圏」『源氏物語と物語社会』森話社　二〇〇六年
・安藤裕樹「「親めく親」と「実の親」、玉鬘の二人の親をめぐって―『源氏物語』の「親」の語脈から」『学芸国語国文学』四一号　東京学芸大学国語国文学会　二〇〇九年
・池川奈央美「源氏物語における「恋し」について―「恋し」の生と死をめぐって」『愛知大学国文学』四二号　愛知大学国文学会　二〇〇二年

・池田真理「六条院における花散里の位置―主に、夕霧・花散里に与えた影響について―（要約）」（『国文学報』第二四号　尾道短期大学国文学会　一九八一年
・石井良助『日本相続法史』創文社　一九八〇年
・石川徹「うつほ物語の人間像―源氏物語の比較を中心に―」『宇津保物語論集』宇津保物語研究会編　古典文庫　一九七三年
・伊藤禎子「「思ひなし」の連鎖と玉鬘求婚譚」『物語研究』一〇号　物語研究会　二〇一〇年
・伊藤鉄也『『源氏釈』依拠本文の性格（上）―玉鬘十帖における別本の位相―」『王朝文学史稿』王朝文学史研究会　一九七九年
・伊藤鉄也『『源氏釈』依拠本文の性格（下）―玉鬘十帖における別本の位相―」『王朝文学史稿』王朝文学史研究会　一九八〇年
・伊藤博「「野分」の後―源氏物語第二部への胎動」『文学』三五巻八号　岩波書店　一九六七年
・伊藤博「武田宗俊説をめぐって」『国文学　解釈と鑑賞別冊　源氏物語をどう読むか』至文堂　一九八六年
・井上光貞「天台浄土教と貴族社会」『井上光貞著作集第七巻・律令国家と貴族社会』岩波書店　一九八五年
・稲賀敬二「宇津保物語は合作か？」『テーマで読む源氏物語論　第四巻　紫上系と玉鬘系―成立論のゆくえ』今西祐一郎・室伏信介監修、加藤昌嘉・中川照将編集　勉誠出版　二〇一〇年（初出―『講座日本文学の争点（二）中古編』阿部秋生編　明治書院　一九六八年）
・稲賀敬二「源氏物語成立論の争点」『テーマで読む源氏物語論　第四巻　紫上系と玉鬘系―成立論のゆくえ』今西祐一郎・室伏信介監修、加藤昌嘉・中川照将編集　勉誠出版　二〇一〇年（初出―『講座日本文学の争点（二）中古編』阿部秋生編　明治書院　一九六八年）

・稲生知子「「哀れ」なるヒルコへ—神話生成の現場としての日本紀竟宴—」『日本文学』四九巻六号　日本文学協会　二〇〇〇年
・今井源衛「兵部卿宮のこと」『源氏物語の研究』未来社　一九六二年
・今井俊哉「光源氏の鏡」『学芸国語国文学』第三二号　東京学芸大学国語国文学会　二〇〇〇年
・妹尾好信「玉鬘論—玉鬘物語の構想と展開—」『人物で読む源氏物語　第一三巻—玉鬘』室伏信助監修　上原作和編　勉誠出版　二〇〇六年
・岡一男「源氏物語の主題とその成立過程」『テーマで読む源氏物語論　第四巻　紫上系と玉鬘系—成立論のゆくえ』今西祐一郎・室伏信介監修、加藤昌嘉・中川照将編集　勉誠出版　二〇一〇年（初出—『国語と国文学』三三巻一〇号　東京大学国語国文学会　一九五六年）
・姥澤隆司「玉鬘と登場の様相—玉鬘造型と光源氏の意図—」『源氏物語の探求　第十三輯』源氏物語探求会編　風間書房　一九八八年
・折口信夫「万葉集研究」『折口信夫全集1　古代研究（国文篇）』中央公論社　一九九五年（初出—一九二八年）
・折口信夫「恋及び恋歌」『折口信夫全集5　大和時代の文学・風土記の古代生活（古代文学論）』中央公論社　一九九六年（初出—一九三四年）
・折口信夫「抒情詩の展開」『折口信夫全集5　大和時代の文学・風土記の古代生活（古代文学論）』中央公論社　一九九六年（初出—一九四八年）
・折口信夫「上代貴族生活の展開」『折口信夫全集6　万葉びとの生活（万葉集1）』折口信夫全集刊行会　中央公論社　一九九五年（初出—一九三三年）
・折口信夫「万葉集の恋歌」『折口信夫全集6　万葉びとの生活（万葉集1）』折口信夫全集刊行会　中央公論社

一九九五年（初出―一九三八年）
・折口信夫「上世日本の文学」『折口信夫全集23　日本文学啓蒙』一九九七年（初出―一九三五年）
・榎本正純「源氏物語の語り手、構造・表現」『源氏物語の草子地　諸注と研究』笠間書院　一九八二年
・大野晋「「恋ふ」と「乞ふ」」『学習院大学上代文学研究』一二号　学習院大学　一九八六年
・加藤明子「花散里の形容から見える源氏・六条院の変化―「おいらか」「おほどか」「のどやか」の違いから―」『平安朝文学研究』一一号　平安朝文学研究会　二〇〇二年
・加藤昌嘉「〝『源氏物語』はどのように出来たのか？〟を再考する」『『源氏物語』前後左右』勉誠出版　二〇一四年
・加藤洋介「「後見」攷―源氏物語論のために―」（『名古屋文学国語国文学』名古屋大学国語国文学会　一九八八年
・河添房江「六条院王権の聖性の維持をめぐって―玉鬘十帖の年中行事と「いまめかし」」『源氏物語の喩と王権』有精堂　一九九二年
・河添房江「蛍巻の物語論と性差」『源氏研究』第一号　三田村雅子ほか編　翰林書房　一九九六年
・川名淳子「玉鬘十帖について―玉鬘の裳着」『王朝文学と通過儀礼』小嶋菜温子編　竹林舎　二〇〇七年
・川本真貴『『源氏物語』の夢と方法』『同志社国文学』第一三号　同志社大学国文学会編　一九七八年
・金孝淑「「玉鬘十帖」における「隠ろへごと」の再生産―末摘花との対応関係から―」『源氏物語の言葉と異国』早稲田大学出版部　二〇一〇年
・金孝淑「玉鬘と筑紫―物語論・和琴論をめぐって」『源氏物語の言葉と異国』早稲田大学出版部　二〇一〇年
・金小英「玉鬘十帖の〈笑い〉―端役から主要人物への拡がり」『平安朝文学研究』復刻第一五号（通巻四三号）平安朝文学研究会　二〇〇七年

・金秀美「玉鬘物語における「九条」と「椿市」―《市》を巡る説話との関わりから―」『中古文学』七三号　中古文学会　二〇〇四年
・葛綿正一「玉鬘十帖試論―狩猟ゲーム」『日本の文学　第五集』有精堂　一九八九年
・葛綿正一「鏡をめぐって」『源氏物語のテマティスム―語りと主題』笠間書院　一九九八年
・久保田淳「『源氏物語』の夢―その諸相と働き」『文学』六巻五号　岩波書店　二〇〇五年
・倉田実「源氏物語五十四帖をよむ　螢」『新・源氏物語必携』別冊国文学　秋山虔編　学燈社　一九九七年
・倉本一宏「『栄花物語』における「後見」について」山中裕編『栄花物語研究　第二集』高科書店　一九八八年
・栗山元子「玉鬘十帖における花散里の醜貌と床離れについて―その両義的作用―」（『平安朝文学研究』五号　平安朝文学研究会　一九九六年
・呉羽長「玉鬘論―その容姿・性格表現と物語展開の連関をめぐって―」『人物で読む源氏物語　第一三巻―玉鬘』室伏信助監修　上原作和編　勉誠出版　二〇〇六年
・河内山清彦「光源氏の変貌―「野分」の巻を支点とした源氏物語試論―」『青山学院女子短大紀要』二一号　一九六七年
・古賀典子「夕顔巻の「夕顔」「狐」「梟」―表現素材から見る玉鬘系後期成立」『むらさき』三八輯　紫式部学会　二〇〇一年
・後藤祥子「玉鬘物語展開の方法」『日本文学』一四巻六号　日本文学協会　一九六五年
・後藤祥子「尚侍攷―朧月夜と玉鬘をめぐって」『日本女子大学国語国文学論究』第一集　一九六七年（後に『源氏物語と紫式部　資料編』（紫式部顕彰会編　角川学芸出版　二〇〇八年）に再録。）

・後藤祥子「尚侍玉鬘」『講座源氏物語の世界〈第五集〉』秋山虔ほか編　有斐閣　一九八一年
・小西甚一「源氏物語の心理描写」『源氏物語講座　第七巻』山岸徳平・岡一男監修　有精堂　一九七一年
・小林茂美「玉鬘物語論―物語展開の原動質から―」『源氏物語講座　四巻』山岸徳平・岡一男監修　有精堂　一九七一年
・小林茂美「小町と遍照との邂逅問答譚―八幡・観音霊験説話との関連から」『王朝文学史稿』四・五号（合併号）王朝文学史研究会　一九七七年
・小林茂美「玉鬘物語論」『源氏物語論序説―王朝の文学と伝承構造Ⅰ』桜楓社　一九七八年
・小町谷照彦「花散里」『国文学　解釈と鑑賞』第一三巻六号　一九六八年
・小町谷照彦「光源氏と玉鬘（1）」『講座源氏物語の世界〈第五集〉』秋山虔ほか編　有斐閣　一九八一年
・小町谷照彦「光源氏と玉鬘（2）」『講座源氏物語の世界〈第五集〉』秋山虔ほか編　有斐閣　一九八一年
・小町谷照彦「光源氏と玉鬘（3）」『講座源氏物語の世界〈第五集〉』秋山虔ほか編　有斐閣　一九八一年
・小町谷照彦「玉鬘求婚譚―螢・常夏・篝火」『国文学　解釈と教材の研究』三二巻一三号　學燈社　一九八七年
・小山清文「玉鬘十帖における右近の意義―語り手・視点人物としての機能をめぐって―」『国文学研究』一〇〇集　早稲田大学国文学会　一九九〇年
・小山敦子「女一宮物語と浮舟物語」『源氏物語の研究―創作過程の探求―』武蔵野書院　一九七五年
・近藤信義「折口学の再検討　「恋ひ」」『古代文学』一七号　古代文学会　一九七八年
・坂本共展「玉鬘と浮舟」『論集平安文学　一』後藤祥子ほか編　勉誠社　一九九四年
・笹生美貴子「『源氏物語』に見られる「呉竹」―《夕顔・玉鬘母子物語》の伏線機能」『語文』一二四号　日本

大学國文学会　二〇〇六年
•佐藤綾芽「「漢語表現」から見る「紫の上系」と「玉鬘系」」『日本文学論叢』四〇号　法政大学大学院日本文学専攻委員会　二〇一一年
•沢田正子「源氏物語における花散里の役割」『言語と文芸』第六五号　大修館書店　一九六九年
•塩見優「『源氏物語』における「足」—玉鬘、柏木を中心に」『「記憶」の創生〈物語〉1971—2011』物語研究会編　翰林書房　二〇一二年
•塩見優「『源氏物語』篝火巻における死者の影」『学習院大学国語国文学会誌』五五号　学習院大学国語国文学会　二〇一四年
•志方澄子「「篝火」巻試論—六条院世界の季節的秩序の崩壊をめぐって—」『物語研究』四号　物語研究会　一九八三年
•重松紀彦「玉鬘の生涯—数奇な運命を凝視して—」『源氏物語の探究　二輯』源氏物語研究会編　風間書房　一九七六年
•島内景二「玉鬘の人物造型」『源氏物語の話型学』ぺりかん社　一九八九年
•島内景二「『鉢かづき』と紫の上・玉鬘—女主人公の系譜」『源氏物語影響史』笠間書院　二〇〇〇年
•清水婦久子「源氏物語の歌枕表現　物語の長編性と「玉かづら」」『歌枕を学ぶ人のために』片桐洋一編　世界思想社　一九九四年（—『源氏物語の風景と和歌』和泉書院　二〇〇八年）
•清水好子「源氏物語の作風—その場面描写について—」『文学』三五巻五号　岩波書店　一九六七年
•柴村抄織「源氏物語篝火巻—源氏と玉鬘の贈答歌「空と煙」—」『鎌倉女子大学紀要』二一号　鎌倉女子大学　二〇一三年

・陣野英則「『源氏物語』「玉鬘十帖」の『白氏文集』引用―「篝火」巻における白詩からの変換の妙―」『日本古代文学と白居易』高松寿夫・雋雪艶編　勉誠出版　二〇一〇年
・慎廷娥「玉鬘における擬制的親子関係」『文学研究論集』二三号　明治大学大学院　二〇〇五年
・杉山康彦「王朝期の笑い」『文学』二一巻八号　岩波書店　一九五三年
・鈴木日出男「螢兵部卿宮と光源氏」『成蹊国文』第二十八号　成蹊大学文学部日本文学科研究室　一九九五年
・鈴木日出男「玉鬘と光源氏」『源氏物語虚構論』東京大学出版会　二〇〇三年
・鈴木日出男「玉鬘の歌」『成蹊國文』四五号　成蹊大学文学部　二〇一一年
・関根賢司「物語文学の語り手」『物語文学とは何かⅡ』三谷栄一編　有精堂　一九八七年
・高木和子「玉鬘十帖論」『論集平安文学　四』後藤祥子ほか編　勉誠社　一九九七年
・高木和子「「後見」にみる光源氏と女たちの関連構造」『国語と国文学』七三巻二号　東京大学国語国文学会　一九九六年
・高橋和夫「源氏物語玉鬘と北九州」『文学』二三巻九号　岩波書店　一九五五年（―『源氏物語における主題と構想』桜楓社　一九六六年）
・高橋和夫「源氏物語の創作意識の進展について」『国語と国文学』三〇巻九号　東京大学国語国文学会　一九五三年（―『源氏物語における主題と構想』桜楓社　一九六六年）
・高橋亨「物語の〈語り〉と〈書く〉こと」『源氏物語の対位法』東京大学出版会　一九八二年
・武田早苗「『源氏物語』の「田舎」と女君たち―明石君・玉鬘・浮舟を取り巻く環境という視点から―」『源氏物語の環境　研究と資料―古代文学論叢第十九輯』紫式部学会編　武蔵野書院　二〇一一年
・武田宗俊「源氏物語の最初の形態」『テーマで読む源氏物語論　第四巻　紫上系と玉鬘系―成立論のゆくえ』

今西祐一郎・室伏信介監修、加藤昌嘉・中川照将編集　勉誠出版　二〇一〇年（初出―『文学』第一八巻六～七号　一九五〇年）
・武田宗俊「源氏物語の最初の形態再論」『テーマで読む源氏物語論　第四巻　紫上系と玉鬘系―成立論のゆくえ』今西祐一郎・室伏信介監修、加藤昌嘉・中川照将編集　勉誠出版　二〇一〇年（初出―『文学』二〇巻一号　一九五二年）
・多田一臣「〈おもひ〉と〈こひ〉と―万葉歌の表現を考える」『語文論叢』一六号　千葉大学文学部国語国文学会　一九八八年
・田中恭子「玉鬘の乳母」『名古屋平安文学会会報』第二二号　名古屋平安文学研究会　一九九八年
・田中新一「二元的四季観の継承と変容（古今集以後）」『平安朝文学に見る二元的四季観』風間書房　一九九〇年
・玉上琢彌「源語成立攷―擱筆と下筆とについての一仮説―」『国語国文』一〇巻四号　京都帝国大學國文學會　一九四〇年
・玉上琢彌「源氏物語の読者―物語音読論―」『女子大文学　國文篇　大阪女子大學紀要』七号　大阪女子大學文學會　一九五五年（『源氏物語音読論』岩波現代文庫　二〇〇三年など）
・玉上琢彌「「読む」ということ」『国文学　解釈と鑑賞別冊　源氏物語をどう読むか』至文堂　一九八六年
・丹藤夢子「柏木といもうとへの恋―玉鬘・弘徽殿女御を中心に―」『物語研究』一〇号　物語研究会　二〇一〇年
・塚原明弘「唐の紙・大津・瑠璃君考―玉鬘物語における筑紫の投影」『論叢源氏物語2　歴史との往還』王朝物語研究会編　新典社　二〇〇五年
・辻和良「〝玉かつら〟考―〈仮面《おもて》〉、そして〈無縁性〉」（『名古屋大学平安文学研究会会報』一五号　名古屋平

安文学研究会　一九八六年
・土田節子「篝火巻について」『明治大学日本文学』二二号　明治大学日本文学研究会　一九九四年
・徳岡涼「常夏巻の源氏と玉鬘の贈答歌―二組の引き歌を巡って」『上智大学国文学論集』三五号　上智大学国文学会　二〇〇二年
・徳岡涼「玉鬘物語の始発―『源氏物語』の「ほをづき」について」『国語国文学研究』四〇号　熊本大学文学部国語国文学会　二〇〇五年
・徳岡涼「玉鬘巻の筑紫下向と上洛の歌について」『国語国文学研究』四七号　熊本大学文学部国語国文学会　二〇一二年
・外山敦子「西の京の乳母―語り手としての「老人」―」『源氏物語の老女房』新典社　二〇〇六年
・中島尚「初音・胡蝶」『講座源氏物語の世界〈第五集〉』秋山虔ほか編　有斐閣　一九八一年
・中西進「万葉のことば―その「類」について」『シリーズ・古代の文学2　万葉のことば』古代文学会　一九七六年
・中西智子「真木柱巻の玉鬘と官能性の表現―『源氏物語』における風俗歌および古歌の引用をめぐって」『国文学研究』一五二号　早稲田大學國文學會　二〇〇七年
・中西智子「『源氏物語』における歌語の重層性―玉鬘の「根」と官能性―」『文学・語学』一八八号　全国大学国語国文学会　二〇〇七年
・中野幸一「源氏物語の草子地と物語音読論」『学術研究―人文・社会・自然』第十三号　早稲田大学教育学部　一九六四年
・中野幸一「改めて長編物語の成立を考えるために」『国文学　解釈と鑑賞別冊　源氏物語をどう読むか』至文

堂　一九八六年
・西耕生「玉鬘十帖と伊勢物語四十九段―「いもうとむつび」の物語史」『文学史研究』二九号　一九九八年
・西木忠一「篝火にたちそふ恋の煙」『樟蔭国文学』三一号　大阪樟蔭女子大学　一九九四年
・西嶋幸代「源氏物語における夢の役割」『玉藻』第三二号　フェリス女学院大学国文学会編　一九九六年
・西野入篤男「玉鬘の流離と『白氏文集』「伝戎人」―光源氏と内大臣との狭間で漂う玉鬘の物語の仕組」『源氏物語と漢詩の世界』日向一雅編　青簡舎　二〇〇九年
・根本智治「須磨での生活―山賤としての光源氏―」『王朝文学史稿』二一号　王朝文学史研究会　一九九六年
・野村精一「末摘花から近江君へ―源氏物語における「笑い」」『日本文学』七巻二号　日本文学協会　一九五八年
・野村精一「物語批評の歴史・序説―源氏物語螢巻の文体批評」『日本文学』一三巻三号　日本文学協会　一九六四年
・野村精一「巻々の梗概と鑑賞」『源氏物語必携』秋山虔編　學燈社　一九六七年
・野村倫子「浮舟入水の脇役たち―「東屋」から「浮舟」への構想の変化を追って―」『論究日本文学』四六号　一九八三年
・野村倫子「「夕顔」の右近―「語る」女房／「詠む」女房―」『人物で読む『源氏語』第八巻　夕顔』室伏信助監修　上原作和編　勉誠出版　二〇〇五年
・橋本不美男・石田譲二・秋山虔・吉岡曠・神野藤昭夫・阿部好臣・片桐洋一・宮崎荘平・根来司「著者を囲んでの〝合評会〟」『季刊　リポート笠間』六号　笠間書院　一九七三年
・長谷川和子「武田宗俊氏著「源氏物語の最初の形態」の検討（抄）」『テーマで読む源氏物語論　第四巻　紫上

系と玉鬘系―成立論のゆくえ』今西祐一郎・室伏信介監修、加藤昌嘉・中川照将編集　二〇一〇年（初出―『源氏物語の研究―成立論に関する諸問題―』東宝書房　一九五七年）
・常磐井（長谷川）和子「全面賛同へのためらい」『国文学　解釈と鑑賞別冊　源氏物語をどう読むか』至文堂　一九八六年
・馬場美和子「花散里と養子達―花散里の変貌―」『国文学攷』第七一号　広島大学国語国文学会　一九七六年
・濱田美穂「「御琴を枕にて」の表現法―光源氏と玉鬘の関係をめぐって―」『日本文藝學』四二号　日本文芸学会　二〇〇六年
・林田孝和「源氏物語から　玉鬘求婚譚の造型」『国文学　解釈と教材の研究』三八巻一一号　學燈社　一九九三年
・原岡文子「玉鬘考―交感・交通・流離をめぐって―」『源氏物語とその展開』竹林舎　二〇一四年
・原田真理「源氏物語における右近像」『平安文学研究』第七五輯　平安文学研究会　一九八六年
・原田真理「源氏物語の女房達」『平安文学研究』第七八輯　平安文学研究会　一九八七年
・針本正行「玉鬘十帖論」『源氏物語研究』二号　国学院大学源氏物語研究会　一九七四年
・韓正美「玉鬘物語と八幡信仰について」『超域文化科学紀要』第一一号　二〇〇六年
・東原伸明「六条院世界における明石君―「初音」巻の女君訪問を端緒として―」『文学研究科論集』一一号　國學院大學大学院　一九八四年
・平林優子「「玉鬘十帖」の心内語と会話文」『源氏物語の新研究―本文と表現を考える』桜井孝ほか編　新典社　二〇〇八年
・広瀬唯二「『伊勢物語』と『源氏物語』―『伊勢物語』十三段と玉鬘」『武庫川国文』五二号　一九九八年

・深町健一郎「螢兵部卿宮」『源氏物語講座　第二巻　物語を織りなす人々』今井卓爾ほか編　勉誠社　一九九一年
・福田孝「夢のディスクール」『叢書想像する平安文学第五巻　夢そして欲望』河添房江ほか編　勉誠出版　二〇〇二年
・藤井貞和「タブーと結婚―光源氏物語の構造」『国語と国文学』五五巻一〇号　至文堂　一九七八年（―『物語の結婚』筑摩学芸文庫　一九九五年など）
・藤井貞和「玉鬘」『源氏物語講座　第三巻』有精堂　一九六九年
・藤井貞和「物語のために―わが物語学序説」『源氏物語の始原と現在―定本』冬樹社　一九八〇年（初出―三一書房　一九七二年）
・藤井貞和「叙事詩と『源氏物語』」『源氏物語入門』講談社　一九九六年（他に、「神話としての源氏物語」『日本〈小説〉原始』大修館書店　一九九五年、「神話としての源氏物語」『源氏物語論』岩波書店　二〇〇〇年）
・藤井貞和「物語論」『講座源氏物語の世界〈第五集〉』秋山虔ほか編　有斐閣　一九八一年
・藤井貞和「玉鬘」『別冊国文学　源氏物語必携　三』秋山虔編　學燈社　一九八二年
・藤井貞和「紫上系と玉鬘系」『テーマで読む源氏物語論　第四巻　紫上系と玉鬘系―成立論のゆくえ』今西祐一郎・室伏信介監修、加藤昌嘉・中川照将編集　二〇一〇年（初出―『国文学　解釈と鑑賞別冊　源氏物語をどう読むか』至文堂　一九八六年）
・藤井貞和『別冊国文学　王朝物語必携』術語の部「作者作家」藤井貞和編　學燈社　一九八七年
・藤井貞和「バフチンと日本文学」『物語の方法』桜楓社　一九九二年
・藤井貞和「三輪山神話式語りの方法―夕顔の巻」『源氏物語論』岩波書店　二〇〇〇年

・藤井貞和「もののけの世界と人間の世界」『源氏物語論』岩波書店　二〇〇〇年
・藤井貞和「夕顔の娘玉鬘」『源氏物語論』岩波書店　二〇〇〇年
・藤井貞和「語り手を導きいれる」『物語理論講義』東京大学出版会　二〇〇四年
・藤井貞和「作者の隠れ方」『物語理論講義』東京大学出版会　二〇〇四年
・藤井貞和「紫上系と玉鬘系」『解釈と鑑賞別冊　源氏物語をどう読むか』至文堂　一九八六年（―『源氏物語論』岩波書店　二〇〇〇年、『テーマで読む源氏物語論　第四巻　紫上系と玉鬘系―成立論のゆくえ』今西祐一郎・室伏信介監修、加藤昌嘉・中川照将編集　勉誠出版　二〇一〇年）
・藤井貞和「阿弥陀仏の憂鬱―『源氏物語』と阿闍世コンプレックス」『物語研究』第六号　物語研究会　二〇〇六年（―『タブーと結婚―「源氏物語と阿闍世王コンプレックス論」のほうへ』笠間書院　二〇〇七年）
・藤井日出子「玉鬘巻を中心とした一考察―玉鬘巻と古伝承・古物語―」『中京国文学』六号　中京大学国文学会　一九八七年
・藤田志保「『源氏物語』における二つの〈老い〉―源典侍と、光源氏・玉鬘の恋―」『愛知大學國文学』三五号　愛知大學国文学會　一九九六年
・藤村潔「右近と侍従―橋姫物語と浮舟物語の交渉―」『国語と国文学』三五巻九号　東京大学国語国文学会　一九五八年（―『源氏物語の構造』桜楓社　一九六六年）
・藤村潔「花散里試論」『国語と国文学』東京大学国語国文学会　一九六五年（―『源氏物語の構造』桜風社　一九六六年）
・藤村潔『古代物語研究序説』（笠間書院　一九七七年）所収、「源氏物語に見る原拠ある構想」、「住吉物語と源氏物語」「継子物語としての源氏物語」など

・藤村潔「右近について」『源氏物語の研究』桜楓社　一九八〇年
・藤本勝義「玉鬘物語の構造についての試論」『中古文学』九号　中古文学会　一九七二年
・藤本勝義「夢枕に立つ死者―源氏物語の夢をめぐって―」『学芸国語国文学』第三二号　東京学芸大学国語国文学会編　二〇〇〇年
・星山健「「常夏」「篝火」巻論」『日本文学』四四巻三号　日本文学協会　一九九五年
・増田和彦「源氏物語の伝承性―玉鬘系の後代的要素―」『国学院雑誌』六九巻六号　国学院大学　一九六八年
・益田勝実「源氏物語の荷ひ手」『テーマで読む源氏物語論　第三巻　歴史・文化との交差／語り手・書き手・作者』今西祐一郎・室伏信助監修　上原作和・陣野英則編　二〇〇八年（初出―『日本文学史研究　一一』日本文学史研究会　一九五一年、『益田勝実の仕事2』（ちくま学芸文庫　二〇〇六年）にも収録。）
・益田勝実「源氏物語の端役たち」『文学』二二巻二号　岩波書店　一九五四年
・待井新一「浮舟の復活をめぐって―源氏物語三部の内部矛盾考―」『国語と国文学』五三巻九号　東京大学国語国文学会　一九七六年
・松井健児「『源氏物語』の贈与と饗宴―玉鬘十帖の物語機構」『季刊 iichiko』二三号　季刊 iichiko 編集室　一九九二年
・松井健児「『源氏物語』のみやびと身体―玉鬘十帖をめぐって」『国学院雑誌』九四第十号　国学院大学　一九九三年
・松井健児「新春と寿歌」『源氏物語の生活世界』翰林書房　二〇〇〇年
・松井健児「鏡を見る玉鬘―『源氏物語』と自己観照」『叢書　想像する平安文学　第6巻　家と血のイリュージョン』河添房江ほか 編　勉誠出版　二〇〇一年

・三角洋一「光源氏と後見」『国語と国文学』七六巻四号　東京大学国語国文学会　一九九九年
・松村武夫「「篝火」巻論」『源氏・寝覚・栄花―平安朝物語文学の流れ』笠間書院　一九七八年
・三谷邦明「玉鬘十帖の方法―玉鬘の流離あるいは叙述と人物造型の構造」『源氏物語の表現と構造』中古文学会　笠間書院　一九七九年（―『物語文学の方法Ⅱ』有精堂　一九八九年）
・三谷邦明「玉鬘の物語」『国文学　解釈と鑑賞』四五巻五号　至文堂　一九八〇年
・三谷邦明「野分巻における〈垣間見〉の方法―〈見ること〉と物語あるいは〈見ること〉の可能と不可能―」『物語文学の方法Ⅱ』有精堂　一九八九年（初出―「夕霧垣間見」『講座源氏物語の世界〈第五集〉』秋山虔ほか編　有斐閣　一九八一年）
・三谷邦明「篝火巻の言説分析―具体的なものへの還元あるいは重層的な意味の増殖」『源氏物語の言説』翰林書房　二〇〇二年
・三谷邦明「源氏物語と二声性―作家・語り手・登場人物論あるいは言説区分と浮舟巻の紋中紋の技法―」『源氏物語の方法〈もののまぎれ〉の極北』翰林書房　二〇〇七年
・三田村雅子「召人のまなざしから」『源氏物語　感覚の論理』有精堂　一九九六年
・三田村雅子「黒髪の源氏物語―まなざしと手触りから―」『源氏研究』第一号　翰林書房一九九六年
・宗雪修三「六条院の四季―篝火巻を基軸として」『源氏物語歌織物』世界思想社　二〇〇二年
・村井順「「初音」の巻」『源氏物語―上―』中部日本教育文化会　一九六二年
・村越行雄「アイロニー：伝統的なアプローチと最近のアプローチ（２）」『跡見学園女子大学紀要』三四号　二〇〇一年
・室伏信助「〈源氏物語〉の玉鬘の君（紫式部）」『国文学　解釈と教材の研究』一四巻一四号　學燈社　一九六

九年
・望月郁子「光源氏による玉鬘教育」『二松学舎大学人文論叢』八〇巻　二松学舎大学人文学会　二〇〇八年
・森一郎「玉鬘物語の構想について―玉鬘の運命をめぐって―」『国語国文』三一巻一号　京都帝国大學國文學會　一九六二年
・森野正弘「六条院文化形態変化―常夏巻の玉鬘と和琴―」『〈平安文化〉のエクリチュール』河添房江ほか編　勉誠出版　二〇〇一年
・森本茂「初瀬詣」『講座源氏物語の世界〈第五集〉』秋山虔ほか編　有斐閣　一九八一年
・山田直巳「末摘花・玉鬘巻の冒頭―「夕顔体験」をめぐって―」『王朝文学史稿』王朝文学史研究会　一九八一年
・山田利博「玉鬘の流離と幸運―玉鬘と以後の巻々―」『源氏物語講座　三巻　光る君の物語』今井卓爾ほか編　勉誠社　一九九三年
・湯浅幸代「玉鬘の尚侍就任―「市と后」をめぐる表現から」『むらさき』四五輯　紫式部学会　二〇〇八年
・吉岡曠「玉鬘物語論」『源氏物語とその周辺―古代文学論叢第二輯―』紫式部学会編　武蔵野書院　一九七一年（―「玉鬘物語」『源氏物語論』笠間書院　一九七二年）
・吉岡曠「玉鬘物語の構造」『国語国文学会誌』一五号　学習院大学文学部国語国文学会　一九七二年
・吉岡曠「玉鬘系後期説の「傍証」について」『源氏物語論』笠間書院　一九七二年
・吉岡曠「螢巻の物語論」『文学』五〇巻一一号　岩波書店　一九八二年
・吉海直人「玉鬘物語論―夕顔のゆかりの物語―」『國學院大學大学院文学研究科紀要』第一一輯　國學院大學大学院　一九八〇年

・吉海直人『平安朝の乳母達　『源氏物語』への階梯』世界思想社　一九九五年
・吉海直人「夕顔巻の乳母達」『源氏物語の乳母学―乳母のいる風景を読む―』世界思想社　二〇〇八年
・吉海直人「右近の活躍」『源氏物語の乳母学―乳母のいる風景を読む―』世界思想社　二〇〇八年
・吉村悠子「玉鬘の位相―家・筋・ゆかりを端緒に―」『名古屋平安文学研究会会報』三四号　名古屋平安文学研究会　二〇一一
・吉森佳奈子「『源氏物語』と日本紀」『『河海抄』の『源氏物語』』和泉書院　二〇〇三年
・米田真木子「『源氏物語』の〈結婚〉「後見」という視座から―光源氏を中心に―」『フェリス女学院大学日文大学院紀要』第十号　フェリス女学院大学大学院人文科学研究科日本文学専攻　二〇〇三年
・鷲山茂雄「蛍兵部卿宮」『講座源氏物語の世界〈第五集〉』秋山虔ほか編　有斐閣　一九八一年

あとがき

成立過程論は、主題論へと発展して後の読解へ大きな影響を与えたが、今日、あまり顧みられない。玉鬘十帖という一群や、それに含まれる各巻について考察しようとすると、玉鬘系と呼ばれる巻々を意識しないわけにゆかない。本書は玉鬘十帖の研究史を見直すために、『源氏物語』における一九四〇年代から五〇年代初頭に書かれた成立過程論を追う所から始まる。

玉鬘系の指標人物である、玉鬘の女君は、「真木柱」巻で髭黒の大将との婚姻関係が明らかにされたあと、「若菜」上・下巻以下の物語に登場する。「若菜」上・下 巻、「柏木」、「紅梅」、「竹河」、「宿木」巻を、玉鬘系の巻々と見なしてよいのではないか。そのような新しい視野が用意されつつある今日であり、玉鬘の女君をめぐる物語の行方を追尋する上で、第二部以後の成立過程問題と無関係でありえない。今後の課題は大きくかつ広い。

本書の各初出論文は以下の通りである。

序　本書初出

第一章

第一節　「帚木」三帖から「玉鬘」十帖へ―成立論について　本書初出。

第二節　「「玉鬘」の巻の構造―「筋」の意味」を改題。（『立正大学国文学専攻院生会　日本語日本文学研究』九号　二〇〇六年）

第三節　玉鬘とヒルコ伝承（『立正大学国語国文』四五号　二〇〇七年）

第二章

第一節　玉鬘をめぐる夢の役割（『立正大学大学院年報』二五号　二〇〇八年）

第二節　「夕顔の右近の考察―胡蝶の巻を中心として―」を改題。（『立正大学国語国文』四八号　二〇一〇年）

第三節　「花散里をめぐって―玉鬘の後見としての意味」を改題。（『立正大学国語国文』四六号　二〇〇八年）

第四節　『源氏物語』「玉鬘」巻における市女の役割」を改題。（『立正大学国文学専攻院生会　日本語日本文学研究』一三号）

第三章

第一節　「初音の巻の考察―玉鬘に対する紫の上の影響―」を改題。（『立正大学国文学専攻院生会　日本語日本文学研究』一〇号　二〇〇九年）

第二節　「語り手のアイロニー―『源氏物語』初音の巻の考察」を改題。（『古代文学研究第二次』一八号　二〇〇九年）

第三節　「蛍の巻の構造―語り手の影響―」を改題。（『立正大学国語国文』四九号　二〇一一年）

第四節　「篝火」巻論―「恋のけぶり」をめぐって　本書初出。

本書は、平成二十四年度に立正大学文学研究科へ提出した『源氏物語論―主題を荷う叙述の方法』をもとに、大幅に加筆、修正を加えて成った。審査を担当された藤井貞和教授（主査）、三浦佑之教授、岡田袈裟男教授には特に謝辞を申し上げる。多年にわたり指導たまわった立正大学の先生方に対して、お礼のことばを尽くし切れない。

あわせて物語研究会、古代文学研究会の皆様、お世話になりっぱなしの立正大学の先輩方にも、感謝申し上げたい。特に、先輩である布村浩一氏には本書をまとめる際に大変お世話になった。謝辞を申し上げる。

本書の出版にあたっては、「立正大学大学院文学研究科研究叢書」として助成をいただいた。これは、本年度より始まった新たな試みである。今回の出版が今後、同大学で学ぶ後輩たちの研究の一助となるようにつよく願って、謝辞に代えたい。

最後に、本書の出版に笠間書院の橋本孝氏や、ご迷惑をおかけしたであろう社員の皆様へ心より感謝の意を捧げます。

索　引［語句–事項］

一　重要な習俗語彙、語句、書名、人名、初・二句をおもに配列する。事項索引としても役立つようにしてある。

一　源氏物語の巻名はゴチック活字とし、作中人物名とまぎれないようにする。

一　登場人物名の「源氏」と「玉鬘」とは、多岐にわたるため採らない。

一　書名は、近代以前の古典籍以外の研究書を採らない。

あ　行

か　行

さ　行

た　行

な　行

は　行

ま　行

わ　行

著者プロフィール

松　山　典　正（まつやま　のりまさ）

1980年、静岡県浜松市生まれ。立正大学大学院文学研究科国文学専攻博士課程修了。博士（文学）。現在、立正大学文学部助教。専攻、平安文学。

立正大学大学院文学研究科研究叢書

『源氏物語』アイロニー詩学——玉鬘十帖の語り

2015年2月28日　初版第1刷発行

著　者　松　山　典　正

装　幀　笠間書院装丁室

発行者　池　田　圭　子

発行所　有限会社　笠間書院

東京都千代田区猿楽町2-2-3〔〒101-0064〕

NDC分類：913.36　電話　03-3295-1331　Fax　03-3294-0996

ISBN978-4-305-70760-4　印刷／製本：モリモト印刷

出版目録は上記住所または http://www.kasamashoin.co.jp まで。